인생 갑자(1924년)생 ❷

인생 갑자(1924년)생 ❷

초판 1쇄 인쇄	2024년 6월 10일
초판 1쇄 발행	2024년 6월 28일
신고번호	제313-2010-376호
등록번호	105-91-58839
지은이	안문현
발행처	보민출판사
발행인	김국환
기획	김선희
편집	조예슬
디자인	다인디자인
ISBN	979-11-6957-171-5 (세트)
	979-11-6957-175-3 (04810)
주소	경기도 파주시 해올로 11, 우미린더퍼스트@ 상가 2동 109호
전화	070-8615-7449
사이트	www.bominbook.com

- 가격은 뒤표지에 있으며, 파본은 구입하신 서점에서 교환해드립니다.
- 이 책은 저작권법에 의하여 보호를 받는 저작물이므로 무단 전재와 복사를 금합니다.

안문현 장편소설

인생 갑자(1924년)생 2

혼란과 전쟁

좌우 이념의 대립 속에 이웃도 적이 되어
남북으로 갈라진 채
살육당하는 뼈저린 삶의 이야기

보민출판사

──── ∘∘ 작가의 말 ∘∘ ────

 소설 「인생 갑자(1924년)생 2 - 혼란과 전쟁」은 1권 「나라 잃은 백성들」에 이어서 쓴 것이다. 이 소설에 쓰인 대부분의 이야기는 지금은 안동댐 물밑으로 사라진 예안 장터와 그 변두리를 비롯해 경북 북부지역에 살았던 사람들이 직접 겪은 일들로 작가가 듣고 본 이야기에 상상력을 보태어 소설로 쓴 것이다. 이 책에 쓰인 내용들은 한 지역 사람들이 당하고 겪은 이야기일 뿐만 아니라 해방 후 전국 각 지역 어디에서나 공통으로 일어난 일들이었다.

 「인생 갑자(1924년)생 1 - 나라 잃은 백성들」에서는 일본에 나라를 빼앗긴 조선인들이 압박과 수탈을 당하며 살아온 생활상과 전쟁터인 만주와 남태평양 정글 속에서 징병과 징용, 위안부로 끌려가 수없이 죽어가며 고난과 치욕을 당했던 이야기를 담았다. 「인생 갑자(1924년)생 2 - 혼란과 전쟁」은 일제에서 벗어나 해방되었지만 기쁨도 잠시이고, 나라는 남북으로 갈라진 채 좌우 이념의 갈등과 대립 속에 이웃도 적이 되어 때로 살육하는 세상의 한

복판에서 허덕이며 살아왔던 갑자생들의 이야기이다. 밤이 되면 공비들의 세상이 되고, 낮이 되면 경찰과 군인들의 세상이 되는 혼란한 세태의 한복판에서 그들은 말 한마디, 행동 하나에 이승과 저승을 오가는 외줄을 타며 아슬아슬한 삶을 이어왔다.

전쟁이 일어나자 전 국토는 전쟁터가 되고, 국군에 징집된 형과 인민군으로 잡혀간 동생이 총부리를 겨누며 싸워야 하는 가운데, 불타고 파괴되어 너덜너덜하게 만신창이가 된 강토에는 고아들과 남편 잃은 여인들의 통곡하는 소리가 넘쳐났다.

갑자생, 그 무렵 이 땅에서 태어난 이들은 일본의 수탈과 해방 후의 혼란, 이어지는 전쟁으로 죽어가며 격동의 시대를 온몸으로 버티며 살아왔지만 대부분 이승을 떠나고, 이제 그때의 시대상과 그들의 이야기가 사람들의 뇌리에서 잊혀가고 있다. 작자는 많은 시간과 공간을 그들과 공유하며 살아온 이로서, 역사의 사초 위에 이름조차 올리지 못하고 떠난 그들의 개인사들이 세상에서 사라지는 것이 안타까워 지난 100년의 세월 동안 그들이 살아온 자취를 소설로 써서 후세대에 남긴다.

갑자년, 그 무렵 태어난 이들이 피로 나라를 지키고, 굶주림을 참으며 땀 흘린 노력이 지금 대한민국 경제와 사회 발전의 바탕이 되었다. 아름답고 풍요로운 우리 강토에 다시는 나라를 잃은 슬픔과 이념의 분열, 전쟁의 참화와 굶주림이 없기를 바란다. 그 시절이 땅에 태어나 살다가 간 사람들의 이야기는 인생 갑자(1924년) 생 1권 「나라 잃은 백성들」, 2권 「혼란과 전쟁」에 이어 3권 「폐허를 딛고 일어선 번영 속의 갈등」으로 이어진다.

2024년 6월
안문현

목차

작가의 말 … 4

01. 코하루의 애환 … 10
02. 혼돈의 시대 … 24
03. 빨치산의 습격 … 35
04. 저승사자 밤손님 … 56
05. 밤과 낮이 다른 세상 … 82
06. 나를 죽이고 대원들을 돌려보내라 … 108
07. 전쟁이 일어나다 … 121
08. 붉은 완장 찬 사위 … 147
09. 평양에서 출발한 기차 … 158
10. 의용군으로 잡혀간 안동철 … 166

11. 인천상륙작전에 참전한 해병 조태웅 … 189
12. 우희의 피난살이 … 199
13. 전우의 시체를 넘어서 … 213
14. 거제도 포로수용소 … 231
15. 후퇴하는 인민군 … 248
16. 제주도 신병훈련소 … 259
17. 전쟁터로 간 신병들 … 277
18. 해병의 고지전투 … 290
19. 살기 위해 죽여야 하는 전쟁터 … 300
20. 반대 속에 이루어진 휴전 … 321

① 코하루의 애환

　바위재 동리는 변한 것이 없었다. 마을 안길도, 초가집들도 대석이 떠날 때 모습 그대로였다. 가난에 찌든 부모님은 더 늙어 보였고, 몇 년 사이에 동생들은 훌쩍 자라 있었다. 어머니와 아버지는 일본으로 돈 벌러 가서 소식이 없던 아들이 일본 여자를 며느리로 데리고 오자 놀라면서도 반가워했다. 세상이 전쟁으로 온통 뒤숭숭할 때 돈 벌러 간다며 일본으로 떠난 아들의 소식이 없어 늘 걱정을 달고 살던 부모님이었다. 징용과 징병으로 붙들려갔던 많은 사람은 소식이 끊겨 해방되어도 돌아오지 못하는 것을 보고 혹시나 하고 마음 졸이며 절망하고 있었는데 대석이 돌아오자 죽은 아들이 살아온 것 같아 기뻤다. 더구나 일본에서 결혼하여 며느리를 데리고 오니 집안의 경사였다.
　"아부지, 어매요, 절 받으이소. 일본에셔 부모님 승낙 없이 결혼했니더."

대석과 코하루는 부모님께 큰절을 올렸다.

"무사히 돌아와 준 것만 해도 고맙다. 더군다나 며느리를 데꼬 오니 집안의 경사구나."

대석과 코하루는 가지고 온 짐도 없이 의복은 구겨지고 때가 묻어 형상이 초라했다. 가족들은 반갑게 맞이했으나 대석의 어머니는 아들이 낯선 일본에서 고생만 하다가 온 것 같았다.

"바다를 건너오면서 풍랑으로 배가 부서져 물속으로 가라앉아 목숨만 살아왔니더. 많은 사람이 죽었고, 가지고 오던 짐도 모두 파도에 떠내려가서 몸만 살아왔니더."

"큰일 날 뻔했구나. 그런 가운데에도 살아온 것을 보면 조상님들이 도왔꾸나."

코하루는 그동안 대석과 생활하면서 말을 배워 조선말을 알아듣고 할 수 있었다. 대석이 태어난 집은 코하루가 태어난 일본 산골집보다 겉모습이 초라해 보이는 초가집이었으나 많은 식구가 서로 부대끼며 생활하는 온기와 정이 있었다. 코하루는 말도 생활양식도 다른 조선이지만, 시부모와 시동생 둘에 시누이까지 여러 식구와 같이 생활하는 것이 즐거웠다. 일본 소마지강 지류의 깊은 산속에서 친구도 없이 자라온 코하루는 일곱이나 되는 가족과의 생활이 낯설면서도 식구들이 모두 다정하게 대해주니 바다 건너 멀리 조선 땅에 시집와서 외롭다는 생각이 들지 않았다.

바위재 동네에는 논이 거의 없어 보리와 조, 옥수수와 같은 잡곡과 감자가 주식이었다. 농사를 지어도 산비탈 토지에서 나오는 수확량이 적어 양식이 모자라서 늘 아껴 먹었다. 늦가을에 접어들자 산에 가서 도토리를 줍고, 나무열매와 도라지, 더덕, 잔대와 같이 먹을 수 있는 뿌리를 캐어와 말려서 식량으로 비축했다.

겨울은 코하루의 고향 산골보다 더 추웠지만, 삼한사온이 있어 추운 날과 따뜻한 날이 며칠씩 반복되었다. 눈이 많이 내렸으나 마을이 남향이라 날이 개고 해가 나면 하루 이틀 새 모두 녹아내렸다. 산에는 산짐승이 많았다. 사오십 년 전 조선시대 때는 산에 호랑이가 살았다고 시아버지는 전설처럼 이야기했다.

"깊은 산속에는 호랑이에게 잡아먹힌 사람의 뼈를 모아 무덤을 만든 호총(虎塚)이 있단다."

"그때는 호랑이가 겁나 산에도 못 갔겠네요."

코하루는 산에 사람을 잡아먹는 호랑이가 살았다니 무섭고 신기해서 시아버지에게 물었다.

"사오십 년 전 조선시대 때는 호랑이가 있어 깊은 산중에 사람이 들어가는 것은 무척 위험했지. 일본 사람들이 총을 가꼬 와서 모두 잡아 조선 땅에서 호랑이가 없어졌단다."

최상위 포식자인 호랑이가 사라진 산에는 산돼지, 노루, 여우, 늑대, 토끼와 같은 산짐승이 많았다. 겨울철이면 눈 위에 발자국을 남겨 산짐승이 다니는 길을 쉽게 찾을 수 있었다. 목로를 놓아 산짐승을 잡았다. 어떤 때는 커다란 산돼지를 며칠마다 한 마리씩 잡아 온 동네가 잔치하며 부족한 단백질을 보충했다.

긴 겨울 산골 여인들은 베틀로 옷감을 짜면서 보냈다. 코하루는 시어머니에게 베 짜는 것과 다듬이질하는 것을 배웠다. 베 짜는 것도 처음 해보는 것이라 흥미롭지만, 다듬돌 위에 무명옷을 포개놓고 시어머니와 같이 다듬이질을 하는 것도 신기하고 재미있었다. 양손에 방망이를 들고 시어머니와 마주 앉아 다듬잇돌 위에 무명 이불천을 포개 개어서 올려놓고 다듬이질하는 소리는 리듬을 타고 겨울밤 하늘에 청량하게 울려 퍼졌다. 빠르게 두 손으로 두드리는 다듬이질 소리에 근심 걱정이 모두 날아가는 것 같았다. 시어머니는 젊은 시절 힘든 시집살이의 서러움과 한을 빨래와 다듬이질을 하면서 방망이로 두들겨 날려 보냈다고 했다. 아무도 나다니는 이 없는 겨울밤, 별들도 얼어붙은 것 같은 공허한 밤하늘에 리듬을 타고 울려 퍼지는 청량한 다듬이질 소리는 천상에서 들려오는 듯 신비로웠다.

　　조선은 일본과 문화와 언어가 달라 코하루는 무엇이나 처음 보는 것은 신기했다. 남편과 시동생들은 매일 땔감을 해와 집 옆에 커다랗게 나뭇가리를 쌓았다. 겨울에 땔감을 부지런히 해와서 쌓아두어야 봄부터 여름, 가을 농사철에 나무하러 가지 않아도 된다며 아침에 일어나면 산으로 나무하러 가는 것이 일과였다.

　　겹겹이 두껍게 얼어 천방 위를 넘쳐나던 앞개울 얼음이 깊게 골이 패이며 녹아내리고, 버들강아지가 통통하게 부풀어 오르며 봄이 찾아왔다. 밭 갈아 감자 심고, 조 심으며, 산 아래 얼마 되지 않는 논에 못자리하면서 일 년 농사를 시작했다. 지난가을에 뿌려 놓은 보리는 겨우내 눈 속에서도 얼어 죽지 않고 파랗게 살아나

쑥쑥 자라났다.

삼월이 지나고 사오월에 들어서면서 메말랐던 나뭇가지에 꽃이 피어나고, 연초록의 나뭇잎이 푸르러져 신록이 짙어가는 좋은 계절이지만, 배고픈 보릿고개의 시작이었다. 파란 보리 이삭이 피어오르는 오월 한 달 동안, 작년에 농사지은 양식은 떨어졌는데 보리와 감자는 아직 나지 않아 먹을 것이 없었다. 보리가 익고 감자가 나려면 한 달이나 남았는데 양식은 떨어져 해마다 이 기간은 가난한 농민들에게 시련의 기간이었다.

사람들은 식량이 부족해 죽으로 끼니를 대신했다. 온 식구가 먹을 한 끼 끼니는 좁쌀이나 보리쌀 한 줌 넣어 쑨 멀건 죽이었다. 산으로 들로 나가 나물 뜯고 송기를 벗겨서 물에 우려낸 것을 말려 디딜방아에 찧어 부드럽게 하여 보리쌀 한 줌을 넣고 소금으로 간을 맞추어 죽을 끓였다. 영양가 없는 소나무 속껍질로 죽을 쑤어 먹으니 늘 배고프고 소화가 안 되어 변을 보기 힘들었다. 하루 이틀도 아니고 한 달, 두 달 동안 송기죽으로 끼니를 대신하니 마르고 허기져 농사일하기도 힘겨웠다. 영양실조로 부기가 들어 얼굴이 푸석푸석 부어올랐다. 먹지 않으면 마를 것 같은데 처음에는 마르지 않고 얼굴에 부기가 들었다.

대석은 일본에서 돌아와 코하루가 처음 겪을 보릿고개라 지난 가을부터 준비했다. 식구들이 산에서 도토리를 줍고, 더덕과 도라지, 잔대를 캐어 말려두고, 겨울에는 잡은 산돼지 고기를 연기에 그을려 훈제를 만들어서 말려두기도 했다. 모자라는 양식은 들과 산에서 쑥과 산나물을 뜯어와 죽을 쑤어 먹으며 끼니를 건너지는 않았지만 늘 배가 고팠다.

코하루는 대석과 처음 사귈 때 했던 말이 생각났다.

"고향에 가면 여기처럼 살지 못해요. 식량이 모자라 늘 배가 고프고요."

"대석 씨 옆이라면 배고픈 것쯤은 얼마든지 참을 수 있어요."

"태어나고 한 번도 배고파 보지 않았잖아요. 배고픈 것이 얼마나 힘든지 알기나 해요?"

"알아요. 이제 대석 씨 마음 알았으니 아빠, 엄마 모르게 자주 만나요."

그때는 대석 씨 옆이라면 배고픈 것까지도 낭만으로 생각했다. 그러나 배고픈 것은 참기 힘든 형벌과 같은 고통이었다.

코하루는 보릿고개를 넘기며 식구들의 배고픔을 해결하는 방법이 없을까 하고 생각했다. 식구들뿐만 아니라 온 동네가 보리가 날 때쯤이면 지난해 농사지은 식량이 떨어져 굶고 있는 것을 보면서 동네 사람들이 모두 이곳을 떠나 이사를 가지 않는 한, 이곳 환경에 맞추어 살아갈 방법을 찾아야 한다고 생각했다. 해마다 찾아오는 사오월 보릿고개 때가 되어도 굶지 않을 방법을 찾아 노력하면 해결할 수 있을 것 같았다. 코하루는 인근 마을 교회 근처에 오래전 외국 선교사가 가져와 심어놓은 사과나무를 장로들이 가꾸는 것을 보았다. 산비탈이라 논이 거의 없고, 밭에는 돌이 많아 보리와 밀, 감자를 심는 데는 알맞은 토질이 아니지만, 사과나무는 돌이 있고, 산비탈이어도 잘 자라겠다고 생각했다. 코하루는 일본에서 자라면서 산 아랫마을에서 사과 농사를 짓고, 버섯을 재배하던 것을 본 기억이 나서 남편에게 말했다. 코하루와 대석 부부가 서로 이야기할 때는 일본말은 물론이고, 조선말도 처음부터 사투리를 쓰지 않았다.

"대석 씨, 이곳 밭에는 돌이 많아 보리와 조를 심기보다 사과나 자두 같은 과수 농사가 토질에 맞을 것 같아요."

"사과나무는 이웃 교회 근처에서 몇 그루 가꾸고 있지만, 묘목도 없고, 재배하는 기술도 모르는데 가능할까요?"

"일본에 있을 때 산 아랫마을 과수원에서 산에 자생하는 아그배나무 어린 묘목에 사과나무를 접붙이는 것을 본 일이 있어요. 그리고 짚과 참나무를 이용하여 버섯을 재배하는 것도 보았어요."

"할 수 있을까요? 코하루."

"하면 될 것 같아요. 가난에서 벗어나자면 이곳 환경과 토질에 맞는 농작물을 가꾸어야 해요. 우리뿐만 아니라 이웃도 모두 보리가 나기 전에도 굶지 않고 살 수 있는 방법을 찾아야지, 이대로 해마다 봄철 식량이 떨어져 굶으며 살 수 없잖아요."

"사과나무를 심으면 당장에 보리와 감자를 심을 곳이 없지 않아요?"

"사과를 심어도 묘목이 자랄 때까지 농사를 지을 수 있고, 나무니까 집 뒤 산비탈에 심어도 될 거예요."

"산자락이 가팔라 농토를 만들기 힘들 껀데…"

"낙엽이 썩어 거름이 되어 나무들이 잘 자라는데, 사과나무를 심는 데는 경사가 있어도 다른 나무를 베어내고 심을 주위를 계단식으로 약간씩만 평평하게 만들면 가능할 거예요."

대석은 코하루의 말대로 사과 농사를 지으면 배고프지 않은 생활을 할 수 있을 것 같았다. 수십 년 전 외국 선교사가 바위재의 지형과 토질을 보고 코하루와 같은 생각을 하고 일본에서 사과나무 묘목을 가져와 심어놓은 것이 교회 근처에 몇 그루 성목이 되어 있었다.

대석은 산비탈을 밭으로 개간하기는 힘들지만, 사과나무를 심을 수 있도록 수백 군데를 평평하게 만들고, 산에 자생하는 아그배나무 일이 년생 어린 나무를 뽑아다 심어놓았다. 그리고 이때까지 산에서 캐오던 더덕과 도라지, 잔대 씨앗을 받아와 밭둑이나 산자락에 뿌리고, 뚱딴지라는 돼지감자를 캐어와 심었다. 돼지감자는 예부터 울타리 옆에 심어놓으면 여름철에는 노란 꽃이 피어나 꽃밭이 되고, 봄철 양식이 떨어지면 뿌리를 캐어 먹던 구황식물이었다. 이곳 지형과 토질에 알맞은 작물을 심어 노력하면 잘 살 수 있다는 코하루의 말에 사과나무 대목이 될 아그배나무를 심고, 산에서 자라는 다년생 식용식물을 심은 것이었다.

다음해 봄 산비탈에 심어놓은 수백 그루의 아그배나무에 교회 근처의 사과나무에서 잘라온 잔가지로 접을 부쳤다. 사과나무도 홍옥, 국광, 보리 사과라는 축으로 종류별로 구분하여 코하루가 하는 대로 대목인 아그배나무를 자르고, 그 자리에 사과나무 작은 가지를 짧게 잘라 붙이고, 짚과 나무껍질로 꽁꽁 동여맨 다음 빗물이 들어가지 않게 동여맨 자리에 촛농을 떨어뜨려 놓았다. 대석은 이렇게 잘라서 붙인 사과나무 가지가 살아날까 하는 생각이 들어 헛고생하는 것 같으면서도 아내 코하루 말을 믿고 이른 봄철부터 정성을 쏟았다.

한 달이 지나자 신기하게도 접을 붙인 사과나무 가지에서 작은 잎이 돋아났다. 간혹 싹이 나지 않는 나무도 있었지만 성공이었다. 이제 어린 싹이 돋아난 나무에 거름 주고 가꾸어 성목으로 키우면 몇 년 후 사과가 주렁주렁 달릴 것이었다. 대석은 돌이 많아 보리와 감자를 심기 힘든 밭에도 접붙인 사과나무를 옮겨 심었다. 밭둑과 산비탈에 심어놓은 더덕과 도라지, 잔대, 돼지감자도 싹이 터 올라왔다.

"이제 몇 년 후 심어놓은 사과나무에 사과가 달리면 배고프지 않게 살 수 있을 거예요."

"정말 코하루 말대로 보릿고개를 몰아낼 수 있을 것 같네요."

"내년에는 이웃에도 접붙이는 방법을 가르쳐 주어 사과나무를 심도록 해요."

"그래요. 사과나무가 자라면 논이 없고 농토가 좁아 가난한 바위재 동네가 보릿고개를 몰아내고, 이 근방에서 제일 잘 사는 동네가 되겠지요."

햇감자와 보리가 나기 시작했다. 길게만 느껴지던 보릿고개를 넘기고, 이제는 감자와 보리밥으로 배고프지 않게 먹을 수 있었다. 칠월에 들어서자 모깃불을 피운 마당에 멍석을 펴놓고 감자 삶고 옥수수를 쪄서 먹으며 생활했다.

밤이 되니 반딧불이가 온 동네를 뒤덮었다. 코하루는 고향 일본의 산골에도 반딧불이가 있지만, 이렇게 많은 반딧불이가 온 동네를 뒤덮는 것은 처음 보았다. 반딧불이는 날아다니는 작은 별과 같았다. 밤하늘에 별들이 모두 지상으로 내려와 반짝이며 날아다니는 것 같았다. 코하루는 대석에게 말했다.

"세상에! 하늘에 별들이 모두 지상으로 내려와 날아다니는 것 같아요."

"그렇게 생각해요? 나는 어릴 때부터 여름철이면 늘 보아와서 별 느낌이 없었는데."

"아니어요, 대석 씨. 세상 어디에서도 볼 수 없는 날아다니는 별들의 향연이어요. 너무 황홀하여 천국에 온 것 같아요."

"코하루가 그렇게 말하니 반딧불이가 날아다니는 별들과 같이 보이네요."

코하루는 남편의 손을 잡았다. 그리고 이곳에 오고 처음으로 두 사람만의 밤 데이트를 즐기며 반딧불이 속을 걸었다.

"코하루, 이곳에 온 것을 후회하지 않아요?"

"아니요, 대석 씨가 있는데 왜 후회해요."

"고마워요. 고향이 그립고, 이곳 생활이 힘들어 도저히 못 견뎌, 일본으로 가고 싶으면 언제라도 이야기해요."

"일본으로 갈 때는 대석 씨를 데리고 갈 거예요. 그리고 저 애기 가졌어요."

"애기?"

애기를 가졌다는 말에 대석은 코하루를 덥석 끌어안았다.

"코하루, 정말 고마워요."

대석은 너무 기뻐 어쩔 줄 몰랐다. 대석은 코하루에게 입맞춤을 했다. 참 오래간만에 하는 입맞춤이었다. 주위에는 하늘의 별들이 모두 지상으로 내려와 반딧불이가 되어 날아다니며 행복해하며 황홀경에 빠져 있는 대석과 코하루 부부를 감싸고 날으며 새 생명의 잉태를 축복해주는 것 같았다. 코하루는 아기를 가져도 먹는 음식은 영양가 없는 데다가 입덧이 심해 예쁘던 얼굴에 기미가 까맣게 끼었다.

아기가 태어났다. 남자아이였다. 대를 이어갈 장손이 태어났다고 온 집안이 좋아했다. 아기가 태어나 기쁘지만, 세상은 좌우익의 갈등이 심해가고, 신생 대한민국은 치안이 불안하여 조용하던 산골 동네까지 낯선 사람들이 나타나 걱정스러웠다. 산에는 공비들이 돌아다녀 어느 날부터 산을 오를 수 없었다. 대석은 면방위대에 동원되어 부족한 경찰 치안을 돕고 있었다. 어떤 산골 마을에는 공비들이 내려와 양식을 빼앗고 사람을 죽이기도 하였다는 흉흉한 소문이 들려왔다.

일 년이 지나 아기가 젖을 뗄 무렵 세상은 좌우익의 대립이 더

욱 격해지고, 산촌에는 공비들이 나타나 불안한데 전염병 장티푸스까지 발생하여 각 곳으로 번져 나갔다. 신생 대한민국은 국론이 분열되고, 치안이 불안해서 전염병이 전국적으로 창궐하는데도 제대로 된 대책을 세우지 못했다. 농촌지역에는 병원도 없고, 약이 없어 방역과 치료가 제대로 이루어지지 않았다. 전염병이 돌면 국가에서 전염 경로를 알아내는 역학조사로 전염원을 차단하고, 병에 걸린 사람을 격리하여 치료하며, 병의 확산을 막아야 하는데, 좌우익의 이념대립으로 혼란한 나라에서는 그럴 인력도, 제도도 미비하여 병은 넓은 지역으로 퍼져나갔다.

눈에 보이지 않는 병균은 이곳 산골짝 바위재 동네까지 숨어 들어와 코하루가 장티푸스에 걸렸다. 코하루는 아기를 낳고 허약한 몸에 영양실조로 병에 대한 저항력이 약해서 고열에 시달리며 사경을 헤매고 있었다. 한약을 지어와 달여 먹였으나 병은 깊어만 갔다.

장티푸스에 걸린 환자는 40도나 되는 고열에 두통과 전신에 통증이 오고, 오한에다 가슴에 붉은 반점이 생겨나며, 복통과 설사가 뒤따랐다. 환자는 심한 통증을 견디지 못해 온 방을 구르며 고통스러워했다. 흉년으로 먹지 못해 얼굴이 누렇게 뜬 사람들은 병에 걸려 치료도 못 받고 죽어갔다. 장티푸스를 앓다가 살아난 사람도 심한 열 때문에 머리털이 다 빠져 대머리가 되어 몰골이 흉측했다. 빠진 머리털이 다시 나서 길게 자라고, 건강을 되찾기까지는 일 년도 더 걸렸다. 조선시대 때에도 전염병이 돌면 혜민서

의원이나 어의를 보내 병을 다스렸다는데 독립된 대한민국은 사회가 혼란하고, 나라의 체제가 잡히지 않아 면사무소 직원들이 나와 동네 입구에 금줄을 쳐서 외부 사람의 출입을 금지시키는 것이 고작이었다.

삼십 리 떨어진 예안 장터 한의원에 가서 왕진을 부탁했다. 한의사는 마스크로 입과 코를 가린 채 왕진 와서 열을 내리는 약을 달여서 코하루에게 먹이고, 수건을 찬물에 적셔서 몸을 닦아 열을 내려주었다. 간호하는 식구들에게 구하기 쉬운 대나무 잎이나 맥문동과 담 위나 기와지붕 위에 나는 와송을 달여 먹여 열을 내리고, 환자를 간호하고는 꼭 손을 씻고 물과 음식물을 끓여서 먹으라는 간단한 간호법과 예방법만 가르쳐 주고 갔다.

식구들은 약을 달여 먹이며 코하루 간호에 온 정성을 기울였다. 코하루는 심한 열로 머리털이 빠진 초라한 모습으로 몹시 고통스러워했다. 식구들은 같이 병에 걸려가며 코하루를 구하려고 온 힘을 다했으나 코하루는 "내 아기, 내 아기!" 하며 아기를 찾으며 끝내 숨을 거두었다.

대석은 하늘이 무너지는 것같이 슬펐다. 차라리 코하루를 일본에서 데려오지 말 걸 하고 후회했다. 해방이 되자 조선에서 생활하던 일본 사람들은 현해탄을 건너 일본으로 돌아가는데 코하루는 일본에서 대석을 따라 바다 건너 조선으로 왔다. 3년 동안 낯선 조선 땅에 와서 식량이 모자라 배고프게 생활하면서 사랑의 결실인 아들 하나 낳아놓고, 가난으로 고통받는 시댁과 동네 사람이 배고프지 않게 살 수 있도록 사과나무를 심고, 산에서 더덕과 도라지 잔대 씨를 가져와서 뿌려놓고 다시는 돌아올 수 없는 머나먼 저세상으로 떠났다. 대석은 장례를 치르고 코하루의 분신인 아들을 끌어안고 눈물을 흘렸다.

"엄마 어디 갔어?"

"엄마는 하늘나라로 갔단다."

겨우 말을 하는 두 살 난 아들이 엄마를 그리워하며 묻는 말에 가슴이 먹먹했다. 대석은 코하루와 같이 생활한 지난날을 생각하면 힘들었던 일까지도 행복하게 생각되었다. 대석은 이제 코하루 없는 세상에서 아들을 키우며 살아가야 했다.

❷ 혼돈의 시대

　신수돌은 지리산에서 징병을 피해 같이 생활하던 대학생들과 연락하며 안동 민주청년동맹 고문으로 남로당에서 내려오는 지령에 따라 신탁통치 찬성운동을 하고 있었다. 해방되자 삼팔선을 경계로 북쪽은 소련군이 들어오고, 남쪽은 미군이 들어와 나라는 둘로 갈라졌다. 남쪽에서는 공산주의를 추종하는 좌익과 민주주의를 표방하는 우익으로 나뉘어져 사회가 불안했다. 수돌은 신탁통치 반대운동을 하는 우익단체들과 대립하며, 때로는 투석과 각목을 휘두르는 폭력사태로 분위기가 살벌했다. 독립된 나라를 공산국가로 만들려는 좌익진영과 민주주의 국가를 세우려는 우익진영이 전국 각 지역에서 서로 폭력을 행사해서 많은 사람이 다치고 죽어 나갔다.
　좌익계인 전국노동자평의회는 해방 다음해인 1946년 9월 24일 대구철도노조 파업으로 경찰과 충돌하여 노조원 수백 명과 경찰 30여 명이 사망하는 사건이 발생했다. 미 군정 치하에서 일어난 큰 사건으로 경찰이 주동자 체포에 나서자 주동자들과 적극 가담자들은 경찰을 피해 산으로 숨어들어 공비가 되었다. 그들은 밤이 되면 산에서 내려와 지서를 습격하여 무기를 탈취해 게릴라 활동을 하며 치안을 어지럽혔다.

신탁통치의 막바지인 1948년 5월 10일 남로당의 방해 속에서도 남한만의 국회의원 선거가 치러졌다. 제주도에서는 선거 한 달 전에 일어난 4.3사건(당시에는 사태라고 했다)으로 선거를 치르지 못하고, 육지에는 미 군정 감시 아래 선거가 순조롭게 진행되었다. 남쪽만의 선거였지만, 오천 년 단군 이래 처음으로 국민이 직접 정치인을 뽑는 선거였다.

우혁이 사는 안동군에는 갑구, 을구로 나누어 두 명의 국회의원을 선출했다. 신생 대한민국 국회의원으로 당선된 전국 198명의 의원은 국회의사당이 된 서울 시민회관에 모여 헌법을 만들고, 초대 대통령으로 이승만을 선출하여 미 군정인 신탁통치를 끝내고 대한민국 정부를 수립했다. 북쪽에는 소련의 지배하에 주석이 된 김일성이 조선민주주의인민공화국을 수립하여 독립된 조선은 북위 38도선을 경계로 둘로 분단된 국가가 되었다.

남쪽 대한민국에서는 민주 정부가 들어서면서 공산주의 활동이 불법화되자 이때까지 좌익활동을 하던 사람들은 월북하거나 산속으로 숨어들었다. 산속으로 숨어든 사람들은 북쪽에서 넘어온 사람들과 빨치산이 되어 무력투쟁으로 대한민국 전복을 꿈꾸며 세력을 키워갔다.

안동지방을 중심으로 경북 북부지역 빨치산 대장으로 활동하는 김달삼은 일월산 일대에서 수백 명의 공비를 이끌고 게릴라 활동을 하고 있었다. 김달삼은 면 단위 지서를 공격해 무기를 탈취하여 무장하기 시작했다. 그의 본명은 이승진이고, 제주도에서 태어나 일본군 장교로 근무했다. 해방되자 조선공산당 경북도당 서부지역에서 조직책으로 근무하다가 제주도로 건너가 교직에 위장 취업하여 남로당 제주도당위원장으로 활동했다. 그는 제주도를 완전 해방구로 만들기 위해 경찰에 대한 민심의 불만을 이용하여 4.3사태를 일으켜 주도하였다.

국군이 제주도에 들어가 진압하면서 공비뿐만 아니라 산간지역의 주민까지 대량 학살하였고, 김달삼은 계획이 실패하자 월북하였다. 월북한 그는 조선인민공화국 최고인민위원회 제1기 대의원으로 선출되었고, 헌법위원으로 추대되었으며, 국기훈장 2급을 수여받고 남파되어 태백산을 거쳐 일월산으로 왔다. 김달삼은 일월산을 거점으로 안동과 영양, 봉화, 청송, 울진 등 경북 북부지역 일대에서 게릴라 활동을 전개했다. 김달삼은 지서를 습격하고, 도로의 교량을 파괴하며, 밤마다 산골 마을에 내려와 식량을 빼앗아 갔다. 많은 군인과 경찰이 공비토벌에 투입되었다. 이 지역 산골 주민들은 밤에는 공비들에게, 낮에는 토벌군인과 경찰에 시달리며, 밤낮 생명의 위협을 받으며 위태롭게 살아가고 있었다.

수돌은 그동안 안동군 내 좌익단체인 민주청년동맹에서 좌익 활동을 하며 "신탁통치를 찬성하고 5.10선거를 방해하라"라는 남로당의 지령에 따라 활동해왔으나 뜻을 이루지 못하고 민주주의인 우익정권이 들어서자 숨어 지내는 몸이 되었다. 수돌은 징용을 피해 지리산에 들어가서 징병을 피해온 대학생들과 같이 생활하며, 그들이 신봉하는 사상에 동화되어 공산주의자가 되었다. 나라가 공산화되면 토지는 공동으로 소유하고 상하도, 부자도, 가난한 사람도 없이 모두가 잘 살 수 있다는 대학생들의 말에 이끌려 그들의 사상에 동조하게 되었다. 조상 대대로 가난에 허덕이며, 권력자인 관리들과 땅 많은 부자에게 착취당하며 살아오던 세상을 뒤집어엎고 낙원 같은 새 세상을 만들기 위하여 좌익단체에서 활동하며 남로당에서 내려오는 지시에 따라 열심히 활동했다.

　그러면서도 우익뿐만 아니라 철도파업을 선동하고, 많은 사람이 죽어 나가는 폭력이 난무하는 좌익들의 활동을 보며 '무언가 잘못되어 가고 있는 것은 아닐까?'라는 의문이 들었다. 그러나 지리산에서 마지막 밤 학도병을 피해온 대학생들이 선생님이라고 모시는 분의 강연에서 "새 나라를 건설하는 데 반대하는 세력과의 전쟁에서 때로는 폭력과 죽음도 각오하고 싸워서 반드시 이겨 우리의 후손들이 상하도, 빈부의 차이도 없는 평등한 사회에서 천년만년 살아갈 행복한 나라를 건설해야 할 것입니다"라는 말이 떠올랐다. 폭력은 그때 대학생들로부터 존경받던 선생님이 말한 새 나라를 건설하는 한 과정이라고 생각했다. 수돌은 당에서 내려오는 지령에 따라 국회의원 선거를 방해하고, 각 직장노동조합의 파업을 선동하고, 때로는 측면에서 지원해왔으나 모든 것이 뜻대로 되지 않았다. 그동안 좌익단체에서 온 힘을 다해 활동했지만, 미군이 지원하는 대한청년단을 비롯한 우익단체들을 누르고 공산국가를 세우기에는 역부족이었다.

수돌은 몇 년 전 일본 순사들을 피해 도망 다니던 때처럼 대한민국의 경찰을 피해 또 도망 다니는 신세가 되었다. 예안 인근에서는 평생을 살아오며 얼굴이 알려져 숨어다니기가 어려웠다. 더구나 해방되고 몇 년 동안 군내에서 민주청년동맹 활동을 하여 경찰의 추적을 피할 수 없었다.

수돌은 일정 때 일본 순사를 죽이고 피신했던 지리산으로 돌아갔다. 몇 년 동안 지리산에서 생활해온 수돌에게 지리산은 세상을 등지고 살아갈 수 있는 푸근한 장소였다. 지리산에는 지난날 징용을 피해 갔을 때 만나 같이 지내던 동지들은 없고, 새로운 사람들이 장악하고 있었다. 지리산에 들어가면서 빨치산들의 엄격한 검문을 받았다. 그들은 경찰의 첩자가 잠입하는 것이 의심스러워 신원검증과 심문과정에서 조금만 의심스러우면 좌익인 자기편이라도 가차 없이 처단해버렸다. 수돌은 사람의 생명을 너무 가볍게 생각하고 처치해버리는 그들이 섬뜩하였으나 내색할 수 없었다. 수돌은 그들의 심사를 무사히 통과해 지리산으로 들어갈 수 있었지만, 공산주의 활동을 하던 사람이라도 조금만 의심스러우면 거리낌 없이 죽여버리는 인정도 눈물도 없는 행태를 보면서 그들과 같이 생활해야 할 앞날이 걱정되었다.

　지리산뿐만 아니라 전국 각 지역 산에는 좌익활동을 하던 사람들이 숨어들어 공비가 되어 활동했다. 북한에서 넘어온 사람들은 산속에 흩어져 활동하는 공비들을 규합하여 세력을 키워갔다. 어떤 곳은 낮에도 대한민국의 행정력이 미치지 못할 만큼 강력한 세력이 되어 해방구를 만들기도 했다. 공비들은 지서를 습격하거나 혼자 가는 군인을 공격하여 무기를 빼앗아 무장하기 시작했다. 그들은 북으로부터 지원을 받을 수 없어 식량을 비롯한 산속 생활에 필요한 각종 생활용품을 민간인에게 빼앗아 생활했다. 공비들은 약탈, 방화, 살인으로 후방을 교란시켜 치안을 어지럽히며 신생 대한민국의 전복을 시도하고 있었다.

　빨치산 중에는 북한 강동정치학원에서 교육받고 남파된 사람들도 있었다. 그뿐만 아니라 월북자 중 우수한 사람은 소련으로 유학을 보내 게릴라 지휘관으로 양성하여 남파하였다. 남부군의 지리산 지역의 박영발, 방준표는 소련 모스크바대학에서 정치학 교육을 받고 전북도당 위원장과 전남도당 위원장으로 파견되어 빨치산 지도자로 활동하고 있었다.

　소백산은 경상도와 충청도, 강원도 3도를 경계로 하는 백두대간의 중심에 있는 큰 산이었다. 삼팔선 이북에 위치한 설악산에서부터 태백산, 소백산을 거쳐 지리산으로 이어지는 빨치산 루트이자 거점이었다.

　경북 안동 북부 예안 일대는 소백산에서 뻗어 내린 천 미터 이

하의 비교적 낮은 산들이 산재해 있었다. 강 건너 운암산과 북쪽으로 영지산, 용두산, 박달산, 만리산과 청량산, 일월산 같은 산들이 주위를 둘러싸 있고 서쪽으로는 학가산, 조은산, 천등산이 있으나 태백산이나 지리산처럼 높지는 않지만, 산악지대라 빨치산의 소부대들이 은신하고 있었다. 좌익활동을 하다가 숨어든 많은 사람들은 공비가 되어 산속에서 생활하다가 북한에서 게릴라 교육을 받고 넘어온 사람들에 의해 빨치산으로 조직화되었다. 물론 이들도 남부군 태백산 지구에 소속되어 있지만, 총으로 무장되지 않은 소규모 부대로 활동하고 있었다.

지리산과 태백산과 달리 일월산을 제외하면 천 미터 이하의 낮은 산으로 골짜기마다 도로가 나 있어 경찰이나 국방군이 접근하기가 쉬웠다. 이런 곳에 수백 명이나 되는 많은 수의 빨치산이 은신하여 활동하기에는 불리하여, 십여 명, 많으면 사오십 명의 공비들이 무리 지어 활동했다. 그들은 밤이 되면 산골 동네를 장악하고 지서나 면사무소를 습격했다. 공비들은 북한으로부터 지원을 전혀 받을 수 없어 지서를 습격하여 총과 탄약을 탈취하고, 양식과 일용품은 산속의 외딴 동네에 살고 있는 민간인에게서 빼앗아 생활했다. 공비들은 지방에서 좌익활동을 하다가 산으로 들어온 사람들이라 의복은 대부분 핫바지 저고리이며, 수십 명 중에서 총은 몇 정 되지 않고 대나무를 깎아서 만든 죽창으로 무장하고 있었다.

전국 산간지역에서는 밤마다 공비들이 나타나 경찰이나 군인뿐만 아니라 그 가족까지도 살해하고, 산촌에 나타나서 식량을 약탈하여 치안이 극도로 불안했다. 그들은 낮에는 평민으로 위장해 다니다가 밤이 되면 공비로 변해 면 단위 지서를 습격하여 경찰을 죽이고, 무기를 탈취하며, 산간 마을에 내려와 식량을 빼앗고 마을을 불태우기도 했다.

신작로 가에 있는 마을에는 검문소를 만들어 인근 몇 개 동네 사람들이 모여 당번을 정해 교대로 밤낮 길목을 지키며 지나다니는 사람들을 검문했다. 해방 후 아직 사람들의 생활 반경이 넓지 않을 때라 마을 앞을 지나는 사람들은 대부분 인근에 사는 사람들로 서로가 안면이 있는 사이였다. 도민증이 만들어져서 멀리 가려면 지나는 동리마다 검문소에 도민증을 제시하여야 통과할 수 있었다. 검문소는 큰 나무를 베어와 짐차가 다녀도 부딪히지 않을 만큼 커다란 솔문을 만들어 놓고 낯선 사람이 지나가면 도민증으로 공비 여부를 확인했다. 잊어버리고 도민증을 가지고 오지 않는 사람은 붙들려서 공비가 아니라는 것을 증명해야 하므로 고역을 치르기도 했다.

밤낮 24시간 보초명단을 짜서 낮에는 두 사람이, 밤에는 한 사람이 목총을 들고 보초를 섰다. 밤 보초 당번 대기자들은 한 집에 모여 같이 잠을 자며 배정시간에 따라 보초를 깨워서 교대했다. 겨울밤은 춥고 길어 지루했다. 저녁을 먹은 지 오래되어 배가 출출하면 이웃집 무 구덩이에서 무를 꺼내와 먹었다. 추수가 끝나고 겨울에 먹기 위해 땅을 파고 무를 넣고, 그 위에는 나무를 걸치고 흙을 덮어 꺼내는 쪽에 구멍을 만들어 짚단으로 찬바람이 들어가 얼지 않게 막아놓았다. 이웃집 무 구덩이에서 자기 것처럼 무를 꺼내와서 먹어도 주인은 말하지 않았다.

그때는 인분을 거름으로 썼으므로 겨울 동안 변소에 인분이 차면 무 구덩이처럼 만들어 인분을 부어 넣어 보관했다가 봄이 되면 밭에다 뿌렸다. 이웃 동네에 와서 보초를 서던 두 사람은 인분 구덩이를 무 구덩이인 줄 알고 짚으로 만든 마개를 뽑았다. 겨울에는 냄새가 밖으로 풍기지 않으니 무를 꺼내려고 손을 넣다가 인분이 잡혀 멈칫하다가 장난기가 발동하여 옆 친구에게 말했다.

"내 손이 짧아 못 꺼내겠네. 자네가 꺼내 보게."

"그것도 못해? 비켜봐."

구덩이 입구에 손을 힘껏 들이밀었다.

"물컹~"

인분이 손에 잡혔다.

"이크! 이 사람이 똥통 속에! 자네 너무 심하잖나?"

두 사람은 개울가에 가서 얼음을 깨고 씻고 들어와 이야기하여 사람들의 웃음거리가 되었다. 춥고 지루한 겨울밤 한두 시간씩 보초를 서는 것은 힘이 드는 일이었다. 내복도 거의 입지 않을 때라 솜을 놓았다고 하지만, 변변치 못한 핫바지 저고리를 입고 영하 이십 도 가까이 떨어지는 추위에 옷깃 속으로 찬 공기가 스며들어와 야간 보초는 고역이었다. 그래도 전국 각지의 산골 동네가 불타고 사람이 죽어 나갈 때라 초소를 비울 수 없었다. 동네에서 한 개뿐인 태엽을 돌리는 시계를 보초 서던 사람이 들어와서 시간을 앞당겨 놓고 다음 보초를 깨워 내보냈다. 마지막 보초는 추위 속에서 몇 시간이 되어도 날이 새지 않았다. 그래도 초소를 비울 수 없어 추위를 무릅쓰고 날이 샐 때까지 몇 시간이나 보초를 섰다. 아침이 되면 시간 도둑이 누구냐고 보초들끼리 소동이 일어났다. 시간 도둑을 잡으려고 해도 모두 시침을 떼고 있었다. 먼저 선 사람 중에 누가 시계를 돌려놓고 자기 보초를 마지막 보초에게 떠넘기는 얌체 짓을 하였지만 찾을 수 없었다.

청년들은 군대식 제식훈련을 받았다. 일본 군대에 다녀온 사람들이 마을마다 있어 군사훈련을 시키는 것은 어렵지 않았다. 모두 나무로 깎은 목총을 만들어 들고 제식훈련부터 사격훈련, 심지어 낮은 포복, 높은 포복, 각개전투 훈련까지 받았으나 목총을 들고 핫바지 저고리를 입고 있는 동네 방위대가 산에서 생활하는 공비들이 죽창을 들고 나타나면 싸울 수 있을지 걱정이었다.

어느 날 예안 지서에서 녹전 지서 사이의 전화선이 절단되었다. 밤에 공비들이 민가에서 떨어진 곳의 전봇대를 베고 전선을 끊어놓았다. 이튿날 전선 수리공이 와서 동네 장대를 동원하여 전봇대 대신 세우고 전선을 이었다. 다음날 밤 공비들은 인적이 드문 외진 고갯길에서 수백 미터씩의 전봇대를 베어버리고 전선을 모두 거두어버려 수리공이 와도 수리할 수 없었다. 녹전 지서와 예안 지서의 통신이 두절되어 연락이 안 되니 군인들이 예안에 주둔하고 있어도 어디에서 공비들이 출몰하였는지 알 수 없었다.

　경찰이 와서 동리마다 사람들을 동원하여 육성으로 수십 리를 연락하는 방법을 택했다. 조선시대 때는 봉홧불로 전국의 위급한 상황을 한양으로 알렸는데 봉홧불보다 더 원시적인 방법이었다. 소리를 들을 수 있는 수백 미터씩 사람을 세워 서로 복창하여 전달하는 것이었다. 사람들은 농사일도 접어둔 채 밤낮 당번을 정하여, 정해진 위치에 서서 전화 대신 말 전달에 동원되었다. 젊은 청장년들은 산 위나 지형이 험한 곳에 서고, 나이 많은 노년층은 동네 앞 평지에 섰다.

　예안 지서에서 인근 지역의 상황을 파악하기 위하여 "서삼, 사신 전달!" 하고, 말이 가는 위치를 먼저 말하고 "현재 상황 어떤가?" 하고 적정의 분위기를 물어왔다. 그러면 한 시간쯤 후에 "예안 전달. 서삼, 사신 이상 없다." 하고 전달한 말이 서삼, 사신까지 수십 리를 갔다가 되돌아 전달되어 왔다. 한 달이 넘도록 농사일을 못할 뿐만 아니라 밤잠도 못 자고, 두 개 면 온 동네 사람들이 밤낮 말 전달에 동원되었지만, 그동안 공비가 출몰하지 않아 다행이었다. 공비가 나타났다면 죽창을 들고 있는 공비들이 듣는데 "대밭골 동네 공비 열 명 출몰!" 하고 고함쳐 전달할 수 있었을까? 어쨌든, 그때는 죽지 않으려면 경찰이건, 공비이건 시키면 시키는 대로 할 수밖에 없는 세상이었다.

❸ 빨치산의 습격

어느 날 우혁의 집이 있는 노송골에서 십여 리 떨어진 광현리에 국방군에 간 조태웅이 휴가 왔다. 아랫동네서는 국방군에서 휴가 나온 송인호도 늘 국방군 옷을 입고 다녔다. 인근 동리에서 아직 국방군에 간 사람이 거의 없어 군복을 입고 있는 그들이 특별하고 멋이 있어 보였다. 송인호는 이웃 사람들에게 휴가 나왔다고 했지만, 사실은 여수순천 반란사건에 가담하였다가 진압군이 들어오자 도망쳐 고향에 와 있었다.

우혁은 모처럼 군대에서 휴가 온 친구들이 상현네 집에 모인다는 소식을 듣고 저녁식사 후 십 리 떨어져 있는 상현의 집으로 갔다. 상현네 집은 동네에서 잘 사는 집이고, 식구가 많아서 초가집이지만 세 채나 되고 방이 많았다. 사랑방도 구 사랑방과 사랑방, 위 사랑방 등 세 개나 되었다. 구 사랑방은 오래전에 사랑방으로 쓰던 방으로 여자 손님들이 오면 쓰는 방이고, 사랑방은 남자 손님들의 방이고, 위 사랑방은 동네 사람들이 모여 회의를 하거나 젊은 사람들이 모여 놀기도 하는 마을회관과 같이 쓰는 방이었다. 여인들이 쓰는 구 사랑방은 안채에 붙어 있고, 사랑방과 위 사랑방은 긴 마루를 끼고 연결되어 있었다. 마루 앞에 있는 널찍한 마당은 곡식을 탈곡하는 장소이고, 안채에도 집안 여인들이 사용하는 안마당이 따로 있고, 안마당으로 가려면 양쪽이 담벼락으로 되어 있는 골목을 거쳐야 들어갈 수 있었다.

아래 윗동네 청년들과 노송골에서 온 우혁까지 이십여 명의 청년들이 모였다. 국방군에서 휴가 온 조태웅과 송인호는 군복을 입고 있었다. 모인 청년 중에 많은 사람이 일본군이나 징용에 갔다 온 사람들이라 군대 이야기가 자연스럽게 이어졌다.

해방되고 좌익과 우익이 심하게 대립할 때 대부분 청년은 우익인 대한청년단이나 광복청년회에 다녔다. 일부 청년들은 좌익인 민주청년동맹에 다녀도 서로 같이 자란 친구들이라 별 격의 없이 지냈으나 선거에 의해 국회의원이 선출되고, 민주주의 정부가 들어서면서 공산주의가 불법화되자 좌익이었던 친구들은 이북으로 넘어가거나 산속으로 들어가 공비가 된 사람들도 있었다. 노송골에서 같이 자라던 신정호의 아버지 신수돌은 해방 전에 징용을 피해 가 있던 지리산으로 들어가고, 신정호도 말수가 없어지고 친구들을 만나지 않고 집에서만 지냈다. 친구들이 어쩌다 정호를 만나 인사해도 멀뚱멀뚱 바라보기만 하여 정신이 이상해진 것 같았다.

송인호는 군대 내에도 남로당 계열의 공산주의자가 있어 반란이 일어났다고 했다. 산골 예안에는 라디오도 없고, 신문도 들어오지 않아 세상 돌아가는 것은 인편으로만 전해 듣고 알 수 있었다. 송인호는 휴가를 온 것이 아니고, 여수에 주둔한 14연대 소속으로 제주 4.3사건 진압을 위하여 제주도로 출동하기 전 군대 내의 공산주의자들에 의하여 무장한 채 시내로 나가 여수와 순천을 장악하고, 많은 사람을 죽이는 과정에서 소대장이 부대를 장악한 공산주의자의 눈을 피해 소대원들에게 진압군이 오면 모두 죽는다며, 소대를 해산하며 요령껏 살아서 고향으로 돌아가라고 해서 왔다고 했다. 방 안의 청년들은 국방군 송인호의 이야기를 듣고 넋이 나갔다. 전국 각 지역 산에 공비들이 숨어서 활동하고 있지만, 국방군 내에까지 공산주의자가 침투해 있으리라고 생각하지 못했다. 송인호의 이야기는 듣고도 믿기지 않았다.

"무장한 국방군이 여수, 순천을 점령했다는 게 뭔 소린가? 자세히 말해봐."

"내 이바구 못 믿겠제. 현장은 참혹했어."

송인호는 자기가 겪은 이야기를 했다.

한 달여 전인, 1948년 10월 19일 14연대는 제주도 4.3사건 진압을 위해, 어제 떠난 부대에 이어 제주로 출동하기 위해 배를 탈 준비를 하고 있었다. 저녁때가 되어 장교들이 식당에서 식사를 하고 있는 사이에 부사관 지창수 상사가 경찰을 혼내주러 가야 한다며 사병들을 모두 연병장에 집합시켰다. 그동안 군인들은 외출 중에 경찰들과 마찰을 빚기도 했다. 여수뿐만 아니라 전국 각지에서 해방되면서 바로 창설된 경찰과 뒤늦게 창설된 국방군은 갈등이 있었다. 군인들은 외출이나 휴가를 나와서도 경찰의 통제를 받지 않고 자기들이 경찰보다 높은 위치라고 생각했고, 경찰은 군인이라도 사회에 나오면 치안을 담당하는 자기들의 통제를 받아야 한다고 생각했다. 더구나 일본 순사로 있던 사람들이 아무런 제재도 없이 경찰이 된 사람도 많았으며, 국방군 중에는 사회주의 사상을 가진 자도 있어 서로의 불신이 심해 전국 어디서나 군경 간에 작은 마찰이 있었다. 그러다가 1947년 6월 2일 영암에서 군경 사이 몇 사람의 다툼으로 시작된 일로 국방군과 경찰이 충돌하여 300명의 군인과 경찰의 전투가 벌어져 경찰보다 장비가 열세였던 국방군 6명 사망하고, 수십 명이 부상당하는 사건이 발생했다. 미군 고문관과 상부의 개입으로 사건은 일단 마무리되었으나 서로 갈등의 골은 깊게 남아 있는 가운데, 1948년 8월 24일 구례에서 14연대 장병과 경찰의 충돌사건이 일어났다.

부사관 지 상사는 불과 한 달여 전 14연대 부대원이 경찰과 충돌한 것을 이용하여 "제주도로 떠나기 전에 경찰들을 손보아야 한다"라고 병사들을 설득하며 영외인 시내로 나갈 준비를 하고 있었다. 그때까지도 사병인 송인호는 별로 심각하게 생각하지 않았다. 군인들이 경찰서로 가서 경찰들을 혼내주고 들어오는 정도로 생각했다. 그때 장교가 나와서 말했다.

"누가 마음대로 병사들을 집합시켰느냐?"

지 상사는 권총으로 사병들이 도열해 있는 앞에서 장교를 사살해버렸다. 상상도 못할 하극상이 순식간에 일어났다. 지 상사와 그 일당들은 총소리를 듣고 뛰어나온 일부 장교와 기간병들을 모두 사살했다. 그리고 지 상사의 명을 받은 군대 내 공산당들은 장교들을 찾아다니며 닥치는 대로 사살했다. 그렇게 순식간에 장교와 기관병이 22명이나 사살되었다.

병사들은 눈으로 보고도 믿기지 않았다. 그렇지만 장교와 기간병들을 무차별 사살하는 분위기 속에서 그들의 명령에 따를 수밖에 없었다. 명령에 따르지 않는 병사는 그 자리에서 사살해버렸다. 14연대 내에 공산당 세포조직 40여 명은 부대 내 무기고와 탄약고를 장악하고, 탄약과 수류탄으로 병사들을 무장시켰다. 여수 시내로 나온 14연대는 공산당원인 장교 김지회 중위의 지휘하에 정부가 수립되면서 지하로 숨어들었던 공산당인 남로당원 오륙백 명과 합류하여 경찰과 그의 가족과 우익인사를 닥치는 대로 사살했다. 일부 반란군들은 열차로 남로당 비밀조직원 홍순석 중위가 있는 순천까지 장악했다. 그들은 벌교, 보성, 고흥, 광양, 구례 등 넓은 지역을 장악하여 경찰과 우익인사와 그들에 협조하지 않는 사람들을 학살했다. 그렇게 죽어간 사람이 수백 명을 넘어 수천여 명이나 되었다.

송인호가 소속한 소대 소대장인 김 소위는 공산주의자가 아니었다. 그들이 상관인 장교와 자기들의 명령에 따르지 않는 사병들을 무차별 사살하는 가운데 어쩔 수 없이 따라 나와 여수 시내를 장악하고, 순천으로 기차를 타고 와서 순천 시내를 장악했다. 그리고 순천에서 구례 쪽으로 열차를 타고 오다가 반란군의 지휘부와 멀리 떨어지자 소대장 김 소위는 소대원들을 모아 놓고 말했다.

"이제 진압군이 와서 반란군과의 전투가 시작될 것이다. 우리는 부대 내 공산주의자들의 강압에 의하여 끌려 나왔지만, 그들에게 동조할 수 없다. 우리는 반란군이 되어 진압군에 사살되거나 잡혀도 재판에 넘겨져 군법에 따라 반란죄로 사형당하거나 영창에 갈 것이다. 공산주의자들인 반란군이나 진압군 어느 쪽에 잡혀도 죽는다. 잡혀서 죽지 말고 각자 알아서 요령껏 고향으로 돌아가라."

무기는 진압군이 가져갈 수 있도록 한 곳에 모아놓고 소대장 김 소위는 소대를 해산시켰다. 송인호는 반란군과 진압군을 피해 고향에 와서 사람들에게 이야기도 못하고, 이때까지 동네 사람들에게 거짓으로 "휴가 왔다"라고 했다. 송인호의 이야기가 끝났다.

우혁과 상현을 비롯한 이십여 명의 청년들은 송인호의 이야기를 듣고도 믿어지지 않았다. 군대 내에 공산주의자가 있는 것도 그렇고, 공산주의자들이 국군을 동원하여 경찰과 민간인을 수천 명이나 학살하고 전라남도의 넓은 지역을 장악했다니 앞으로 대한민국이 유지될 수 있을지 걱정이었다. 우혁은 방위대에 나가 경찰의 치안을 돕고 있지만, 총도 없이 목총을 들고 공비들과 만나면 싸워보지도 못하고 그들의 총에 맞아 죽고, 죽창에 찔려 죽게 되는 것은 아닐지 걱정이었다.

상현의 집에서는 모처럼 국방군에서 휴가 나온 이웃 청년과 인근 청년들을 위해 밤참을 준비했다. 비빔밥을 만들고, 빚어놓은 술을 큰 항아리에다 가득 가져오고, 술안주로 묵도 만들어 내왔다. 청년들은 저녁은 먹고 왔지만, 밤참으로 비빔밥을 맛있게 먹었다.

그날은 겨울로 들어서는 12월 6일 예안 장날이었다. 장날이 되면 근처 산골짝 삼사십 리 이내의 넓은 지역에 흩어져 있는 동리에서 장꾼들이 모여들었다. 각자 집에서 쌀이나 보리, 새끼 돼지, 강아지, 닭과 달걀, 뜯어 말린 산나물, 버섯 말린 것 등 돈이 될 만한 것은 모두 가져와 팔아서 생활에 필요한 성냥이나 석유, 양잿물, 비누, 삿갓 등 생활용품과 산골에서 구할 수 없는 고등어, 미역 등 해산물을 사갔다. 수십 리 인근에서 모인 사람들로 예안 장날은 언제나 발 디딜 틈 없이 복작거리고 물건 흥정하는 소리로 왁자지껄했다.

우혁은 오늘 장에서 보고 온 끔찍한 이야기를 했다. 낮 열두 시쯤 되어 장터에 많은 사람이 모여 장이 절정이었을 때 경찰들이 나와 장꾼들을 모두 낙동강 천방 위에 올라서게 했다. 예안을 둘러싼 긴 낙동강 천방에는 사람들로 빽빽했다.

강변에는 나무 기둥이 세워져 있고, 기둥에는 한 청년이 묶여 있었다. 청년의 차림새는 한눈에 보아도 산골에서 농사를 짓고 있는 가난한 농부였다. 경찰은 삼계리 골짜기에서 농사를 지으며 공산당에 입당한 빨갱이라고 했다. 정당한 재판도 없이 수많은 장꾼이 보는 앞에 청년을 총살하려고 세 명의 경찰관이 총을 들고 서 있었다.

청년은 소리쳤다.

"나는 뺄개이가 아이시더. 밤에 내려와 갖고 죽창과 칼 들이대는 뺄개이에게 살기 위해 도장을 찍어준 죄백께 없니더. 살려주이소. 나는 뺄개이가 아이시더."

청년은 울부짖으며 절규했다. 그러나 경찰은 들은 체도 하지 않았다.

"거총."

세 명의 경찰이 카빈총으로 청년의 심장을 겨냥했다.

"쏴."

"땅, 타 탕!"

세 발의 총알이 청년의 심장을 관통하자 나무에 묶인 청년은 가슴에서 붉은 피가 흘러내리고, 고개가 앞으로 숙어지며 죽었다. 장에 온 사람들은 이 끔찍한 광경을 보고 말이 없었다. 가지고 간 물건을 팔아 생필품을 사서 오는 장꾼들은 발걸음이 무겁고 우울했다. 경찰은 수많은 사람에게 누구나 빨갱이에게 협조하거나 공산당에 입당하면 이렇게 죽는다는 것을 시범으로 보여준 것이었다. 사람들은 오늘 죽은 청년이 억울하게 죽었다는 것을 알고 있었다.

경찰에 의해 빨갱이라고 처형된 청년은 삼계리 산골짝에서 밤에 칼과 죽창을 들고 와서 서류를 내어놓고 공산당에 가입하라고 협박하는 공비들이 무서워 살기 위해 서류에 도장을 찍을 수밖에 없었다. 경찰이 공비토벌을 나가 사살한 공비에게서 노획한 문서 중에 청년의 공산당 가입서류가 있었다. 경찰은 공산당 가입서류에 청년의 이름과 도장이 찍혀 있는 것을 보고 공산당에 가입한 빨갱이라고 잡아와서 온 장꾼이 보는 앞에서 처형한 것이었다. 재판도, 변호도, 변명할 기회도 없었다. 경찰과 군인들은 빨갱이를 잡으면 별다른 절차도 없이 사살해버렸다.

우혁의 이야기를 들은 청년들은 우울했다. 자신의 의지와는 상관없이 누구나 당할 수 있는 일이라 오랜만에 만난 친구들은 시국의 암담한 현실의 우울한 이야기로 분위기가 가라앉았다. 그러다가 등 너머 동내에서 이웃집 처녀와 눈이 맞아 도망갔다가 처녀 아버지에게 잡혀와 결혼하여 택호가 본동이 된 친구에게 신혼 재미 이야기를 하라고 하며 분위기를 바꾸었다. 모인 청년들 중에 결혼한 친구도 있지만 아직 총각인 친구도 많았다.

"니들도 어른이 되어보면 알아. 신혼 재미 이바구 해보았자 총각들은 몰라."

"그니까 결혼 선배로서 이바구해 달라잖나."

"좋아, 이바구하지. 니들 내 이바구를 들으면 오늘 밤잠 못 잘 거다."

본동이는 넉살 좋게 첫날 밤 이야기를 천연덕스럽게 했다.

"둘이서 눈이 맞아갖고 좋아하다가 아부지, 어메한테 말해보아야 이웃집이라 허락을 안 할 게 뻔한 게 아이가. 통시하고 사돈집하고 멀수록 좋다고 했으니께. 그래가꼬 결단을 내렸다 아이가. 둘이서 사고쳤뿌면 어쩔 수 없이 허락할 거라고. 저녁이 되가꼬 도망을 나와 어디 갈 곳이 있어야제. 무작정 걷다 보니께 빈 원두막이 보이데. 그래서 원두막에서 초야를 치렀다 아이가."

"뭐! 그래, 초야 치른 기분이 어땠는데?"

"너무 황홀해서 꼴까닥 죽는 줄 알았다 아이가. 니들도 결혼해 보면 알아. 고소하고 맛있어. 신혼생활을 깨가 쏟아진다고 카지 안나? 글고 국방군에 가 있는 태웅이, 인호 제대하기 전에 장가가지 마라. 장가 가가꼬 군대생활하면 마누라 생각에 탈영한다."

청년들을 모처럼 폭소를 터트리며, 넉살 있고 입담 좋은 친구 본동이의 새신랑 체험담을 들었다. 그러다 보니 술도 몇 순배 돌고, 밤은 자정을 넘어 한 시가 다 되었다.

갑자기 문이 열리며 길고 번쩍이는 칼이 문지방으로 쑥 밀려들어왔다. 새신랑인 친구의 신혼 체험담으로 온통 웃고 떠들던 이십 명의 청년들은 한순간에 얼어붙었다. 마루 기둥에 걸어놓은 초롱불에 비친 마당에는 이십여 명의 산 사람들이 총과 죽창과 칼로 무장하고 꽉 들어찼다. 빨치산의 대부대가 출동한 것이었다.

빨치산들은 북한에서 보급품이 전혀 공급되지 않아 양식과 생활용품을 지역의 민가에서 약탈하여 생활했다. 광현리는 신작로 가에 있는 열 집이 넘는 제법 큰 동리이고, 지서와 군인 주둔지가 있는 예안 장터가 가까워 공비들의 출현에서는 빗겨 있는 동리라 이때까지 한 번도 공비들이 나타나 양식을 빼앗아간 일이 없었다.

오늘 낮에 상현의 집에서는 온 식구가 종일 연자방아에 쌀을 찧어 한 길이나 되는 커다란 단지에 가득 담아 보관해 놓았다. 12월에 들어서며 추운 겨울 동안 먹을 양식을 미리 준비한 것이었다. 식구들이 많아 무엇이나 많이 준비했다. 빨치산들은 겨울 양식 준비를 위해 상현의 집에서 오늘 몇 가마니나 되는 많은 양의 쌀을 찧은 정보를 입수하고 무리해가면서 전 부대원을 동원하여 보급투쟁을 나온 것이었다.

빨치산들은 식구들만 있을 줄 알고 쌀을 빼앗으러 왔다가 방문을 열자 이십여 명의 청년이 모여 있고, 그중에 군복을 입은 국방군이 두 명이나 있어 놀랐지만, 칼로 위협하며 선전을 늘어놓고 있었다. 마당에는 총과 죽창을 든 공비들이 수십 명이나 되고, 문을 열고 문지방에 시퍼런 칼을 들이대고 협박하니 청년들은 사색이 되어 꼼짝할 수 없었다. 우혁과 이십여 명의 청년 중에는 일본군에 끌려가 군사훈련을 받고 전투에 참여한 실전경험이 있는 청년도 있었지만, 이런 상황에서는 어떻게 할 수 없어 빨치산이 시키는 대로 따를 수밖에 없었다.

사랑방에서 잠자던 상현의 아버지는 마당에서 소란한 소리를 듣고 일어나 문을 열고 나왔다. 마루 기둥에 걸어놓은 초롱불 빛에 비친 마당에는 이야기만 들었던 빨치산들이 총과 죽창을 들고 가득히 차 있었다. 순간 상현의 아버지는 아들 친구인 국방군 두 명이 걱정되었다. 잘못하면 청년들이 죽어 동네가 피바다가 되고,

집들은 모두 불에 타 잿더미로 변할 수도 있었다. 상현의 아버지는 근처에서 명성 있는 선비였다. 웬만한 일에는 놀라지 않고 불의와는 타협하지 않는 꼿꼿한 선비 기질이 있었지만, 청년들의 목숨이 달린 일이라 몹시 겁이 나고 떨렸다. 그러나 심호흡을 하며 침착하게 빨치산과 협상을 시도했다.

상현의 아버지는 마루로 나가며 빨치산을 보고 손님이라고 불렀다. 산에 숨어다니는 사람들을 보고 공비, 빨치산, 빨갱이라고 부르지만, 그들 보는 앞에서는 손님, 또는 밤에만 찾아온다고 밤손님이라고 불렀다.

빨치산 대장을 만났다. 나이가 서른은 넘어 보이고, 오랫동안 산속 생활에 수염을 깎지 못해 덥수룩했으나 얼굴은 갸름하고 곱상하여 귀티가 났다. 상현의 아버지도 나이 오십이 넘어 수염을 길게 길러 선비의 기품이 있었다. 빨치산 대장은 상현의 아버지를 보고 할아버지라고 부르고, 상현의 아버지는 빨치산 대장을 손님이라고 불렀다.

"손님들께서 많은 식구를 데리고 우리 집에 왕림하신 것은 양식이나 필요한 물건을 가지러 오신 것이 아닙니꺼?"

상현의 아버지는 이들이 보급투쟁을 온 것을 이렇게 말했다. 빨치산 대장이 마음먹기에 따라 청년들이 목숨을 잃고 온 동네가 불타 잿더미가 될 수도 있어 말 한마디 한마디가 조심스러웠다.

"할아버지 집에 국방군을 비롯한 청년들이 이렇게 많이 모여 있는 이유가 무엇입니까?"

빨치산 대장은 상현의 아버지 말에는 대답하지 않고 이렇게 물었다.

"국방군에 갔던 마실 청년이 휴가를 와가꼬 같이 자라던 이웃 마실 친구들이 우리 집이 좀 넓다고 이곳에 모여 오랜만에 만난 친구들끼리 술을 먹고 노는 중이시더."

사실대로 이야기했다.

"할아버지도 오늘 장에서 공산당원인 우리 동료를 경찰이 총살하는 것을 보았지요?"

상현의 아버지는 오늘 예안장에 가지 않았지만, 공산당이라는 청년을 말목에 묶어놓고 경찰이 총으로 쏘아죽인 이야기를 들어 알고 있었다.

"있어서는 안 될 일이지요. 자고로 사람의 목숨이 제일 귀한데 어떠케 마음대로 사람을 죽일 수 있니꺼?"

빨치산 대장은 보복이라도 하듯이 말했다.

"동네 청년들을 손대지 않겠습니다. 그렇지만 국방군 두 명은 안 됩니다."

국방군을 죽이겠다는 말에 상현의 아버지는 정신이 아득해지고 온몸이 떨렸다. 그러나 겉으로는 태연한 채 빨치산 대장을 상대하며 어떻게 하든 아들의 친구인 국방군 두 명을 살려야 한다고 생각했다.

"손님께서 오늘 동료가 총살당한 보복으로 국방군을 죽이면 경찰과 다를 게 뭐가 있니꺼? 그러고 그러케 되면 예안에 주둔하고 있는 국방군과 경찰이 와서 이 마실 사람들을 모두 죽이고 말 것이시더. 또 그들은 국방군을 죽인 손님들을 찾아 필사적으로 온 산을 뒤지고 다닐 것이시더."

빨치산 대장은 막가파식으로 사람을 죽여 보복하는 빨갱이가 아니라, 말이 통하는 사람이었다. 대장은 이야기를 듣고 보니 보급투쟁을 와서 양식과 옷, 생필품만 확보하면 되지 공연히 국방군을 죽여 예안에 주둔하고 있는 국방군 22연대의 심기를 건드려 그들이 결사적으로 온 산을 뒤지면 빨치산의 근거지인 용두산과 만리산, 청량산, 일월산에 은신한 많은 동료가 언젠가는 발각될 것이다. 그렇게 되면 지서를 습격하여 확보한 총은 몇 정 있지만, 탄약도 거의 없이 죽창으로 무장한 대원으로는 예안에 주둔하고 있는 막강한 화력을 지닌 국방군 3사단 22연대에게 전멸당할 수밖에 없다는 생각이 들었다.

대장은 처음 회담을 시작할 때는 국방군을 죽이겠다고 생각하였으나 회담이 진행될수록 생각이 바뀌는 것을 느낄 수 있었다. 청년들이 있는 방에는 문을 열어놓은 채 호랑불 빛에 비쳐 번득이는 시퍼런 칼로 협박하며 공산당을 선전했다.

"노동자와 농민이 잘 사는 세상, 누구나 평등하게 살 수 있는 세상을 만드는 데 여기에 있는 청년들이 앞장서야 합니다."

이십 명의 청년들은 겁에 질려 있고, 국방군인 태웅과 인호는 이제는 꼼짝없이 죽었다고 생각했다. 도저히 살아날 방법이 없었을 것 같았다. 마당으로 끌려나갈 때, 밤이니까 도망갈 방법이 없을까? 그들은 총은 있지만, 총알을 아끼느라고 죽창으로 찔러 죽일지 모른다. 죽창에 찔리면 얼마나 아플까? 국방군 두 명은 이제나 저제나 문밖으로 끌려나가면 죽은 목숨이라는 생각에 정신이 없었다. 마루에서는 겨울인데도 상현의 아버지와 빨치산 대장이 이야기를 계속하며 회담하고 있었다. 상현의 아버지는 이런 상황에도 흐트러짐이 없이 빨치산 대장을 계속 설득했다. 큰소리를 내지 않고 서로 조용조용 말하는 것이 어쩌면 이야기가 잘 되어 빨치산 대장이 국방군을 살려줄지도 모른다는 생각이 들었다. 상현의 아버지는 빨치산 대장이 국방군을 죽이지 않을 것이라는 확신이 들었다.

"양식과 옷은 얼마든지 드릴 테니 국방군 옷도 뺏어가면 안 되니더."

빨치산 대장은 할아버지의 조건을 다 들어주고 겨울 준비로 양식과 옷을 가져가는 것이 더 실리가 있다고 생각했다. 그렇게 반시간 가까이 긴 회담이 끝났다. 상현의 아버지는 마지막으로 한 가지 더 부탁했다.

"미안하지만, 쌀과 옷은 손님들이 직접 퍼담고 꺼내 가시이소. 날이 새면 경찰과 국방군들이 와서 조사할 껀데 우리 손으로 줬다면 또 고초를 받게 되니더."

마루 기둥에 걸어놓은 초롱을 벗겨 든 상현의 아버지는 광문을 열고 한 길이나 되는 쌀독과 가족들의 옷을 차곡차곡 쌓아둔 싸리로 만든 채독을 열어주었다. 마당에 있던 빨치산들은 문 앞을 지키는 사람과 총을 든 사람 몇이 남아 동네 청년들을 감시하고 모두 광으로 들어가 각자가 들고 있던 쌀자루에 쌀을 퍼담고 채독 속의 옷을 꺼내어 챙겼다. 그러는 중에 검은색으로 된 겨울 여자 옷도 챙겨 넣었다.

"그건 여자 옷이시더."

상현의 아버지는 옆에서 보고 말했다.

그러자 옷을 챙겨 넣던 빨치산이 웃으며 말했다.

"대원 중에 여자도 있니더. 할배요."

말씨를 들으니 지방 사람이었다.

"말씨가 이 지방 말인데 고향이 어느 동네이꺼?"

"뺄개이한테 고향을 묻다니 할배 참 간 크이더."

대화가 더 되지 않았다. 그가 어느 동네 누구 집 자식인지 궁금하기는 하지만, 더 물어볼 수 없었다. 겨우내 먹을 몇 가마니나 되는 쌀과 채독 안에 쌓아두었던 겨울옷을 모두 챙긴 빨치산들이 밖으로 나왔다. 그리고는 청년들에게 한 번 더 협박했다.

"우리가 떠나면 예안에 주둔한 국방군이나 경찰에게 신고하지 않을 수 없을 거다. 떠나고 한 시간 후에 신고해라. 그 전에 신고하면 다음에 와서 이 마을을 불태우고 모두 죽여버리겠다."

빨치산이 떠날 때 보니 뒷산 참나무 숲과 앞산 밑 우물 건너 언덕에 수십 명의 빨치산이 잠복하고 있었다. 만약에 경찰과 군인이 오거나 어떤 일이 일어나면 교전도 불사하려고 빨치산 전투부대를 매복시켜 놓았던 것이었다. 경찰이나 군인이 출동하였더라면,

빨치산과의 교전으로 동네는 전쟁터가 될 뻔했다.

　한 시간도 안 되는 짧은 시간이었지만 시간이 아주 길게 느껴졌다. 꼼짝없이 죽었구나 하고 사색이 되어 죽음의 순간을 기다리고 있던 두 명의 국방군은 빨치산이 떠나자 새로 태어난 기분이었다. 청년들은 모두 말없이 멍하게 앉아 있었다. 밖에서 빨치산 몇 명이 남아서 지키고 있을 것 같아 변소에도 가지도 못했다. 식은 땀을 흘리며 죽음의 공포에 떨던 국방군 두 명뿐만 아니라 방 안에 있던 청년들은 빨치산들이 떠나자 안도하면서도 맥이 풀려 누구 하나 이야기를 꺼내는 사람이 없어 침묵이 흘렀다.

　청년들은 빨치산 이야기만 들었지 이렇게 빨치산을 본 것도 그들에게 잡혀 협박당한 것도 처음이었다. 청년 중에 누군가 오늘 왔던 빨치산 두목이 일월산에서 활동하는 김달삼 같다고 말했다. 사오십 명이나 되는 대부대를 인솔하고, 수염은 났지만 말쑥하고 갸름한 얼굴이 말로만 듣던 김달삼을 닮았다고 했다. 두목은 상현의 아버지와 대화가 통하고, 군복을 입은 국방군 두 명을 죽이지 않고 양식과 옷만 챙겨서 가는 것을 보면, 보통 빨치산 두목이 아니라 자기들의 득실을 따지는 계산이 빠르고, 틀이 큰 김달삼이라고 생각되지만 확인할 길이 없었다.

　첫닭이 울고 빨치산이 떠난 지 한 시간이 지나자 상현은 친구 우혁과 같이 예안 지서로 출발했다. 예안까지는 개울을 건너고 재를 넘어 십 리 가까이 되는 거리였다. 12월 초 새벽 날씨가 추웠으나 춥다는 느낌도 들지 않았다.

예안 지서에 도착하여 신고했다.

"빨치산 사오십여 명이 와서 식량과 의복을 빼앗아갔습니더."

경찰은 사오십 명의 대부대의 빨치산이라는 이야기를 듣고 밤에는 출동하지 않았다. 이튿날 지서에서 두 명의 경찰이 현장조사를 나왔다. 빨치산이 문을 열어놓고 협박했다는 위 사랑방과 광문을 열고 들어가 쌀을 퍼내간 독과 옷을 꺼내간 채독을 모두 조사하고 상현을 데리고 갔다. 상현은 경찰서에서 국민학교에 주둔하고 있는 22연대 소속 군부대로 넘겨졌다.

군인은 상현을 심문했다.

"너는 공비들과 통하는 빨갱이지?"

군인이 두들겨 패면서 말했다.

"저는 대한청년단에도 댕기는데, 뺄개이가 아니시더."

"군복을 입은 국방군이 두 명이 있는데 빨갱이들이 네 말을 듣고 죽이지 않았잖아."

"국방군을 죽이겠다고 카는 걸 살려달라고 애원했니더."

"빨갱이들이 국방군을 살려달라고 하면 살려주겠나? 너와 한 통속이니 살려준 거지?"

군인은 상현을 엎어놓고 곡괭이 자루로 사정없이 두들겨 팼다.

"너, 빨갱이 맞지? 실토해."

"아니시더. 죽어도 뺄개이 아니시더."

"빨갱이한태 쌀과 옷은 왜 주었나?"

"그들이 빼앗아갔니더. 주지 않았니더."

"그날 몇 가마니 되는 쌀을 연자방아에서 찧어놓고 빨갱이들에게 가져가라고 연락하여 온 것이 아니냐? 그리고 동네 청년들이 보는 앞에 빼앗기는 것처럼 연기한 것이고! 내 말이 어때? 이 빨갱이 새끼야! 세상을 속여도 나는 못 속여."

"아닙니더. 오해시더. 식구들이 많아 겨울 양식으로 몇 가마니를 한 번에 찧어놓은 것이시더."

"그러게 말이다. 쌀을 찧어놓자 빨갱이들이 가지러 오고, 빨갱들이 국방군을 죽이지 말라고 한다고 죽이지 않고. 이게 말이 되나? 이 거짓말쟁이 빨갱이 새끼야."

"아니시더. 오해시더. 죽어도 빨갱이가 아니시더. 살려주이소."

사정없이 두들겨 패다 힘이 지쳐 씩씩거리며 말했다.

"야! 이 빨갱이 새끼야, 빨갱이가 자기 입으로 빨갱이라고 하는 것 보았나? 너는 빨갱이 맞아."

상현은 이를 악물고 매를 맞았다. 살이 터져 몸 여기저기서 피가 흘렀다. 맞으면서 기가 막혔다. 국방군 군복을 입은 친구 태웅이와 인호가 공비들에게 죽지 않고 살아난 것을 기적으로 생각하며, 겨우내 식구들이 먹을 양식과 입을 옷을 모두 빼앗겨도 참 다행이라고 생각했다. 정상적인 생각을 가진 경찰이나 군인이라면, 국방군 두 명을 살린 공로로 상을 주어 표창할 것 같은데 도리어 공비들과 통하는 빨갱이라고 누명을 씌우니 너무 억울했다. 두들겨 맞는 것보다 빨갱이로 몰리면 살아날 길이 없었다. 매에 못 이겨 "빨갱이가 맞다"라는 말 한마디만 하면 바로 총살당할 것이다. 상현은 온몸이 피투성이가 된 채 죽어도 빨갱이가 아니라며 이를 악물고 매를 맞으며 버티었다. 경찰에게 신고할 때는 이렇게 될 줄은 생각하지도 못했다. 지서에서 조서를 쓰고 풀려날 것으로 생각했다.

우혁과 상현의 아버지는 상현을 구하기 위해 동분서주 뛰어다니며 면장을 비롯한 지방 유지들을 동원하고 지서장을 찾아갔다. 그리고 그날의 상황을 일일이 설명하며 구명운동을 했다. 군부대에 들어가지도 못하고 보초를 서는 병사에게 상현이 빨갱이가 아니라 국방군인 친구를 살리기 위하여 쌀과 옷을 주었다는 것을 설명했다. 면장과 지방 유지들이 군 부대장을 만났다. 같이 간 우혁은 그날 밤의 상황을 부대장에게 상세하게 설명했다. 부대장도 어느 정도 수긍했다.

"다시 조사해보고 빨갱이가 아니라는 것이 증명되면 내보내겠습니다."

그렇게 삼 일 동안 상현은 빨갱이로 의심되어 자백을 강요당하고, 모진 매를 맞으며 고문을 받았다. 잡혀간 지 나흘이 되어 맞아서 피투성이가 된 채 풀려났다. 친구 우혁의 부축을 받으며 십 리 길을 쉬어가며 집에 도착했다. 온 집안 식구들이 맞아서 만신창이 된 상현을 방 안에 눕히고 한의사가 왕진하고 탕약을 끓여 먹이며 간호했다. 상현은 일본군 훈련을 마치고 전선으로 떠나기 전 해방이 되어 풀려나던 때가 생각났다. 그때만 해도, 해방되면 모두가 잘 사는 나라가 될 줄 알았는데 나라는 남북으로 갈라지고, 남쪽에서는 좌우익으로 갈려 서로를 죽이는 참혹한 현실을 온몸으로 느꼈다. 상현은 모진 매와 고문에 못 이겨 "빨갱이가 맞다"라는 말을 했더라면, 지금쯤 이 세상 사람이 아니었을 것을 생각하며 이런 세상에 태어나서 살아간다는 것이 한없이 슬펐다.

④ 저승사자 밤손님

    도산면에 하늘 아래 첫 동네라는 하늘리가 있었다. 사람들은 하늘리를 아느리라고도 불렀다. 도산면이지만 도산보다 예안에 가까워 학생들의 학군도, 주민들의 생활도 예안을 중심으로 이루어졌다. 하늘리는 산속 깊숙이 있어 차가 다니는 길까지 나오려면 5리는 걸어 나와야 신작로가 아닌 산판차가 다니는 길이 있었다. 하늘리 사람들은 농사를 지으며 지게로 거름을 내고, 추수한 농작물과 생필품을 져다 날랐다. 지게 외에는 운반수단이 없어 이곳 남자들은 태어나서 죽을 때까지 평생을 지게에 짓눌린 삶을 살았다. 하늘리의 긴 골짜기에는 오래전부터 사람이 살아왔으며, 마을 입구 큰 소나무 옆에는 언제 세워졌는지 알 수 없는 선돌이 있었다. 사람들은 선사시대 때도 이곳에 사람이 살아 그때의 유물이라고도 하고, 마을이 생기며 어떤 사람이 자기 땅의 경계를 표시하기 위해 세워 놓았다고도 했다. 마을은 십여 호가 옹기종기 모여 사는 제법 큰 동리였다. 사람들은 순박하고, 외진 산골이라 이웃들은 친척처럼 다정하게 지냈다.

한일합방 때도 일본 사람들이나 순사가 일 년에 몇 번 오기는 했지만 별다른 간섭이 없이 살아왔다. 해방되고 사회는 좌우익으로 갈라져 불안할 때도 산골인 이곳은 시류에 휩쓸리지 않고 몇 년 동안 평화롭게 살았다. 일정 때는 추수한 벼를 신작로까지 져다 날라 공출로 바쳤는데, 해방되고는 면사무소에서 배정된 양만 수득세로 가져다주고 모두 먹을 수 있어 마을 사람들의 생활이 전보다 윤택했다. 앞뒤 산에는 나물취, 곤드레, 도라지, 잔대, 떡취, 드릅, 다래순 같은 산나물이 풍성해 봄이 되면 처녀들이 몇 명씩 짝을 지어 산으로 올라가서 나물을 뜯어오기도 하며 평화롭게 살았다.

미 군정이 끝나고 대한민국 정부가 들어서자 이 동리의 상황은 달라졌다. 정부에서 공산주의 활동을 불법으로 검속하자 인근 지역에서 좌익활동을 하던 사람들이 산으로 숨어들어 산에는 동네 사람들이 출입할 수 없었다. 그뿐만 아니라 밤이면 식량을 구하러 산 사람들이 자주 나타났다. 처음에는 마을에 와서 식량과 생활용품을 얻어갔으나 너무 자주 와서 주민들이 잘 주지 않자 빼앗아가더니 어느 날부터 죽창을 들고 나타나 사람들을 위협했다. 그들은 북한에서 파견된 사람을 중심으로 칼과 죽창으로 무장한 빨치산이 되었다. 빨치산 대장은 여자였다. 여자 빨치산 대장은 아직 스무 살도 채 안 된 소녀로 자기보다 나이 많은 남자 빨치산들을 명령하며 통솔했다.

소녀 대장은 북한에서 교육받고 파견된 빨치산으로 이곳에서 좌익활동을 하다가 산으로 숨어들어 공비가 되었던 사람을 모아 빨치산 부대를 만들었다는 소문이 돌았다. 소녀 대장은 지서를 습격하여 경찰을 죽이고, 무기를 탈취해 무장하기 시작했다. 여자 대장의 말에는 전라도 말씨가 섞여 있었다. 빨치산 소녀 대장은 지역 주민들에게 이야깃거리이고, 관심의 대상이었다.

소녀 대장의 이름은 장필녀로 전라도 여수순천 반란사건 때 여수여고 학생이었다. 고등학생이면 아직 세상 물정을 모를 나이인데도 남로당 계열의 공산주의자로 그 학교에 침투하여 위장취업한 선생에 의하여 사상교육을 받고 의식화되었다. 신생 대한민국 국방군 내의 남로당 계열의 공산주의자들에 의하여 장악된 14연대가 지하에 숨어들었던 남로당과 함께 여수, 순천 시내를 점령하고 경찰과 우익인사와 그 가족을 학살하며 반란을 일으키자 국가에서 진압군을 파견하여 총격전을 벌이며 반란군을 제압할 때였다. 장필녀를 비롯한 의식화된 여학생 수십 명은 남로당 지하공작원의 지시에 의해 진압군을 살해하라는 명령을 받았다. 장필녀는 총신과 개머리판이 잘린 카빈소총을 지급받았다. 총신과 개머리판이 없어 권총보다는 조금 크게 된 카빈총을 치마 속 허벅지에 묶어 숨기고 여수 시내로 진격하여 반란군을 찾아다니는 진압군을 유혹했다.

혈기왕성한 군인은 한창 피어나는 사복을 입은 여학생이 유혹하자 '이게 웬 행운이냐?'라고 생각하며 동료들 몰래 여학생을 따라 사람이 없는 으슥한 골목 빈 건물 안으로 들어갔다. 그리고 총과 탄띠를 풀어놓고 끌어안고 입을 맞추고 샅이 뻣뻣하게 솟아오르며 흥분하고 있을 때 필녀는 치마 속 허벅지에 감추고 있던 개머리판과 총신이 없는 카빈으로 병사의 심장을 쏘아버렸다. 총소리는 건물 안이라 밖에서는 크게 들리지 않아 아무도 눈치챈 사람이 없었다. 그리고 병사가 가지고 있던 총과 탄창이 가득 꽂혀있는 탄띠와 수류탄을 거두어 남로당 비밀요원에게 넘겼다. 필녀는 진압군을 사살하고, 무기를 빼앗으며 처음 사람을 죽이는 일이라 정신이 없었다. 한두 시간 지나고 나니 자기가 어떻게 그런 엄청난 일을 해냈는지 스스로 생각해도 대단하여 전사가 된 기분이었다. 사람을 죽였다는 죄책감은 사라지고, 자신이 인민을 위하여 조국통일에 방해가 되는 국방군을 사살한 위대한 전사라고 느껴졌다.

필녀는 한 번 진압군을 사살한 후 자신감이 생겼다. 필녀는 두 번째 희생될 진압군을 찾아 나섰다. 이번에도 한 병사가 필녀의 유혹이 저승길인 줄도 모르고 쉽사리 따라나섰다. 필녀는 외진 곳으로 병사를 유인하여 유혹하며 흥분시켰다. 총과 탄띠를 풀어놓고 달려드는 병사의 뻣뻣해진 샅을 손으로 슬쩍 만져 더 흥분시키는 여유까지 부렸다. 총소리와 함께 병사는 쓰러졌다.

"으윽! 이 년이! 빨갱이였구나."

병사는 피가 쏟아지는 가슴을 움켜쥐고 쓰러져 필녀를 쳐다보고 죽어가면서 절규했다.

"잘 가라, 이 자슥아! 여자라면 죽을 줄도 모르고 달려드는 수캐보다 못한 새끼야."

공산주의자로 의식화된 필녀는 악녀가 되어 죽어가는 병사에게 저주를 퍼부었다. 필녀는 앳되고 순수하던 여학생의 모습은 사라지고, 냉혈동물보다 더 차갑고 잔인한 전사로 변해 있었다. 여러 명의 진압군 병사가 여학생들의 유혹에 빠져 총에 맞아 죽었다. 진압군에서 그 사실을 알게 된 것은 그날 오후였다. 병사들의 시체를 발견한 진압군 지휘관은 동료 병사들이 "사복을 입은 여학생과 같이 가는 것을 보았다"라고 말하자 사태를 파악했다. 그리고 긴급명령을 내렸다.

"병사들에게 접근하여 유혹하는 여학생은 바로 사살하라."

명령을 받고 병사들을 살해하려고 유혹하던 몇 명의 여학생이 진압군에 의하여 사살되었다. 반란군과 진압군 사이에 시가전이 벌어져 민간인이 사망하기도 하고, 전남지역 들판이나 산기슭에서 전투가 벌어져 수적으로 열세인 반란군은 많이 희생당했다. 지창수와 홍순석 등 살아남은 반란군들은 여학생들을 버려두고 지리산과 백운산으로 도망가서 공비들과 합세하여 무장공비가 되었다. 진압군들은 반란군의 진압이 끝나자 반란군에 협조한 부역자들을 찾아 처형했다. 미처 지리산으로 들어가지 못하고 민간인 복장으로 갈아입은 반란군을 색출하기 위해 젊은 사람들의 옷을 벗기고 군용팬츠를 입은 사람은 바로 처형하고, 민간인들도 반란군에게 협조하였다거나 공산주의자라고 이웃들이 손가락으로 가리키면 붙잡아 확인도, 변명할 기회도, 정당한 재판도 없이 바로 사살했다. 반란군을 진압하는 과정에서 수많은 민간인이 학살당하고 마을이 불타기도 했다. 반란군에게 가담하여 진압군을 살해하던 여학생들도 하나둘 체포되어 조사받고 있었다.

필녀는 사태가 위급하여 몸을 숨겼다. 그렇지만 같이 의식화 교육을 받은 친구들이 체포되어 언젠가는 붙들릴 것이었다. 붙들리면 심한 고문으로 진압군 병사 두 명을 사살한 것을 실토하지 않을 수 없을 것이다. 진압군이나 경찰에 붙잡히면 죽은 목숨이었다. 필녀는 남로당 지하요원과 연락이 닿았다. 살기 위해서는 월북하는 수밖에 없었다. 필녀는 부모님과 학교 담임 선생님에게도 알리지도 않고 비밀요원을 따라 북조선으로 갔다. 필녀에게는 학교와 부모보다도 의식화된 전사로서 조국통일이 먼저였고, 인민을 위해서는 자신을 기꺼이 바칠 각오가 되어 있었다. 어린 나이에 북한으로 넘어간 필녀는 강동정치학원에 입학했다.

강동정치학원은 1947년 평안남도 강동군에 일제가 탄광으로 쓰던 건물을 학교 교사와 기숙사로 사용하며, 남조선의 남로당 간부를 훈련시키기 위하여 세운 교육기관이었다. 그러다가 1948년 여수순천 반란사건이 일어나자 적화통일을 위하여 남조선 후방에 게릴라 활동을 하는 빨치산 양성 교육기관으로 바꾸었다. 강동정치학원에서는 남한에서 월북한 사람들을 3개월 또는 6개월 과정으로 수천 명의 빨치산 게릴라를 훈련시켜 남한에 파견하였다.

　강동정치학원을 졸업한 필녀는 남파되어 고향 근처인 전라도 지리산이 아닌 경상도 쪽 소백산 빨치산에 배속되었다. 소백산에서 용두산을 거점으로 하는 야산에 흩어져 있는 공비를 규합하여 빨치산을 조직하라는 명령을 받고 용두산으로 잠입하여 뿔뿔이 흩어져 활동하던 공비들을 모아 빨치산 부대를 만들었다.

　빨치산은 조선인민공화국의 지시에 따라 움직이지만, 무기를 비롯한 모든 물자는 스스로 구해야 했다. 필녀는 산골 작은 면 소재지 지서를 습격하여 무기를 확보했다. 그리고 산속 생활에 필요한 양식과 생필품을 구하기 위해 경찰서나 군 주둔지에서 멀리 떨어진 산촌 마을을 급습하는 보급투쟁을 전개했다. 겨울이 다가오자 식량 확보를 위해 용두산에서 영지산을 거쳐 북두산으로 가는 길에 온혜리 뒷산에서 낮이 되어 더 움직일 수 없었다. 낮에는 국방군과 경찰 토벌대 때문에 움직일 수 없어 밤이 되도록 기다리기로 했다. 산 아래 펼쳐지는 온혜리 들판에는 사람들이 늦가을 추수로 분주했다.

　오후가 되자 경찰들이 와서 마을 사람들과 어울렸다. 밤이라면 습격하여 경찰을 사살하고 무기를 빼앗아 산속으로 피신할 수 있지만, 낮에는 공격할 수 없었다. 경찰을 공격하면 무전 연락을 받은 예안에 주둔한 국방군 부대에서 지원 나올 것이었다. 산 위에 숨어서 바라보는 마을 사람들은 경찰과 신뢰가 두터워 보였다. 해거름이 되자 경찰들이 돌아갔다.

아침부터 아무것도 먹지 못하고 마음대로 움직일 수도 없는 야산 풀떨기 아래 앉아 해가 지도록 기다리니 목이 마르고 배가 고팠다. 잘못 움직이다가 발각되면 전멸당할 수 있기 때문이었다. 저녁때가 가까워지자 집마다 저녁 짓는 연기가 모락모락 피어올랐다. 대원들은 고향에 가면 지금쯤 들일을 마치고 돌아와 마당을 쓸고, 아내가 차려올 저녁상을 기다리고 있을 때라고 생각하며 저녁 짓는 연기를 바라보니 더 배가 고파왔다.

날이 저물었다. 보름날이라 해가 지자 달이 떠올랐다. 늦가을 보름달은 유난히 밝았다. 당성이 약한 대원들은 공산주의가 무엇인지 잘 알지도 못한 채 해방 후 민주동맹에 가입하여 좌익활동을 하다가 어쩔 수 없이 산으로 들어온 대원도 있었다. 경찰과 군인들이 용서만 해준다면 여름 더위와 겨울 추위를 온몸으로 견디며 나무 밑, 바위틈에서 잠을 자면서, 때로는 며칠씩 굶어야 하는 이 고통스러운 산속 생활을 끝내고 싶었다. 고향으로 돌아가 아내와 가난하지만, 다른 사람의 논밭을 빌려 소작으로 농사를 지으며 오손도손 살아가고 싶었다. 매일 토벌대의 눈을 피해 산짐승처럼 밤이슬을 맞으며 생과 사를 넘나들며 생활하는 대원들은 아내와 아이들이 보고 싶고, 따뜻한 안방 아랫목이 그리웠다. 그러나 지금은 빨치산이 되어 탈영하거나 규율에 어긋나는 일을 하면 바로 처형당할 수 있어 속마음을 이야기할 수도, 탈영할 엄두도 낼 수 없었다. 빨치산은 규율을 어기거나 개별행동을 하면 엄중한 문책이 돌아오고, 때에 따라 즉결처분을 당하기 때문에 누구에게도 속마음을 드러내 놓고 이야기할 수 없었다. 도망쳐 집으로 간다고 하여도 그들은 밤에 찾아와 기어코 죽이고 말 것이었다.

　대장이 막냇동생뻘 되는 여자아이지만, 명령을 위반하면 가차 없이 처형당할 것 같아 아무도 소녀 대장의 말을 거역할 수 없었다. 나이는 어리지만, 국방군을 두 명이나 사살하고, 북조선에서 빨치산 교육을 받고 온 것을 알고 있는 대원들은 대장 권위에 도전할 엄두도 못 내고 명령에 따르는 수밖에 없었다. 대장이 어리다고 명령에 불복종하거나 규율을 어기면 돌아오는 것은 죽음뿐이라는 것을 대원들은 알고 있었다. 대장 필녀는 대원들에게 명령했다.

　"동무들, 이제 저녁을 먹을 시간이 되었는디, 저기 보이는 동리 각 집에 나누어 들어가 체면이나 염치를 차리지 말고 무조건 저녁밥을 얻어 먹으시라요. 동무들이 위협하지 않아도 들어가면 그들이 먹을 저녁밥을 순순히 내어놓을 것이오. 반 시간 내에 저녁식사를 끝내고 이곳으로 모이시라요."

　빨치산들은 한 집에 두세 명씩 들어갔다. 죽창과 칼로 무장한 대원들이 들이닥치자 식구들은 당황하면서도 어쩔 수 없어 방 안으로 들어오라고 했다. 사람들은 빨치산이 나타나면 그들의 비위를 맞추었다. 그들이 마음먹기에 따라 죽을 수도, 온 동네가 불탈 수도 있기 때문에 빨치산이라는 말도 못하고 손님이라고 불렀다. 주민들은 살기 위해서 비굴하리만치 빨치산들의 비위를 맞추려고 애썼다.

빨치산은 잘 때에도 신발을 벗지 않는데 신발을 벗고 방 안으로 들어가서 느긋하게 저녁을 먹을 시간이 없었다. 대원들은 방 안에 들어가지 않고 저녁상을 받아 부엌 앞에 쪼그리고 앉아서 먹었다. 어떤 집에서는 식구들이 막 숟가락을 들다가 빨치산들이 들어오자 먹던 밥상을 그대로 주니 빨치산들은 툇마루에 밥상을 들어내어 신발을 신은 채 마루에 걸터앉아 식구들이 먹던 저녁밥을 먹었다. 주민들은 칼과 죽창으로 무장한 빨치산의 눈치를 보면서 자기들이 먹을 저녁상을 내어줄 수밖에 없었고, 살기 위해서는 그들에게 굽실거리며 비위를 맞출 수밖에 없었다. 밥상을 통째로 빼앗긴 식구들은 이들이 식량을 빼앗을까, 사람을 해칠까 걱정하며 식사하는 빨치산들의 눈치를 보며 말했다.

"손님들, 쌀쌀한 날씨에 오시느라고 수고많니더. 먹던 밥상이지만 많이 드이소."

방에 들어오지 않고 부엌 앞이나 툇마루에 걸쳐 앉아 저녁을 먹은 빨치산은 집을 나서며 말했다.

"갑자기 와서 저녁을 빼앗아 먹어 미안합네다. 우리도 살기 위한 무뢰이니 이해해주시라요. 잘 먹고 갑네다."

그들은 빈말이라도 예를 갖추어 인사를 하고 대문을 나섰다. 동네 사람들은 빨치산에게 저녁식사를 빼앗겨도 그들이 사람을 해치지 않고 양식을 약탈하지 않아 다행이라고 생각하며 저녁을 굶었다.

식사 후에 대원들은 좁은 도로를 지나 산등선을 타고 얼마를 가자 하늘리가 나타났다. 지난번 이 동리를 지나가던 대원이 경찰에 체포되어 조사받다가 기적적으로 탈출하여 돌아온 일이 있었다. 대장 필녀는 탈출하여 온 대원의 이야기를 듣고 언젠가는 경찰에 밀고한 하늘리 동네를 불태워 없애버리겠다고 마음먹고 있었는데 오늘 이 마을을 지나가게 되었다.

"동무들, 이 동네는 반동분자들의 동네인디, 우리 빨치산의 활동 무대인 산골에 이런 동네를 그대로 두면 언젠가 동지들이 큰 피해를 볼 것이오. 각 집에 들어가 양식과 생필품을 최대한 확보하시오. 반동들 동네이니 인정사정 볼 것 없습네다."

필녀는 강동정치학원에서 받은 빨치산 교육이 생각났다.

"남조선에서 보급투쟁을 할 때는 인민들에게 식량을 강제로 빼앗지 말고 설득하여 얻어야 한다. 꼭 필요한 물건이 아니면 절대 손대지 말고 필요한 양식이나 생활용품도 인민들에게 강제로 빼앗지 말고 인민들이 스스로 내어놓을 수 있도록 설득해라."

이렇게 교육받았지만, 반동들이 사는 이 마을에서는 인민의 동의를 구하지 말고 양식을 빼앗으라고 대원들에게 지시했다. 대원들은 흩어져 집마다 들어가서 양식과 식료품과 일용품을 최대한 확보했다. 그리고 동네 사람들을 모두 마을 뒤 언덕 위로 모이게 했다. 보름달이 밝아 언덕 위로 오르는 길의 돌부리까지 훤하게 보여 낮처럼 걸을 수 있었다. 언덕 절벽 쪽에는 찔레 넝쿨이 무성했다. 사람들은 겁에 질려 동네 뒤 언덕 위로 모였다. 여자 대장은 동네 청장년들 열 명 모두를 언덕 위에 일렬로 나란히 세웠다.

"반동들을 처단한다."

소녀 대장의 앙칼진 음성이 들렸다. 총알을 아끼느라고 열 명의 청장년을 일렬로 세우고, 지서에서 탈취한 M1 총알 한 발로 모두 사살하려고 했다. 일렬로 선 청장년 제일 앞에 신영철이 있었다. 신영철은 일본 군대를 다녀와서 사격을 한 경험이 있었다. 남자 빨치산 하나가 신영철의 1미터 앞에서 총을 들고 서 있었다. 사격할 때 사수의 호흡을 보면 총을 발사하는 순간을 알 수 있었다. 여자 대장의 명령에 의하여 빨치산이 총을 겨누었다. 총을 든 빨치산의 1미터 앞에 선 신영철은 빨치산 사수의 호흡에 맞추어 총을 쏘려는 순간에 쓰러지면서 총성이 들렸다.

"탕!"

쓰러진 영철은 언덕 밑 찔레 넝쿨로 굴렀다. 영철이 언덕 아래 넝쿨로 굴러떨어지고, 나머지 아홉 명은 그 자리에서 모두 쓰러졌다. M1은 카빈보다 화력이 세어 총알 하나가 일렬로 선 사람들의 몸을 모두 관통한 것이었다.

찔레꽃 넝쿨 속에 처박힌 영철은 온몸이 찔레 가시에 찔려 따끔거리지만, 죽은 척하고 누워 있었다. 달이 밝다고 하여도 낮 같지 않아 영철이 먼저 쓰러지는 것을 아무도 눈치채지 못했다. 총을 쏜 빨치산도 영철이 총에 맞은 것으로 생각했다. 가시덩굴에서 움직이지 않고 누워 있으니 죽은 것으로 생각하고 총알이 아까워 더 쏠 수도, 가시 때문에 내려가서 확인할 수도 없었다.

여자들과 노인들, 어린아이까지 온 동네 사람이 보는 앞에서 일어난 끔찍한 일이었다. 아들과 남편 아버지가 총에 맞아 죽어가도 사람들은 공포에 질려 꼼짝할 수도, 소리 내어 울 수도 없었다. 총을 맞은 사람 중에는 죽지 않고 고통스런 비명을 지르는 이도 있었다. 숨이 붙어 있는 사람을 빨치산이 죽창으로 가슴을 찔렀다. 끝이 날카로운 대나무 막대기가 심장을 뚫고 들어가는 "퍽!" 하는 둔탁한 소리가 들렸다. 아낙이 달려들어 쓰러진 남편을 끌어안고 통곡했다. 공비는 죽어가는 남편을 끌어안고 울고 있는 여인의 앞가슴을 발길로 힘껏 차버리자 여인은 뒤로 쓰러지며 기절했다. 그들은 사람의 탈을 쓴 야수였다. 사람들은 가족과 이웃이 이렇게 참혹하게 죽어가도 죽창이 무서워 아무도 나설 수 없었다. 동네 사람들은 빨치산에 대한 분노보다 공포에 질려 꼼짝할 수 없었다. 청장년 학살이 끝이 아니었다. 빨치산 소녀 대장 필녀는 큰 소리로 명령했다.

"동무들, 이 반동 동네를 불태워 없애시오."

빨치산은 옆에 쌓여 있던 짚단에 불을 붙여 집마다 초가지붕 위에 던져 올렸다. 불붙은 짚단이 지붕 위에 던져 올려지자 바싹 마른 초가지붕은 순식간에 불길에 싸였다. 마을 전체가 활활 타올랐다. 아무도 죽은 식구의 시체를 만질 수도, 불을 끌 수도, 세간살이를 끌어낼 수도 없었다. 동네 사람들 모두가 숨을 쉬어도 살아있는 게 아니었다. 아들과 남편, 아버지가 죽어도, 집이 불타도 공포에 질린 눈으로 바라보고만 있었다.

빨치산들은 온 동네가 활활 타오르는 것을 보고 빼앗은 곡식과 일용품을 메고 산 위로 사라졌다. 빨치산이 떠나도 사람들은 정신이 나가 총에 맞고, 죽창에 찔려 죽은 사람들을 어떻게 할 수 없었다. 몇몇 사람들은 그런 와중에도 불타는 집으로 달려가서 개울물을 떠다 뿌렸으나 불길이 너무 세서 아무런 효과가 없었다.

불타는 어느 집 마구간에 매여 있던 소는 뜨거운 불 속에서 털이 타고, 가죽이 타들어가서 이리 뛰고 저리 뛰다가 매어놓은 이타리(고삐)에 불이 붙어 끊어지자 불 속에서 뛰어나왔다. 온몸에 심한 화상을 입은 소는 십여 리를 뛰어 내려와서 광현삼거리 개울가에 쓰러져 죽었다.

사람들은 아침이 되어 이웃 동네 하늘리 소식을 듣고 몰려갔다. 온 동네가 불에 타서 잿더미가 되어 있고, 아홉 명의 청장년이 죽어 있었다. 시신들은 배에는 총상을 입고, 어떤 시신은 가슴이 죽창으로 찔려 피범벅이 되어 있어 참혹했다. 살아있는 사람들은 정신이 나가 허깨비같이 멍하니 앉아 있었다.

연락을 받고 경찰이 달려왔으나 비참한 광경만 확인하고 돌아갔다. 경찰의 힘으로는 그들을 추격할 수도, 토벌할 수도 없어 매일 밤 산골 마을마다 나타나 양식을 약탈하고, 사람을 죽이고, 집을 불태우는 공비들을 통제할 방법이 없었다.

이웃 동리 사람들이 와서 아홉 구의 시신을 묻었다. 관을 사 올 수도, 장례절차를 지켜 장례식을 치를 수도 없어 가마니를 타서 거적을 만들어 시신을 싸서 뒷산 양지바른 비탈에 묻었다. 이런 와중에도 화상을 입고 십여 리 달려와 죽은 소를 해체하여 살아있는 사람들이 나누어 먹었다. 아무리 절망적이고 어려운 일을 당해도 살아남은 사람들은 먹어야 살아갈 수 있었다.

남면은 청량산 근처 동리이다. 열대여섯 살 된 소녀들이 동네에서 가까운 청량산 계곡으로 산나물을 뜯으러 갔다. 청량산은 산세가 기암괴석으로 되어 있어 절경이고, 사찰과 명소가 많아 많은 사람이 찾는 곳이지만, 사회가 불안하고 공비들이 산속으로 숨어들고부터는 사람들의 발길이 끊겼다. 태백산이나 소백산, 지리산처럼 천 미터가 넘는 높은 산은 아니나 산이 험하여 고산에서 자라는 산나물이 많이 자랐다. 더덕도 있고, 두릅나무 잎도 돋아나고, 곰취와 취나물, 참나물과 같이 향이 좋은 산나물이 많았다. 취나물이나 곤드레 참나물같이 같은 종류의 산나물이라도 야산의 것은 억세고 향이 별로 없지만, 큰 산의 나물은 부드럽고 향이 강해 먹는 사람의 입맛을 돋우었다.

처녀들이 붉은 댕기를 나풀거리며 산나물을 뜯으러 가면 동네 총각들은 덩달아 지게를 지고 산으로 나무하러 가서 처녀들이 산나물을 뜯는 근처에서 얼쩡거렸다.

남이와 정이는 산나물을 뜯다가 불어오는 바람결에 섞여오는 냄새에 부랴부랴 나물 다래끼를 들고 뛰어 내려왔다. 산 위에서 불어오는 바람결에 담배 냄새가 섞여 있었던 것이었다. 처녀들은 산나물을 뜯으러 가서 산 사람을 만나 잘못하면 몸을 빼앗겨 신세를 망칠 수 있다는 생각에 겁이 나서 뛰어 내려왔다.

빈 나물 다래끼를 들고 뛰어 내려오다 계곡 입구에서 공비토벌 나온 경찰을 만났다. 경찰은 처녀들이 나물을 뜯지 않고 뛰어 내오는 것을 보고 산 위에 공비가 있을지 모른다고 생각했다.

"처녀들, 왜 뛰어 내려와?"

"산에서 담배 냄새가 나서요."

산 위에서 누군가 담배를 피우고 있는 것이었다. 산에는 공비들이 숨어 있어 아무도 깊은 산중에는 가지 않는데 담배 냄새라! 분명 골짜기 어디선가 공비들의 은신처가 있고, 공비들이 피우는 담배 냄새가 산 위에서 계곡으로 불어오는 바람을 타고 흘러왔을 것이라는 생각이 들었다.

경찰들은 계곡 입구부터 주위를 샅샅이 수색하며 올라갔다. 산 중턱에 우거진 다래넝쿨 밑 돌너덜에 사람의 흔적이 있었다. 돌너덜 옆 다래넝쿨로 가려진 바위에 작은 굴 입구가 보였다. 위협사격을 했다.

"너희는 완전히 포위되었다. 손들고 나오라."

아무런 대답이 없었다.

굴 안으로 들어가기에는 위험했다. 공비들이 사격을 가해오면 꼼짝없이 당할 수 있었다. 수류탄을 굴 안으로 던져 넣었다. 폭발음과 함께 입구가 무너졌다. 저만치 산 쪽으로 두 명의 빨치산이 산을 기어오르며 도망가고 있었다. 바위굴 뒤쪽으로 다른 입구가 있었던 것이었다. 집중사격을 가했으나 공비들은 커다란 바위 뒤로 숨어서 경찰을 향해 카빈총으로 응사하여 총격전이 벌어졌다.

공비 둘 중 한 명은 총 없이 죽창을 들고 있었다.

경찰이 쏘는 총탄이 바위에 부딪히며 핑핑 유탄이 되어 날아다니는 사이에서 공비는 총구만 내어놓고 가끔 대응사격을 했다. 경찰보다 화력은 아주 약하지만, 공비들은 돌너덜이 끝나는 지점이고, 경찰은 돌너덜 지역이라 지형이 불리했다. 노출된 돌너덜 지역에 있는 경찰은 바로 돌격하여 올라갈 수 없어 대치가 계속되었다. 경찰들은 공비가 숨은 바위를 향해 사격하며 공비들 주의를 끌고, 두 명의 경찰이 돌너덜 지역을 빠져나와 우회하여 산을 올라 공비들 뒤로 돌아갔다. 뒤쪽으로 간 두 명의 경찰은 바위 뒤에 숨어서 간혹 대응사격을 하고 있던 공비들의 등 뒤에서 카빈총을 자동장치로 하여 방아쇠를 당겼다.

"드르르륵…"

순식간에 수십 발의 탄환을 맞은 공비 두 명은 즉사했다. 총격전에서 경찰은 부상자 없이 상황이 종료되었다. 공비들은 지역 주민이나 토벌하는 경찰과 군인들의 눈을 피해 불을 피워도 연기가 나지 않는 마른 싸릿대나 작은 나뭇가지를 사용하는데 담배 냄새가 바람을 타고 십 리를 넘게 멀리 갈 수 있다는 것을 생각하지 못한 큰 실수를 한 것이었다.

경찰은 사살한 공비의 목을 대검으로 잘라 머리채를 들고 내려왔다. 오랫동안 산속 생활로 헝클어진 머리와 텁수룩한 수염, 잘린 목 부분에서 피가 뚝뚝 떨어지는 공비의 머리채를 들고 내려오는 모습이 끔찍했다. 공비이지만, 사람의 목을 베어 들고 오다니! 조선시대 때는 역모죄를 지어 효수형에 처한 사람의 목을, 많은 사람이 다니는 저잣거리 어귀에 매어 달아놓았다고 하는데 조선시대도 아니고 너무 잔인했다. 경찰은 동네 사람들을 위협이라도 하듯이 동네 입구에 있는 집 담 위에 잘린 공비의 머리를 올려놓았다. 동네 사람들에게 공비들한테 협조하지 말라는 경고이지만 몸서리쳐졌다. 보기에 너무 끔찍하니 공비의 머리를 치워달라는 말도 하지 못했다. 공비토벌 나온 경찰이나 군인들에게 잘못 말을 하다가 공비 동조자로 몰리면 그 자리에서 처형될 수도 있었다. 토벌대가 민간인을 학살하고 죽은 사람이 공비 끄나풀이었다고 하면 더 이상 책임을 물을 수도 없는 세상이었다.

며칠이 지난 후 밤이 되자 남면 마을에 공비들이 나타났다. 공비들은 동네 사람들을 한 곳에 모이게 했다. 마을 사람들은 공비들의 명령에 따르지 않을 수 없었다. 며칠 전 낮에는 경찰이 공비 둘을 사살하고 목을 잘라왔는데 이번에는 공비들이 주민들에게 어떤 짓을 할지 걱정되었다. 남이와 정이도 동네 사람들과 같이 붙들려와 앉아 있었다.

"이 마을은 경찰과 통하는 반동분자가 있는 마을이다."

여자 공비는 악에 받친 듯 마을 사람들을 보고 소리쳤다.

남이와 정이는 지난번 산나물 뜯으러 갔다가 경찰에게 말한 것을 공비들이 알고 찾아온 것 같아 이제 곧 불려 나가 죽창에 찔려 죽을 것만 같아 온몸이 덜덜 떨렸다. 콩닥거리는 가슴을 억지로 진정시키느라고 고개를 숙이고, 입을 크게 벌리고, 소리 나지 않게 입으로 숨을 몰아쉬었다. 이제나 저제나 앞으로 끌려나가면 죽게 되리라고 생각하며 정신이 없었다. 시간이 지나도 공비들은 두 처녀를 불러내지 않았다. 공비들을 남이와 정이가 토벌대인 경찰에게 "산에서 담배 냄새가 난다"라고 말한 것을 알지 못하는 것 같았다.

여자 공비는 짚단에 불을 붙여 들고 다니며 온 동네 집마다 초가지붕에 불을 질렀다. 같이 온 남자 공비들은 아무 말도 못하고 바라보고만 있었다. 동네의 집들이 모두 활활 불타는 것을 확인한 공비들은 산으로 돌아갔다. 여자 공비는 경찰 총에 맞아 죽어 목이 잘린 공비와 애틋한 관계가 있어, 원한에 사무쳐 온 동네를 태워 복수하는 것 같았다. 그래도 사람을 해치지 않은 것이 다행이었다.

남이와 정이가 산나물을 뜯으러 가서 경찰에게 이야기한 것이 알려졌으면 두 처녀는 공비들에게 죽음을 면하지 못했을 것이었다. 두 처녀는 자신들의 말 한마디에 공비들이 죽고, 목이 잘린 것 같아 밤이 되면 꿈에 나타난 공비들을 피해 다니는 악몽에 시달렸다. 그날 경찰을 만나 말하지 않을 수 없는 상황이었지만, 경찰에게 담배 냄새 이야기는 하지 않았으면 이런 불행이 오지 않았을 것 같은 생각이 들었다. 그냥 '무서워서 뛰어 내려왔다'라고 말할 걸 하고 후회했다. 두 처녀는 동네가 불탄 것이 자기들 때문인 것 같은 생각이 들어 사람들이 손가락질하는 것 같았다. 집이 불타 사람들은 살아갈 길이 막막했지만, 그래도 움막을 짓고 타다 남은 잿더미 속에서 가마솥이나 새까맣게 그을린 밥주발과 숟가락과 젓가락과 같은 쓸 수 있는 살림살이를 찾아 챙겼다. 남면뿐만 아니라 산골 사람들은 매일 생과 사를 넘나드는 벼랑 끝에서 외줄을 타며 살아가고 있었다. 낮에는 토벌대의 눈치를 봐야 하고, 밤에는 공비들이 산촌 사람들의 생사여탈권을 쥐고 있었다. 매일 낮과 밤이 다른 세상인데 말 한마디, 손가락질 한 번 잘못하면 온 동네가 불타고 사람들이 죽어 나가는 그런 위태로운 상황 속에서 산골 사람들은 아슬아슬한 낭떠러지 위에서 곡예하듯이 하루하루를 살고 있었다.

신호철은 제비실 마을 동장이었다. 제비실은 아랫제비실과 웃제비실 두 골짜기로 나뉘어 있고, 길고 좁은 두 골짜기의 산비탈에 제비집처럼 십여 호씩 집을 짓고, 농사를 지으며 살고 있었다. 길이라고는 광현삼거리에서 온해리로 가는 차도 못 다니는 오솔길에 연결된 골짜기로, 사람들은 걸어서 예안 장에 다니며 생필품을 구해와서 생활했다. 행적구역은 도산면이지만, 생활권은 녹전면 광현리와 같이 예안에 속했다. 신호철은 동네일을 맡아달라는 마을 노인들의 청에 못 이겨 동장직을 맡았다.

해방된 나라에서 수십 호나 되는 동네에는 처리할 일들이 많아 동장업무는 생각보다 많았다. 아기가 태어나면 출생신고도 대신해주고, 면에서 나오는 비료도 가정마다 배분하여 타오게 하고, 수득세 고지서와 석유 배급표도 나누어주었다. 그래서 일주일에 한두 번은 면사무소 출입을 해야 했다. 때로는 마을 사람이 지서에 불려가서 조사받을 때 같이 따라가 변명하여 빼내오는 변호사 역할도 했다. 동리 사람들은 젊은 사람이 신학문을 익혀 학식도 있고, 면사무소나 지서에 발도 넓어 어려운 일을 잘 처리한다고 신호철 동장을 좋아하며 의지했다. 신호철은 결혼하여 아들딸이 태어나 큰아이는 네 살이고, 둘째는 아직 젖먹이였다.

해방되자 좌익과 우익의 대립으로 사회는 불안하고, 때로는 사람이 다치고 죽어 나가도 도시에서 멀리 떨어진 산골 제비실 동네는 바깥세상과 달리 평화롭게 지냈다. 대한민국 정부가 들어서고 공산주의자인 좌익 사람들과 파업을 선동하다 지명수배되어 산으로 숨어든 사람들이 공비가 되고부터는 산촌이 도시보다 더 불안했다.

밤으로만 나타나는 공비들 중에는 북쪽에서 넘어온 사람들보다 지방 빨갱이가 더 무서웠다. 지방에서 좌익활동을 하던 사람들은 지리를 잘 아는 고향 근처 산으로 숨어들어 오륙 명씩, 수십 명씩 떼 지어 생활하며 경찰이나 국방군이 차를 타고 다니는 신작로 옆 마을이나 지서가 있는 면 소재지 같은 큰 마을은 습격하지 못하고 산골 마을에 내려와 식량을 약탈하고, 사람을 죽이며, 마을을 불태우기도 했다. 북쪽에서 파견된 빨치산 두목이 이끄는 빨치산 부대들도 있지만, 인근에는 몇 명, 십여 명씩 무리를 지어 다니는 공비들도 있었다. 그들은 총을 구하지 못해 칼과 죽창으로 무장하고, 마을 인근에 있는 비교적 낮은 야산이 근거지였다.

어느 날 신호철 동장은 웃제비실 동촌 댁 손녀가 태어나 면사무소에 가서 출생신고를 대신해주고, 이웃에 사는 이상태가 예안 지서로 호출 명령이 나와 이상태와 같이 지서에 갔다. 상태는 지난 장날 장터에서 시장세를 받아먹고 사는 건달들과 시비가 붙어 지게 막대기로 흠씬 두드려 패주고 왔는데 건달들이 지서에 고소하여 호출 명령이 온 것이었다. 경찰은 조서를 쓰며 그날 일어난 일의 자초지종을 물었다.

"시장세를 받는 건달들이 터무니없는 세를 요구하여 시비가 붙었니더."

상태가 경찰에게 설명하자 경찰이 물었다.

"시장세 얼마를 요구했습니까?"

"고추 두 근을 가꼬 가서 160원 받았는데 시장세를 80원을 내라고 하니 말이 되니껴?"

"그래서 지게 막대기로 두들겨 팼습니까?"

"건달들이 먼저 때렸니더. 그러케 못 준다고 카니 멱살을 잡고 따귀를 때려, 나도 힘은 약하고 지게 막대기로 때렸니더."

"앞으로는 싸워도 지게 막대기로 사람을 패지 마시오. 그러다 사람이 죽으면 살인자가 되는 것이 아닙니까?"

"조심함시더."

경찰은 그날 상황을 듣고 조서를 쓰고 다시는 지게 막대기로 사람을 때리지 않겠다는 서약서까지 쓰고 지장을 찍고 풀려났다. 건국 초기 지서에 불려가면 일본 경찰의 잔재가 남아 일단 두드려 패서 불려온 사람의 기부터 죽여놓고 조사할 때이었다. 그래도 안면 있는 신호철 동장이 같이 가서 상태는 맞지 않고 지서에서 풀려날 수 있었다.

그날 밤이었다. 태자산에서 출발한 한 무리의 공비들이 온해 뒷산을 거쳐 제비실 동네에 도착했다. 그들을 해방 후 남로당의 지령을 받고 활동하다가 경찰의 수배를 피해 산으로 숨어든 공비들이었다. 그들 중 일부는 도민증을 위조하여 마을마다의 검문과 경찰의 눈을 피해 예안 장터에도 드나들고, 시골 동네를 낮으로도 돌아다니며 정보를 수집하고 생필품을 구해오기도 했다. 그렇게 낮으로 거리를 활보하는 공비들은 지역의 각 동네 사정에 밝았다. 공비들은 제비실 동네에 주민들을 동장 집으로 모이게 했다. 그리고 동장을 잡아 문초했다.

"신호철, 너는 괴뢰정권의 앞잡이 동장으로 경찰에 협조한 반동분자다."

"마실 일을 했을 뿐입니더. 경찰에 협조한 일은 없니더."

"야! 이 반동 새끼야. 동장이 되어 괴뢰 경찰에게 산속에서 고생하는 애국청년들의 활동을 알려주지 않았느냐?"

"오해시더. 살려주이소."

분위기가 살벌해 아무도 나설 수 없었다. 잘못 입을 떼면 같이 반동으로 몰려 죽게 될 것이었다. 기둥에 걸어놓은 초롱불에 비친 공비의 눈에는 살기가 등등했다.

마당가에는 장작을 패는 바탕나무가 있고, 옆에는 도끼가 있었다. 공비는 옆에 있던 다른 공비들에게 시켜 장작 바탕나무에 동장을 눕히고 팔과 다리에다 나무를 대어 지게꼬리를 풀어 큰 대자로 묶어 놓았다. 동장은 장작 바탕나무에 손발이 묶인 채 공비를 쳐다보고 애원했다.

"살려주이오, 손님들이 원한다면 다시는 동장질 안 함시더."

"반동 새끼! 너를 장작처럼 반으로 쪼개 죽일 꺼다."

"살려주이소. 뭐든지 시키는 대로 다 함시더. 제발 살려주이소."

동장은 장작 바탕나무에 묶인 채 사색이 되어 공비를 쳐다보며 애원했다. 그러나 공비의 얼굴은 차갑게 일그러진 채 초롱불에 비치는 그의 눈에는 푸른빛이 번득였다. 옆에 있던 노인이 죽을 각오로 공비에게 바짓가랑이에 매달리며 애원했다.

"나으리! 동장은 아무 죄가 없니더. 안 할카는 걸 우리가 동네 일을 봐달라고 억지로 맡겼니더. 나으리! 나으리가 원하면 뭐든지 다 해드림시더. 이러지 마이소. 제발 이러지 마이소. 이렇게 비니더 나으리."

노인은 엉엉 울면서 공비에게 두 손으로 싹싹 빌었다.

"이놈의 영감쟁이, 같이 디질라고 스스로 무덤을 파는군."

공비는 노인의 앞가슴을 발로 힘껏 차버렸다. 노인은 "꺽!" 하며 뒤로 나가떨어져 죽었는지, 기절했는지 움직이지 않았다. 사람들을 더는 공비에게 애원할 수도, 나설 수도 없었다. 공비는 도끼를 집어 들었다. 시퍼런 도낏날이 초롱불에 비쳐 번쩍였다. 동장은 비명을 질렀다.

방 안에서는 신호철의 아내는 두 아이를 품에 안고 이불을 뒤집어쓴 채 양손으로 귀를 꼭 막고 오들오들 떨고 있었다. 밖에서 들려오는 남편의 살려달라고 애원하는 소리에 달려나가 공비의 바짓가랑이를 잡고 살려달라고 같이 애원하며 빌고 싶었다. 애원하다가 남편과 같이 도끼날에 맞아 죽어도 뛰어나가고 싶었으나 두 아이 때문에 그렇게 할 수 없었다. 아이들을 살려야 한다는 모성애의 본능에 두 아이를 품에 안고 이불을 뒤집어쓴 채 밖에서 들리는 남편의 비명을 듣지 않으려고 손으로 양 귀를 꼭 막고 있었다. 아이들도 살벌한 주위 분위기에 위험을 느끼는지 울지도 않고, 숨소리도 크게 내지 못하며 이불 속에서 엄마 품에 꼭 안겨 있었다. 공비는 도끼를 높이 쳐들어 장작 바탕나무에 묶여 있는 동장의 가슴을 향해 힘껏 내리쳤다.

"악!"

비명과 함께 사방으로 피가 튀어 흩어졌다. 동네 사람들은 공비들이 앉혀놓은 자리에 앉아 바로 바라보지도 못하고 고개를 숙인 채 공포에 질려 있었다. 공비는 피 묻은 도끼를 또 하늘 높이 쳐들었다가 동장의 배 쪽을 향해 내리쳤다.

의식이 없는 동장은 큰소리도 못 내고 "윽!" 소리를 내며 죽어가는데 갈라진 배에서 창자가 쏟아져 나왔다. 그리고 머리를 향해 도끼를 내리쳤다. 머리가 깨어지며 골이 흘러내렸다. 상상을 초월한 잔인한 광경이었다. 사람들은 혼이 빠져 있었다. 소리치지도 울지도 못하고, 모두 정신이 나가 꼼짝할 수도 없었다. 공비는 엉치뼈 쪽까지 도끼로 내리쳤다. 그래도 죽어 피가 낭자한 동장의 시체가 반으로 쪼개지지 않자 여러 번 도끼질하여 기어이 장작처럼 두 쪽으로 갈라놓았다. 두 쪽으로 너덜너덜하게 갈라진 동장의 시체는 소름 끼치도록 처참한 모습이었다. 그는 너무나 잔인하여 인간이 아닌 야수 같았다. 같이 온 공비들도 그의 소름 끼치는 행동에 아무 말 없이 공포에 찬 눈으로 바라보고 있었다. 그는 마을 사람들에게 표독스럽게 협박했다.

"앞으로 경찰놈들이나 국방군 새끼들에게 협조하는 반동들은 이렇게 처형한다. 모두 꼭 기억해라. 우리는 멀리 가지 않고 이 지역에서 반동들의 일거수일투족을 살펴보고 있다. 이런 꼴로 뒈지지 않으려면 산에서 내려오는 애국청년들에게 협조해라."

그들은 떠났다. 마을 사람들은 처참하게 죽어 있는 동장보다 쓰러져 있는 노인에게 다가가 다리팔을 주물렀다. 노인은 겨우 의식을 차리고 깨어나 주위에 온통 피가 낭자하고, 장작 바탕나무 위에 몸이 둘로 갈라져 너덜너덜 흩어져 있는 동장의 시신을 보고 다시 기절해버렸다.

방 안에서는 동장 아내가 두 아이를 품에 품은 채 두 손으로 귀를 꼭 막고 이불을 뒤집어쓰고 오들오들 떨고 있었다. 시대가 낳은 너무나 무섭고 잔인한 광경이었다.

❺ 밤과 낮이 다른 세상

 매달 1일과 6일은 예안 장날이었다. 장날이면 예안면은 물론이고 도산면, 녹전면, 와룡면, 북후면, 멀리 청량산 아래 봉화군 일대 재산면과 영양군 임동면, 일월면, 청기면 일부까지 골골이 흩어져 사는 사람들이 새벽부터 사오십 리 되는 길을 걸어 예안 장터로 모여들었다.
 장꾼들은 긴 행렬을 이루며 각자가 시장에 가서 팔 물건들을 등에 지고 어깨에 메고 들고 장터로 향했다. 어떤 사람은 쌀을 한 가마니나 지고 가고, 집에서 기른 새끼돼지나 달걀을 열 개씩 짚으로 예쁘게 엮어 몇 줄이나 들고 가는 사람도 있고, 말린 고추나 왕골로 짠 초석 자리를 메고 가는 사람도 있었다. 사람들은 가지고 간 물건을 팔아서 돈을 모으기도 하고, 물물교환하듯이 다른 물건을 사고, 아이들의 고무신이나 아내의 화장품을 사오기도 했다. 어떤 가난한 신혼부부는 일 년 농사를 지으며 아내에게 추수해서 화초장 모양으로 된 값싼 상자 장롱을 사주겠다고 약속해, 아내는 상자 장롱을 산다는 희망에 일 년 동안 열심히 일했다. 사람들은 그렇게 각자가 원하는 물건을 구하기 위해 시장으로 향했다. 시장 입구에서부터 장사꾼들이 나와서 장꾼이 가지고 오는 물건을 흥정했다. 물건값이 맞아 금방 팔리면 다행이지만, 오후 세 시 넘어 파장될 때까지 가지고 간 물건이 팔리지 않으면 다시 지고 사오십 리 길을 가지고 올 수도 없어 아깝지만, 헐값에 넘기고 오기도 했다. 물건을 사고파는 것뿐만 아니라 백 리는 멀리 떨어져 사는 친척들이 서로 만나기도 하고, 가끔은 혼인 중매가 이루어져 먼 곳에 사는 사람들과 사돈의 연을 맺기도 했다. 그렇게 맺어진 사돈끼리 장에서 만나면 반갑게 인사했다.

"사돈, 자(장에) 왔니껴."

"사돈, 오랜만에 만났는데 저 가서 막걸리 한 사발 하시더."

오후가 되어 파장되면 사람들은 원했던 생활용품을 사서 집으로 돌아갔다. 장꾼의 행렬은 오전과는 반대 방향으로 이어져 해가 지고 밤이 되어도 길에는 집으로 돌아가는 사람들로 줄을 이었다. 술을 좋아하는 사람은 장날이면 으레 막걸리 몇 사발을 걸치고 술에 취해 불콰한 얼굴로 비틀거리며, 노랫가락을 부르며 집으로 돌아가는 사람도 있었다. 가난하여 식량이 부족해도 장날에는 이런 낭만도 있어, 장날은 근처 사오십 리에 흩어져 사는 산골 사람들이 모여 물건을 팔고 사며, 축제장같이 흥청거리는 기다려지는 날이었다.

공비들은 밤이 되어 마을을 습격하여 어렵게 양식이나 일용품을 약탈하기보다 경찰과 국방군의 눈을 피해 장꾼들이 사오는 물건을 약탈하면 아주 쉽게 양식과 다양한 생활용품을 챙길 수가 있었다.

　녹전으로 가는 중간지점 길목인 광티재에는 우측으로 깊지 않은 골짜기가 있고, 소나무가 우거져 있어 장꾼을 몰아넣어 물건을 강탈하기에는 적당한 장소였다. 일출봉과 북두산 일대에서 흩어져 은거하던 공비들은 예안 장날 장꾼의 물건과 돈을 빼앗기 위해 해가 질 무렵이 되어서 광티재에 당도했다. 길가에 총과 칼, 죽창을 든 사오 명의 공비를 배치하고, 도로 양쪽 산 정상에 보초를 세워 경찰차나 국방군 트럭이 멀리서 오는 것이 보이면 연락하여 길가에서 장꾼을 납치하던 공비가 숨도록 신호를 보내기로 했다.

　장꾼들은 한동네 이웃 사람들끼리 무리 지어 시장에서 산 물건을 지고 메고 오다가 총칼과 죽창을 든 공비들에게 붙들렸다. 장꾼들은 장에서 사오던 물건을 가진 채 계곡 솔숲 밑으로 끌려갔다. 거기에는 많은 수의 공비가 장꾼들의 주머니를 뒤져 돈과 담배, 값나가는 물건을 빼앗고, 지고 들고 오던 장보기 물건을 모두 빼앗았다. 공비들이 빼앗은 물건은 쌀을 비롯해 씨앗으로 사용할 콩, 팥이나 부모님 생신상을 차릴 소고기, 돼지고기, 생선도 있고, 제사에 쓸 과일까지 만물상 같았다. 물건을 빼앗고는 사람들을 소나무 밑에 열을 지어 앉혀놓고 칼과 죽창을 들고 감시했다. 장꾼들의 호주머니는 풍성하여 몇 십 원에서부터 몇 천 원까지 빼앗은 돈의 양이 엄청 많았다. 오백 원을 빼앗긴 핫바지 입은 김 서방이 사정했다.

"아이 월사금 낼 돈인데 돌려주이소."

"무슨 놈의 월사금이 오백 원이나 돼?"

"아들딸 다섯이나 마카 다 학교에 댕기고 있니더."

"죽기 싫으면 더 말하지 마. 다음 장에 곡식을 팔아 돈을 만들면 되잖아."

"집에는 인제, 팔 곡식이 없니더."

"더 말하지 말랬잖아."

공비는 죽창을 치켜들고 위협하며 말했다. 김 서방은 겁을 먹고 더는 말할 수 없었다. 백 명도 넘는 장꾼을 잡아 물건을 빼앗고, 불평하는 사람들을 제압하기 위해서 본보기로 한두 사람은 죽창으로 찔러 죽일 수도 있다는 생각이 들어 겁이 났다. 뒤늦게 붙잡혀온 이 서방은 고기와 명태포, 대추, 밤, 배, 감까지 있었다. 공비들은 빼앗은 배를 먹었다.

"오늘 밤 할배 기제사에 쓸 제물인데…"

이 서방은 울상을 지었다.

공비는 대추, 밤, 감, 먹던 배까지 늘여놓고 포, 돼지 생고기와 어물까지 제사상처럼 진설해 놓았다.

"거기, 오늘 할배 제사 장보기 해오던 핫바지 앞으로 나와."

이 서방은 앞으로 나오자 공비가 말했다.

"할배 제사 여기서 지낸다. 어서 절을 올리고 제사 지내."

불려 나온 이 서방이 망설이자 죽창을 치켜들고 말했다.

"나도 조상이 있는 사람으로 최대한의 성의를 보이는 거다. 죽고 싶지 않으면 절해."

이 서방은 절을 하며 울먹이면서 말했다.

"할배요, 올해는 어쩔 수 없이 제사를 이렇게 올리니더. 내년부터는 올케 올려드림시더."

붙잡혀 앉아 이 광경을 바라본 사람들은 공비들의 장난 같아 웃음이 나오지만, 웃을 수 없었다. 그런 와중에도 돈을 빼앗기지 않은 사람이 있었다. 공비에게 붙들린 사람들 제일 뒤에서 골짜기로 잡혀가던 임 서방은 아무도 눈치채지 못하게 주머니에서 쌀을 판 돈을 꺼내 계곡 초입 모래가 흘러내리는 사태밭에 재빨리 묻었다. 공비들은 주머니를 뒤져보고 아무것도 나오지 않자 그대로 나무 밑에 앉으라고 했다. 그렇게 백 명도 넘는 장꾼들이 공비들에게 붙들려 장을 보아 오던 물건과 돈을 빼앗기는 가운데도 빼앗지 않는 물건도 있었다. 삽과 괭이 같은 공비들에게 필요 없는 물건들이었다. 골굴댕이에 사는 신 서방은 아내와 같이 농사를 지으며 상자로 된 장롱을 하나 사주기로 약속했다. 장롱을 산다고 좋아하며 일 년 동안 불평 한마디 없이 열심히 농사일을 해온 아내와 약속을 지키기 위해 장롱을 사서 지고 오며 아내에게 선물할 동동구리무도 하나 사 넣었다. 공비는 상자로 된 장롱은 빼앗지 않고 지게를 고아놓고 앉으라고 했다. 그리고 장롱문을 열어보고 동동구리무를 꺼내 챙겼다.

"그거, 구리무는 여자들 것인데, 나리들이 가꼬 가도 필요 없는 건데요."

신 서방이 큰맘 먹고 아내에게 선물하려던 동동구리무를 돌려 달라고 말했다.

"야, 임마! 우리 대원 중에 여자도 있어."

신 서방을 더 말할 수 없었다. 그래도 일 년 동안 벼르다가 사오는 상자 장롱을 빼앗기지 않은 것이 다행이었다. 그날 수십 명의 공비는 백 명도 넘는 장꾼들에게 많은 돈과 물건을 탈취하여 유유히 사라졌다. 그중 아이들의 월사금을 빼앗았던 공비가 김 서방에게 다가와 슬그머니 빼앗은 돈을 손에 쥐여주며 말했다.

"나도 집에 가면 아이들이 있소. 지금쯤 월사금을 못 내어 학교에서 쫓겨나와 학교에 가지 못할지도 모르오. 이거 가져가 월사금 내소."

공비들이 사라지고 난 뒤 장꾼들은 돈과 장보기 물건을 모두 빼앗기고 허탈한 마음으로 돌아왔다. 빈손으로 돌아온 남편을 보고 아내는 공비들에게 잡혀 물건은 빼앗겨도 남편이 다치지 않고 돌아온 것을 다행이라고 생각했다.

이 서방 부모님도 제사 장보기를 빼앗겼지만, 아들이 무사히 돌아온 것이 다행이라고 하며, 그날 밤 제사는 제물 없이 메밥만 차려놓고 제주로 집에 해놓은 밀주 막걸리를 따라 올리며 말했다.

"그 험한 사람들에게 붙들려 몸 성히 돌아온 것이 조상님의 보살핌 덕이시더."

쌀을 팔아 오던 임 서방은 이튿날 아침 일찍 일어나 광티재로 달려갔다. 모래 사태밥에 묻어둔 돈이 그대로 있었다. 뒤늦게 소식을 들은 녹전 지서 경찰들이 출동하여 공비들이 백 명도 넘는 장꾼들의 물건을 강탈한 광티재 골짜기 현장을 살펴보았다. 소나무만 베어내면 길에서 훤히 보이는 작은 골짜기였다. 광티 동리 사람들은 남녀노소 모두 톱과 낫을 들고 광티재로 모이라는 동원령을 내렸다. 그날 온종일 점심도 거른 채 경찰의 지휘 아래 공비들이 장꾼의 물건을 약탈했던 골짜기 나무를 베어놓고 불질러 민둥산을 만들어 놓았다.

장꾼들의 물건을 탈취한 공비들은 근거지를 옮겨 태자산으로 들어갔다. 태자산은 산과 산이 겹겹이 싸여 있어 산세가 험하고 가팔랐다. 장꾼으로부터 빼앗은 식량과 반찬거리가 많아 당분간 보급투쟁을 나가지 않고 산속 생활을 할 수 있었다. 이제 빼앗은 돈도 많이 있으니 장꾼을 가장해서 시장에 나가 필요한 물건을 사올 수도 있었다.

낮으로는 경찰이 공비토벌을 나와 도로를 순찰하면서도 산 위로 올라오지 않았다. 경찰들은 산 위에는 수십 명의 공비가 숨어 있다는 것을 알고 있지만, 굳이 산으로 올라와 싸움을 걸지 않았다. 한두 명이 아니고 수십 명이나 되는 공비와 싸워보았자 넓은 태자산에 숨어 있는 공비를 모두 잡을 수도 없고, 그들 중 일부가 총으로 무장하고 있어 교전이 시작되면 경찰 측에서도 많은 희생을 각오해야 하기 때문에 공비와 싸움을 피했다.

공비들은 산 위에 숨어서 경찰이 동네를 순찰하는 것을 내려다보고 있었다. 경찰들도 산 위 어디에선가는 공비들이 경찰의 움직임을 보고 있다는 것을 알고 있어 마을에 오래 머물 수 없었다. 밤이 되면 지서까지 습격하는 공비들이라 인가가 없는 외진 곳을 지날 때는 신경이 곤두섰다. 그렇지만 군인들은 달랐다. 한번 작전이 시작되면 희생이 따르더라도 공비를 찾아 온 산을 수색했다. 전라도 지리산이나 덕유산에서는 여순 반란군이 공비와 합류하여 무장공비가 되어 국방군도 두려워하지 않고 전투하고 있지만, 경상도 북부지역 공비들은 대부분이 군대 경력이 없는 해방 후 좌익 활동을 하던 사람들이거나 대구철도 파업이나 각 기업 노조파업 때 남로당 지시를 받아 앞장서 노동운동을 빙자해 폭동을 일으키다 수배를 피해온 사람들이었다.
　야산 공비들은 군사훈련을 받지 않아, 훈련소에서부터 사격술과 수류탄 투척, 총검술과 돌격 같은 전투훈련을 체계적으로 받은 군인들의 상대가 되지 못했다. 더구나 총은 몇 정 있으나 대부분이 죽창을 가지고 있어, 소총과 수류탄뿐만 아니라 기관총과 박격포로 무장한 국방군을 습격한다는 것은 생각할 수도 없는 일이었다. 그래서 야산 공비들은 산골 마을 습격하여 식량과 일용품을 빼앗고, 소규모 지서를 습격하여 무기를 빼앗을 수는 있으나 군인 주둔지를 습격하지 못했다.

　도산면 단천리 앞 높은 절벽은 거대한 성채와 같았다. 수억 년

물이 깎아 만든 절벽 앞에는 강이 흐르고, 강섶으로 펼쳐지는 들판에 마을이 있고, 멀리까지 바라볼 수 있어 전망이 좋았다. 경찰이나 국군 토벌대가 오는 것을 멀리서 관측할 수 있는 천혜의 요새로 서양의 천 년도 넘은 오래된 성채 같아 보였다. 공비들은 사람들의 눈에 띄지 않는 바위틈에 보초를 세우고, 대원들은 안심하고 절벽 너머에서 낮잠 자고 식사도 했다.

절벽 틈에는 지구상에서 멸종되어 가는 흑학이 둥지를 틀고 살고 있고, 낙동강과 어우러진 풍광이 절경이었으나 세상이 어지러울 때라 나들이 오는 사람이 없었다. 광티재에서 장꾼들에게 많은 생활용품을 탈취한 야산 공비들은 태자산을 거쳐 이곳에서 다음 작전을 준비하고 있었다.

동네 사람들은 절벽으로 이어지는 산 위에 어느 날부터 수상한 움직임을 느꼈다. 저녁이면 늘 찾아들던 새들이 주위를 맴돌다가 다른 곳으로 날아가 버렸다. 밤이 되어 벼랑을 오를 수 있는 한쪽 바위 골짜기로 물통을 멘 사나이들이 기어오르는 것을 보았다. 마을 사람들은 공비라는 것을 직감했으나 어떻게 할 수 없었다. 언젠가는 이 마을도 공비의 습격을 받을 것만 같았다. 마을 청년 중에는 도산면 방위대에 나가는 사람이 몇이 있어 도산 지서에 공비들이 마을 주위에 은신하고 있는 것을 알렸다. 도산 지서에서는 칠팔 명의 경찰로는 절벽 너머 은신하고 있는 삼십여 명의 공비를 감당할 수 없어 예안에 주둔하고 있는 군부대에 알렸다.

강 건너로 뻗어 있는 신작로에 하얀 먼지를 일으키며 군용차량 세 대가 마을을 향해 달려오고 있는 것을 보초를 서고 있는 공비가 바라보고 있었다. 강둑에 도착한 차에서 총을 들고 앞가슴에는 수류탄 두 발씩을 단 군인들 육십여 명이 내려 강 쪽으로 다가왔다. 절벽 위에서 보초를 서던 공비는 본 대로 연락했다. 점심준비를 하던 공비들은 재빨리 장비를 챙겨 이동하기 시작했다. 군인들이 소총과 기관총으로 무장하고 있어 몇 정의 총으로는 상대할 수가 없었다. 공비들은 근처의 청량산을 향해 도주했다. 낮으로 좀처럼 움직이지 않던 공비들은 이제는 발각되더라도 움직일 수밖에 없었다. 그때까지 토벌군 쪽에서는 공비들을 발견하지 못했다. 공비 중에 총을 가진 대원이 총의 안전장치가 풀린 것을 모르고 엉킨 넝쿨 사이를 지나가다가 나뭇가지에 방아쇠가 걸려 오발사고를 내고 말았다.

"탕!"

생각지도 못한 사고였다. 공비들은 소스라치게 놀랐다. 사고를 낸 대원은 "오발!"이라고 소리쳤다. 빨치산은 적정이 있을 때 오발사고를 내면 위치가 탄로나서 모두 위험에 처하므로 즉결처분으로 오발 사고를 낸 대원을 사살해버리는 것이 그들의 규칙이었다. 그렇지만 국방군과 교전도 없는 상황에서 또 총소리가 나면 더 불리해 오발사고를 낸 대원을 처치할 사이도 없이 후퇴했다. 총소리로 토벌대에게 위치가 발각되었으니 최대한 빨리 이동하여 산세가 험한 청량산으로 들어가 숨는 수밖에 없었다.

국방군 토벌대들은 허리까지 차는 강을 건너 절벽과 절벽 사이

구릉을 통해 산을 오르기 시작했다. 국방군은 공비들이 청량산 쪽으로 달아나리라고 예상하고, 작전을 나오면서 1개 소대 병력을 차량으로 먼 길을 돌아 청량산 계곡에 매복시켜 놓았다. 국방군은 1차로 왕모산으로 공비들을 몰아 격퇴하고, 2차로 청량산 계곡으로 공비를 몰아넣어 매복조가 완전히 섬멸하려는 작전계획이 세워져 있었다. 왕모산은 고려 공민왕이 홍건적의 난을 피해 청량산으로 피난 왔을 때 공민왕의 어머니가 머물던 성이 있었던 산으로 높이가 648미터로 그리 높지 않은 산이었다. 후퇴하는 공비들은 왕모산 중턱을 타고 청량산 쪽으로 도주하고 있었다. 국방군은 공비들과의 거리가 유효사거리 밖이라 사격하기에는 무리라서 2차 작전으로 소대 병력이 매복하고 있는 청량산 계곡 쪽으로 공비들을 몰아갔다.

한 시간이 흘렀다. 육칠백 미터 높이의 산이 이어지는 산악지대에서 국방군 육십 명과 공비 삼십여 명의 쫓고 쫓기는 추격전이 계속되었다. 오후 두 시가 넘었다. 서로가 점심도 거른 채 교전도 없이 험한 산속에서 숨바꼭질하듯이 한쪽은 도망가고, 한쪽은 추격하였다. 추격하는 국방군은 청량산 계곡에 잠복하고 있는 국방군 쪽으로 공비들을 몰아가면 청량산 계곡에서 공비들을 섬멸하고 상황은 끝나리라고 생각했다. 급하게 도망가는 공비들은 무거운 취사도구를 버리고 갔다. 국방군은 공비들이 빠뜨리고 간 서류를 발견했다. 그뿐만 아니라 도망가는 산 중턱에 죽창에 찔려 죽은 공비의 시체가 있었다. 오발사고를 내어 국방군에게 공비들의 위치가 발각되자 도망가면서 오발한 동료를 죽창으로 찔러 죽인 것이었다. 조그마한 실수도 용서하지 않는 엄한 공비들의 규율이었다. 실수로 오발사고를 내어도 동료를 잔인하게 죽창으로 찔러 죽이는데, 한번 공비가 되면 그들의 굴레에서 벗어날 수 없을 것이었다.

두 시간이나 몰아가서 청량산이 가까워졌다. 공비들은 청량산 계곡을 통하여 청량사 쪽으로 가지 않고 좌측 축융봉 쪽으로 방향을 틀어 숨어들어 국방군이 쳐놓은 그물에 걸려들지 않았다. 온종일 전 병력을 동원한 작전이 실패였다. 축융봉으로 도망가던 공비들은 뿔뿔이 흩어져 숨어버렸다. 그중에 공비 한 명이 계곡 근처로 물을 길으러 내려오다가 계곡에 잠복하고 있던 국방군에게 생포되었다.

넓은 산을 팔구십 명의 국방군이 포위하고 밤을 새우다가는 공비들의 기습을 받을 수 있어 일단 철수하기로 했다. 사로잡은 공비는 부대로 데려와 조사해보아야 지역 출신 공비라 별 가치 있는 정보를 끌어낼 수 없을 것 같았다.

생포된 공비를 토계마을까지 데려와서 소대장은 신병들 아홉 명을 뽑아 총에 착검시켰다. 공비들은 신입공비나 여자공비들의 담력훈련을 시킨다고 그들이 말하는 반동이나 경찰을 포로로 잡으면 묶어놓고 칼이나 죽창으로 찔러 죽이게 한다더니 국방군도 똑같은 짓을 하려는 것 같았다. 소대장은 묶어놓았던 공비 손목의 밧줄을 풀고 "돌아가라"라고 했다. 공비는 의아한 표정을 지으며 그 자리에 서 있었다.

"산으로 돌아가. 너의 동료를 찾아가란 말이야."

그때야 공비는 뒤돌아서 산으로 뛰어갔다. 공비가 십 미터쯤 뛰어가자 소대장은 착검한 신병들에게 명령했다.

"모두 공비에게 돌격하여 총검으로 찌른다. 한 사람도 빠짐없이 공비를 찔러야 한다. 돌격!"

사병들은 달아나는 공비를 향하여 함성을 지르며 달려갔다. 공비는 죽을힘을 다해 산 위로 향하여 뛰었다. 숨이 턱에 닿아 허우적거렸다. 총에 착검하고 달려오는 병사들과 거리가 점점 좁혀졌다. 공비는 사력을 다하여 뛰면서 날개 달린 천사가 나타나 자기의 손목을 잡고 하늘로 날아갔으면 하는 생각이 머리를 스치고 지나갔다. 짧은 순간이지만, 간절한 바람이었다. 그러나 천사도 나타나지 않고 소원도 이루어지지 않았다. 공비는 끝내 총검을 든 병사들에게 등이 찔려 앞으로 쓰러지자 아홉 명의 병사들은 총 끝에 달린 대검으로 공비의 몸을 마구 찔러대었다. 피가 튀고 창자가 흘러내렸다. 그때야 병사들은 하나둘 산에서 내려왔다. 칼에는 피가 뻘겋게 묻어 있었다. 군인들의 이 해괴한 작전을 동네 꼬마 아이들이 처음부터 끝까지 지켜보고 있었다. 꼬마 아이들은 군인들을 따라가 강물에 칼을 씻으며 하는 이야기를 듣고 있었다.

"처음에는 겁났는데, 사람을 죽여보니 별것 아니네. 복날 개 잡기보다 쉬워…"

온종일 전 병력이 동원된 작전은 실패였다. 공비들이 축융봉 쪽으로 도망가지 못하게 먼저 축융봉으로 통하는 산 초입을 봉쇄해야 하는데 공비들이 걸음이 너무 빨랐다. 밤이슬을 맞으며 산에서 자고 산에서 생활하며 산을 타고 다니는 산짐승처럼 단련되고 날쌘 공비들이라 국군의 추격이 도망가는 공비들의 걸음을 따라갈 수 없었다. 청량산 일대는 그들이 숨어다니며 어느 능선, 어느 계곡이나 밤에도 뛰어다닐 수 있을 정도로 훤히 꿰뚫고 있는 공비들의 안마당이고, 팔도에서 모인 군인들에게는 낯선 지역이었다. 이 골짝, 이 능선을 지나면 어떤 곳이 나타나는지도 모르고, 오직 군사지도에만 의지해 작전을 펴니 공비들의 진로를 막지 못했다.

노획한 서류에는 공산당 입당원서가 들어 있고, 거기에는 예안면 삼계동 주민 세 사람의 이름 옆에 지장과 도장이 찍혀 있었다. 군인들은 공비들한테서 노획한 서류를 경찰에 넘겼다.

예안 지서에서는 무장한 경찰 네 명이 삼계동으로 가서 공산당에 입당한 주민 세 사람을 잡아왔다. 그들은 산골에서 농사를 짓는 농부로 경찰이 들이닥치자 겁을 잔뜩 먹고 사색이 되었다. 포승줄로 손이 묶인 채 예안 지서로 잡혀온 세 사람은 산골짜기에서 평생 농사일만 해온 순박하고 가난한 농부들이었다.

경찰은 노획한 서류를 내어놓으며 말했다.

"이 도장과 지장은 너의 것이 맞지?"

"밤에 칼하고 죽창 들고 온 사람들이 찍으라고 위협해서 찍었니더."

"그러니까 너희들은 공산당원이고 빨갱이가 맞잖아."

"도장과 손도장을 안 찍으면 그 자리에서 직일 것 같아 찍었니더."

"이 빨갱이 새끼야! 그런다고 풀어줄 것 같으냐?"

경찰은 세 사람을 엎어놓고 곡괭이 자루로 그들을 사정없이 두들겨 팼다.

"잘못했니더. 한 번만 살려주이소."

"빨갱이들이 마을에 양식을 빼앗으러 올 때 너희들이 안내했잖나?"

"아이시더. 우리도 빼겼니더."

"이 빨갱이 새끼가 그래도 주둥이를 나불거려!"

세 사람은 뺨이 벌겋게 부어오르도록 따귀를 맞았다. 때리던 경찰이 지쳐 씩씩거리며 더 때리지 못했다.

"그래, 그동안 있었던 일들을 이야기해봐."

경찰의 심문은 항상 이랬다. 용의자가 지서에 잡혀오면 심문하기 전에 사정없이 두들겨 패서 용의자의 기를 죽여 혼을 쏙 빼놓고 묻는 말에 고분고분 대답하게 했다. 묻는 말에 자기들이 뜻한 대로 대답하지 않으면 심문 도중에도 발길로 차고, 주먹으로 사정없이 때려 기어이 자기들이 의도한 대로 자백을 받아내었다.

경찰은 세 사람을 나무 의자에 앉혀놓고 심문했다. 잡혀온 사람들은 공산당 입당원서에 도장을 찍던 날의 상황을 이야기했다. 한 달 전쯤 밤에 공비 삼십여 명이 삼계리 마을에 내려왔다. 밤이 늦었는데도 옆집에 밥을 하라고 시키고, 동네 사람을 모아 공산당을 선전했다. 모두가 겁이 나서 아무 말도 하지 않았다.

"앞으로 이 동네는 경찰과 군인이 들어오지 못하는 해방구를 만든다."

공비들은 이렇게 말하며 공산당 입당원서를 내어놓고 도장을 찍으라고 했다. 사람들이 도장이 없다며 찍지 않고 있자, 옆에 있던 세 사람을 지적하여 지장을 찍게 하고, 집에 가서 도장을 가져오라고 했다. 공비들의 말을 듣지 않으면 당장에라도 죽일 것 같아 어쩔 수 없이 도장을 가져와 찍었다. 그러는 중에도 공비들의 밥을 한 집에서는 도장을 찍지 않았다고 했다. 경찰은 공비들의 저녁을 해주었다는 집 사람을 호출했다.

"공비들에게 밥을 왜 해주었나?"

"총과 죽창으로 위협해가꼬 어쩔 수 없었니더."

"경찰이나 국군이 토벌 갈 때는 물 한 번 떠준 적이 있느냐?"

잡혀온 사람은 아무 대답도 할 수 없었다.

"너도 빨갱이지?"

"아이시더. 뺄개이 아이시더."

엎어놓고 두들겨 팼다.

"실토해! 이 빨갱이 새끼야."

"아이시더, 죽어도 뺄개이가 아이시더."

잡혀온 사람은 맞다가 기절했다.

찬물을 뒤집어씌우고 정신이 깨어나자 또 때리며 기어코 빨갱이라는 자백을 받아내려고 하였다. 잡혀와 맞는 사람은 살이 터져 유혈이 낭자해도 끝까지 이를 악물고 빨갱이가 아니라고 했다. 매에 못 이겨 "빨갱이가 맞니더. 용서해주이소"라고 하면 그 순간부터 경찰이 죽일 수도 있었다. 죽여놓고도 빨갱이를 잡아서 처형했다면 아무런 문책도 없이 그것으로 끝이었다.

공비들에게 밥을 해주었다고 남편이 지서에 잡혀가자 아내는 이웃 사람들과 같이 남편을 빼내기 위해 예안 장터의 안면 있는 사람을 모두 찾아다니며 남편 구명을 호소했으나 누구 하나 지서에 가서 경찰에게 이야기할 만한 사람이 없었다. 사람들은 다른 일은 몰라도 빨갱이와 연관된 일에 잘못 나섰다가는 자기도 빨갱이로 몰릴 수 있는 일이라 쉽게 나설 수가 없었다.

이틀 후 공산당 입당원서에 도장을 찍었던 사람들은 안동경찰서로 넘기고, 밥을 해준 사람은 석방했으나 걸을 수가 없었다. 아내는 맞아서 움직이지도 못하는 남편을 동네 사람들과 들것에 들고 삼십 리 길을 걸어 집으로 돌아왔다. 남편은 이틀 동안이나 두들겨 맞아 온몸이 터지고 부어올라 만신창이가 되어 있었다. 사람들은 맞은 장독에는 똥물이 약이라고 하여 절박한 심정으로 통시에 가서 똥물을 퍼다 먹였다. 그리고 의원을 불러오고 탕약을 달여 먹이며 온 정성을 다해 간호했으나 닷새가 지나자 끝내 숨을 거두었다.

동네 사람들의 도움으로 장례를 치른 아내는 아이들을 데리고 살아갈 길이 막막했다. 경찰에게 맞아 죽은 남편을 생각하면 억울하고, 원통하기 짝이 없었다. 총과 죽창을 들이대고 밥을 해내라고 하는데 당장 살기 위해서 밥을 안 해줄 사람이 어디 있겠나? 송기죽과 나물죽을 먹으면서도 아끼고 아끼던 양식을 털어 나중에는 굶어 죽을지라도 당장 살기 위해서 밥을 지어주었는데, 생각할수록 기가 막히고, 남편을 때려죽인 경찰에 대한 증오심이 불타올랐다. 당장 지서에 쫓아가 불을 질러버리고 같이 타죽고 싶었다. 생때 같던 남편을 때려죽인 경찰놈을 잡아다가 쇠꼬챙이로 찔러 죽이고 싶었다. 생각할수록 원통하여 남편을 죽인 경찰놈에게 어떻게든 복수하고 싶지만, 뾰족한 수가 없었다. 천장을 바라보고 누워 있어도 살이 부들부들 떨렸다.

　밤새도록 생각하다가 새벽이 되어 무작정 걸어서 아침 무렵 예안 지서에 도착했다. 생각과는 달리 지서 안으로 선뜻 들어설 수도, 불을 지를 수도 없었다. 그러나 경찰을 보아도 겁나지 않았다. 어차피 남편이 맞아 죽었는데 나도 이 자리에서 죽고 말리라는 오기가 생겼다. 예안 지서는 공비들의 습격에 대비해 사방이 흙과 떼로 높다랗게 성처럼 쌓아져 있고, 들어가는 입구만 많은 사람이 다니는 장터 쪽으로 열려 있었다. 지서로 들어가는 입구 문 앞에 푹 무질러 앉아 소리쳤다.

　"야! 이 씨발, 순경놈의 새끼들아! 내 남편 살려내라. 세상에 뺄개이가 천진데 밤에 칼 들고, 총 들고, 죽창 들이대고 밥해 내놓으라는데 안 해줄 놈이 어디 있노? 너 집구석 니 엔네도 죽창 들이대면 밥 안 해주고 못 배길 꺼다. 너 순경놈 새끼들은 밤이 되면 뺄개이가 무서워, 모두 다 지서에 쳐박혀 높은 담 안에 숨어 앉아 젊은 사람 잡아다가 방위대 만들어꼬 죽든지, 살든지 지서 지키게 해놓고, 니 놈들도 벌벌 떠는 뺄개이를 우리가 어떻게 당하겠노. 그래, 죽창 찔려 죽지 않을라고, 칼 맞아 죽지 않을라고 밥해준 게 때려죽일 죄냐? 이 씨발 오라질 순경놈 새끼들아! 생때 같은 내 남편이 뭘 잘못했다고 이틀 동안이나 개 패듯 패서 죽여놓고, 그래도 네 놈들은 아가리에 밥 처넣고, 니 엔네 엉덩이 두드리며 밤잠 자고, 니 새끼는 귀하다고 그러면서 아비 잃은 남의 새끼는 어쩌라고 이 씨발 문둥이 같은 개새끼들아."

악에 받친 여인은 온갖 욕설을 퍼붓다가 엉엉 울면서 대성통곡을 했다. 한참 학생들의 등교시간이고, 사람들이 일하러 나가는 시간이라 지서 앞에는 아이, 어른 할 것 없이 많은 사람이 모여 구경하고 있었다. 지서 안에는 칠팔 명의 경찰이 출근하여 일과를 시작하려다가 황당한 일을 당하여 어쩌지 못하고 모두가 여인의 욕설을 고스란히 듣고만 있었다.

여인은 소리쳐 울다가 욕설로 넋두리를 계속했다.

"야! 이 씨발, 벼락 맞아 뒈질 순경놈 새끼들아! 내 남편 살려내라. 안 그러면 니 놈들 집구석에 불을 확 질러불 거다. 이 씨발 놈들아, 나도 이 세상 살기 실타. 나도 죽여라, 이 개보다 못한 새끼들아. 니놈들이 때려 죽인 남편 땅에 묻고 나니 나도 이 세상 살기 실타. 이 씨발 개보다 못한 찢어 죽일 사람 백정 순경놈 새끼들아."

그때였다. 젊은 경찰은 이때까지는 온갖 욕설을 들으면서 참아왔는데 "니 놈들 집구석에 불을 확 질러불 거다"라는 말을 들으니 등골이 오싹했다. 여인이 욕설을 하며 악다구니를 하는 것을 보니 무슨 짓이든 다 할 수도 있다고 생각되었다. 더구나 삶을 포기하고 죽여달라고 하는 여자가 아닌가? 밤마다 경찰 식구들이 사는 집을 찾아다니며 불을 지르고, 나중에는 지서에도 불을 지를 것 같았다.

젊은 경찰은 옆에 세워두었던 기다란 탄창이 꼽힌 카빈총을 집어 들었다. 그리고 노리쇠를 후퇴 전진하여 탄환을 장전했다. 주위에 모여 구경하던 사람들이 술렁거렸다. 그중에서 나이 든 사람이 학생들을 보고 말했다.

"학교 늦다. 학생들은 빨리 학교에 가거라."

학생들을 쫓듯이 학교로 보냈다.

여인도 이때까지 온갖 욕설로 분풀이하였으나 경찰이 총을 들고 실탄을 장전하자 정신이 번쩍 들었다. 밤에 내려온 공비들을 보고 공비나 빨갱이라는 소리도 못하고 손님이라고 부르는 세상인데, 그리고 어쩔 수 없이 공비들에게 밥을 해준 것은 생각해보면 큰 죄도 아닌 것 같은데도 경찰이 남편을 때려죽인 세상인데, 이때까지 자기가 경찰에게 퍼부은 욕설은 거기에 비하면 백 번은 죽을 큰 죄였다. 여인은 말이 없이 총을 들고 실탄을 장전한 경찰을 보고 있었다. 구경하던 사람들은 험한 꼴을 보지 않으려고 슬슬 흩어졌다. 그때 나이 사십은 되어 보이는 지서장이 총을 든 젊은 경찰을 보고 말했다.

"이 순경, 그 총 내려놔."

젊은 경찰은 못마땅하다는 표정을 지으며 총을 내려놓았다. 지서장은 정문 앞에 퍼질러 앉아 욕을 하던 여인 옆으로 걸어갔다.

"아주머니! 아주머니 억울한 심정 충분히 알았으니 돌아가세요. 공비에게나 경찰에게나 말 한마디 잘못하면 모두 죽어 나가는 세상이 아닙니까? 앞으로는 아주머니 말 기억하고 최대한 억울한 사람이 없도록 할께요. 그리고 어려운 일이 있으면 내가 있을 동안은 지서장을 찾아오세요. 힘닿는 데까지 도와드리겠습니다."

여인은 할 말이 없었다. 여인은 이때까지와는 다르게 지서장을 붙들고 흐느껴 울었다.

"아주머니, 진정하세요. 그리고 힘들더라도 아이들 잘 기르고 참고 살아가세요. 지금 세상에는 아주머니처럼 억울하고 힘든 사람이 너무 많습니다."

학가산과 천등산에서 공비들이 출발했다. 그들은 바위재를 통하여 청량산을 거쳐 일월산으로 가기 위해서였다. 공비들 이십 명 중에 총을 가진 공비는 사오 명이고, 나머지 대원들은 죽창을 가지고 있었다. 공비들은 대부분 밤에 활동하지만, 그들은 빨치산 대장 김달삼이 이끄는 일월산 본대로 합류하라는 긴급 명령을 받고 가는 중이었다.

바위재에는 핫바지를 입은 녹전면 방위대가 훈련차 나와 있었다. 안상현도 방위대의 일원이 되어 목총을 들고 훈련에 참석했다. 방위대는 지서에 보관되어 있던 구구식과 카빈총 다섯 자루와 M1총 두 정을 가지고 관동군 출신 대장의 인솔하에 훈련을 겸한 경계를 하는 중이었다. 바위재는 재가 높아 이 지역 야산에 흩어져 있는 공비들의 이동통로였다. 밤이 되면 늘 공비들이 다녀 일반인은 물론 경찰들도 갈 수 없는 적색지역이었다.

방위대 중에 나이 몇 살 많은 사람은 일본군에 다녀온 경력이 있지만, 나이 적은 사람들은 군 경력이 없어 제식훈련부터 소총 사격훈련까지 모두 처음부터 교육해야 했다. 실탄이 넉넉지 않아 목총과 빈총으로 사격훈련을 시키고, 처음 총을 접하는 사람에게는 총알 한 발씩 쏘게 한 것이 훈련 전부였다. 카빈 몇 자루와 M1 두 정으로 분해 결합훈련을 시켰다. 총은 군대경력이 없는 사람이 가지고 있고, 상현과 같이 일본군 경력이 있는 사람들은 목총을 가지고 있었다.

바위재에서 공비들 이십여 명이 산을 타고 내려오다가 방위대를 발견하고 우회하여 가던 길을 가고 있었다. 방위대들이 공비와 마주친 것은 처음이었다. 군대경력이 없는 방위대들은 처음에는 당황하였으나 공비들이 피해 우회해서 가자 총을 가지고 있던 대원 한 명이 공비들을 향해 발사했다. 총소리가 나자 공비들은 순식간에 산개하여 엎드려서 총을 쏜 대원을 향하여 정확하게 사격하여 방위대원 한 명이 그 자리에 피를 흘리며 쓰러졌다. 서로 총격전이 벌어졌다. 사격경험이 거의 없는 방위대 대원은 조준도 안하고 머리를 땅에 박고 총구를 하늘 쪽을 향하여 마구잡이로 방아쇠만 당기고 있었다. 상황을 파악한 공비들은 대응사격을 하지 않고 가던 길을 빠르게 지나갔다.

"핫바지 입은 놈들하고 싸우려니 더러워서 못 싸우겠네. 씨발."

방위대의 사격하는 솜씨를 보고 조롱하며 지나갔다. 공비와 제대로 싸우지도 못하고 방위대 한 명이 전사하였다. 공비들과 본격적으로 총격전이 벌어졌더라면 더 많은 희생이 날 뻔했다.

김달삼은 남로당 제주도당 위원장으로 제주 4.3사건을 주동하다 실패하고, 북한으로 넘어가 빨치산 교육을 받고 남파되어 태백산 지구를 관장하는 빨치산 대장으로 일월산을 근거지로 동해안 보현산을 비롯하여 경북 북부지역의 야산지대를 통괄하며 활동하고 있었다. 그는 이북에서 남한에 파견된 최고위직 빨치산으로 이 지역의 빨치산 두목이었다. 빨치산들은 산속에서 생활할 수 있는 양식과 무기를 구하기 위해 밤마다 산골 마을에 내려와 보급투쟁을 하며 작은 면 소재지의 지서를 습격하기도 했다.

빨치산들이 유격활동을 하려면 무기가 있어야 하는데 무기는 경찰과 군인들만 가지고 있으니 지서를 습격하여 무기를 탈취하여 확보할 수밖에 없었다. 그들은 군부대를 공격하기에는 무리라 인구가 많지 않는 면 소재지 지서가 공격 대상이었다. 일월 지서와 청기 지서를 공격하여 십여 정의 총과 수백 발의 탄약을 빼앗았다. 다음으로는 민가가 제법 많은 수비 지서 공격계획을 세우고 있었다.

　수비면은 일월산에서 직선거리 십 킬로미터이나 산을 넘고 계곡을 지나가려면 거의 오십 리는 되는 거리였다. 수비 지서를 공격하여 무기를 탈취하고, 동시에 주민들이 사는 민가를 습격하여 양식을 확보하기로 했다. 수비 지서는 신작로 가에 있고, 22연대 일부가 주둔하고 있는 영양이 가까워 그동안 한 번도 보급투쟁을 나가지 못했던 곳이었다.

　지서를 습격할 때는 경찰과 방위대가 무장하고 있어 총격전이 벌어지면 대원들이 희생될 수 있어 치밀한 계획을 세웠다. 먼저 소리 없이 잠복하여 보초를 서고 있는 방위대원을 해치우고, 지서 안으로 들어가 경찰을 제압하여 무기고 열쇠를 빼앗아 문을 열고 무기를 탈취하는 과정을 상황마다 하나하나 상세하게 점검하며 훈련하여 실수 없도록 했다.

　작전을 마치고 후퇴하여 돌아오는 시간이 충분해야 하므로 공격시간은 밤 한 시로 정했다. 밤 한 시면 사람들은 한잠에 빠져 있고, 지서의 경계도 느슨해질 때였다. 어둠살이 내리기 전에 저녁 식사를 든든히 한 대원들은 산을 타고 수비로 향했다. 음력 열여드렛날 달은 만월에서 조금 기울어져 있지만 보름달처럼 밝았다. 빨치산들이 산을 탈 때는 능선을 타지 않는다. 능선을 타면 깜깜한 밤이라도 하늘과 맞닿은 공제 선상에서는 사람이 움직이는 것이 다 보여 산 아래에서 쉽게 알 수 있고, 심지어 움직이는 사람의 숫자까지 파악할 수 있었다.

대추나무골을 지나자 반변천이 나타났다. 빨치산들은 늘 이곳을 지나다니지만, 그래도 지리가 밝은 이 지역 출신이 앞에서 길을 안내했다. 큰 골을 지나 산을 넘어 뱀골에 도착하니 밤 열두 시가 넘어섰다. 뱀골은 골짜기가 좁고 길어 뱀처럼 생겼다고 붙여진 이름이었다. 골짜기를 이룬 산세는 낮고 부드러웠다. 이제 파출소까지는 지척인 오륙백 미터의 거리였다.

빨치산 대장 김달삼은 다시 한번 작전을 점검하며 지서 공격조와 식량 확보조 참모들에게 임무를 숙지시켰다. 작전 중에 반항하거나 임무 수행에 부득이한 경우가 아니면 사람을 죽이지 말라고 지시했다. 지서를 공격할 때도 항복하는 경찰은 사살하지 말 것을 지시했다.

지서 앞에는 신작로가 있고, 신작로 가에는 오래된 느티나무가 있었다. 전화로 연락하면 영양에 주둔하고 있는 군인들이 한 시간이면 도착할 것이었다. 대원 두 명을 뽑아 우회하여 마을에서 떨어져 있는 전봇대에 올라가 전화선을 절단하도록 했다. 그래도 무전으로 연락되면 영양에서 군인과 경찰 지원병력이 출동할지 모르니 작전은 이십 분 안에 완료하도록 지시했다.

각기 다른 임무를 맡은 참모들을 따라 대원들이 마을에 접근하자 개들이 짖기 시작했다. 한두 마리만 짖는 것이 아니라, 온 동네 개들이 밤하늘이 울리도록 요란하게 짖어댔다. 깊이 잠들었던 사람들이 모두 깨어나고, 몰래 접근하여 보초 서는 방위대를 해치우고 지서로 들어간다는 계획이 틀어져 버렸다. 이렇게 된 바에야 지서에 접근해서 먼저 사격하여 기선을 제압하는 수밖에 없었다. 높다란 담장으로 둘러싸인 지서 안에서 사격해왔다. 총을 가진 빨치산들은 지서를 포위하고 일제히 사격을 가하여 두세 명이 방위대와 경찰 한 명이 총에 맞아 쓰러졌다. 그러자 경찰은 많은 수의 빨치산이 공격해오는 것을 보고 기가 죽어 사격을 중지하자, 빨치산들은 지서로 쳐들어갔다. 살아있는 경찰과 방위대는 전의를 잃고 총을 바닥에 내려놓고 손을 들었다. 무기고를 열고 카빈 다섯 정과 구구식 세 정, 실탄을 획득하고 살아있는 경찰과 방위대는 손발을 묶어 책상과 기둥에 매어놓고 철수하였다. 대원들은 부상자 하나 없이 작전은 대성공이었다.

    식량 확보조에서는 자루와 배낭을 하나씩 짊어지고 모였다. 계획했던 것보다 시간이 더 걸려 25분이 소요되었다. 대원들은 총과 실탄, 곡식 자루를 둘러메고 오던 길을 돌아오고 있었다. 밤하늘에는 구름 한 점 없고, 달이 밝아 대원들은 발 앞에 있는 돌부리도 훤하게 보였다. 대원들은 빠른 걸음으로 한 시간을 걸어 위험지역을 벗어나 휴식을 취하고 있었다.

❻ 나를 죽이고 대원들을 돌려보내라

만리산, 용두산, 북두산, 일출산, 청량산, 문수산과 같이 안동 북부지역과 봉화 일대 야산을 근거지로 수십 명씩 무리를 지어 활동하는 각 지역의 빨치산 간부들이 청량산으로 모였다. 그들은 일월산의 김달삼처럼 삼팔선을 넘어가 북조선에서 교육받고 남파된 빨치산이 대부분이었다. 북조선에서 교육받고 온 빨치산들은 지역 산속에 떠도는 공비들을 규합하여 빨치산 소부대를 만들어 활동하고 있었다. 경상도 지역 야산에 흩어져 있는 빨치산 소부대는 여수, 순천을 장악하여 반란을 일으키다가 진압군에 밀려 지리산이나 덕유산, 희양산으로 들어가 빨치산과 합세한 반란군과 같이 무장되어 있지 않아 스스로 무기를 구해야 했다. 일정 때 만주에서 활동하던 독립군처럼 소련이나 유럽 같은 외국에서 돈을 주고 무기를 구입할 수도 없고, 그렇다고 북조선에서 병참지원을 받을 수도 없어 무기를 스스로 구해야만 했다. 총과 탄약을 구하자면 대원들이 출동해서 지서를 습격하여 탈취하는 방법밖에 없었다. 지서를 습격하다가 경찰과 전투가 벌어지면 대원들이 희생될 수 있어 위험하지만, 그래도 무기를 구하자면 희생을 감수할 수밖에 없었다. 지서를 습격하여 성공하여도 잘해야 오륙 정의 총과 약간의 탄약을 구할 수 있었다. 경찰서나 군부대를 습격하면 한꺼번에 많은 양의 무기를 확보할 수 있는데, 총 몇 자루뿐인 훈련도 제대로 안 된 야산 빨치산 대원으로 군부대를 공격하다가는 전멸당할 수 있어 엄두도 낼 수 없었다. 경찰서 습격도 군청 소재지가 있는 곳은 주민들이 많고, 경찰 병력도 많아 성공할 확률이 낮지만, 그래도 많은 무기를 구하기 위해서는 모험을 걸어볼 만했다.

청량산 빨치산 대장은 위험 부담이 크지만, 대규모 작전으로 봉화경찰서를 습격하려는 계획을 세우고 있었다. 청량산과 만리산, 용두산, 북두산, 일출산, 문수산에 흩어져 있는 몇 개의 야산 부대가 힘을 합쳐 봉화경찰서를 습격하여 무기를 탈취하기로 했다. 인근 야산에 흩어져 있는 빨치산 참모들이 청량산 바람굴에 모였다. 바람굴은 청량사에서 응진전 가는 벼랑길 어풍대와 총명수를 지나 산 위에 있는 양쪽으로 통하는 굴이었다. 청량산을 오랫동안 다닌 사람도 이 굴의 존재를 알지 못하는 은밀한 곳으로 토벌군이 응진전 쪽에서 공격하여 온다고 하여도 낭떠러지이기는 하지만 뒤쪽으로 피해 갈 길이 있는 천혜의 장소였다.

봉화지역 청량산 일대를 장악하고 있는 남로당 제4지구 제8소지구당 위원장 권정봉 대장은 각 산에 흩어져 활동하고 있는 빨치산 대표들을 청량산으로 불러 모은 이유를 연설조로 설명했다.

"동무들, 먼 길을 오느라고 수고하였소. 우리 봉화, 안동 인근의 빨치산들은 이제 적잖은 숫자로 많은 대원이 있으면서도 지리산이나 태백산 지역에 있는 동지들에 비하면 투쟁이 미미하오. 그 이유는 많은 동무가 무장 없이 맨손이기 때문이오. 대나무 죽창 막대기로 토벌 나오는 국방군 아새끼들이나 경찰 아새끼들을 대항할 수 없는 일이 아니오. 그래서 이번에 봉화경찰서를 습격하여 무기를 확보하려고 하오. 그러기 위해서는 청량산 동지들만으로는 힘이 모자라오. 인근 야산에 있는 동지들이 힘을 합쳐 공동으로 공격해야 가능하오. 공격이 성공하여 확보한 무기는 각 부대에서 출동한 인원 비율로 나누어주갔소."

문수산에서 온 빨치산 참모가 말했다.

"내래 한마디 하갓소. 김달삼 동지의 의성경찰서 습격처럼 성공할 수도 있지만, 얼마 전 바닷가 영덕경찰서 습격에서 경찰들의 반격에 밀려 후퇴하다가 매복에 걸려 백 명도 넘는 동무들이 전사당하는 큰 희생이 있었소. 죽창을 들고 무턱대고 봉화경찰서를 공격한다는 것은 무리인 것 갓소."

"동무는 해보지도 않고 겁부터 내는 거요? 혁명 과업을 수행하다 보면 희생이 따르는 법이요. 죽음이 겁나 웅크리고 산속에서만 죽치고 있으면 남조선 해방은 언제 시키갔소."

"작전을 반대하는 거이 아니라 우리 동지들의 희생 없이 하자는 거요."

"희생 없이 어떻게 혁명을 하오? 동무는 무슨 도술이라도 부리는 거요? 어디 그 신통한 방법을 들어봅시다."

그때 만리산에서 온 빨치산 참모가 두 사람의 말 사이에 끼어들었다.

"이러다가 동지들끼리 싸움 나갔소. 모두 남조선 해방을 위해서 하는 거인데 감정을 앞세우지 말고 서로 토론합세다. 내래 생각해봐도 문수산 동무의 말이 맞는 것 같소. 봉화는 영주가 가까워 반 시간이면 지원군이 올 수 있고, 안동이나 예안에 있는 국방군도 한 시간이면 들이닥칠 수 있는 거요. 무턱대고 쳐들어갔다가는 그동안 애써 세를 불려온 우리 야산 동지들이 전멸당할 수 있소. 그러니끼니 유인책을 써서 봉화에서 경찰 아새끼들을 끌어냅시다."

청량산 빨치산 권정봉 대장이 말했다.

"우리가 경찰 아새끼들 몇 명 죽이자고 하는 거 아니오. 우리는 총과 탄약이 필요하오. 그러니끼니 무기고를 털어야 하오."

이때까지 묵묵히 듣고만 있던 북두산에서 온 빨치산 참모가 입을 열었다.

"빨갱이가 한 삼사십 명 나타났다고 하면 경찰서에 있는 무기를 총동원해서 들고 나올 것이오. 중간에 매복하고 있다가 공격하면 무기를 모두 접수할 수 있소."

"그거 참 좋은 수요. 그렇게 하면 우리 동지들의 희생도 없이 별 힘들이지 않고 무기를 확보할 수 있소. 그렇게 합세다."

청량산 빨치산 대장 권정봉이 말했다. 그는 남로당 소속으로 월북하여 강동정치학원을 수료하고 남파된 이 지역 제8 소지구당 위원장으로 위세가 대단하지만, 회의에 모인 다른 빨치산 참모들도 북조선 강동정치학원을 수료하고 남파된 빨치산이라 서로가 만만치 않았다.

"이때까지 경찰 아새끼들이나 국방군 아새끼들은 낮에는 움직이지만, 밤이 되면 출동하지 않았소. 미끼를 던져도 출동하지 않으면 우리 동무들만 집결하느라고 며칠씩 개고생하고 헛물만 켜게 되는 거 아이갓소."

"미끼를 물도록 해야지요. 봉성이나 명호 지서는 봉화에서 너무 가깝고, 재산 지서가 죽창으로 무장한 빨갱이들에게 점령당했다고 하면 미끼를 물 거요. 총도 없이 죽창만 들고 있다고 하면 별로 겁내지 않고 경찰서에 있는 총과 탄약을 몽땅 들고 출동할 거요."

"공격지점은 봉화에서 명호를 지나 재산 들어오는 입구 고티재로 합세다."

"고티재는 재산과 너무 가깝소. 그때쯤 되면 차에서 경찰 아새끼들이 총에 탄환을 장전하고 전투준비를 했을 거요. 기습공격을 한다 해도 저들의 대응사격을 피할 수 없소. 그렇게 되면 우리 대원들도 희생될 수밖에 없소. 봉성재는 봉화에서 너무 가까워 위험하고, 봉성과 명호 경계선인 미륵재로 합세다. 봉화에서 출발한 지 얼마 되지 않았고, 재산까지는 한 시간도 더 남았으니끼니 아직 개인별로 실탄도 다 나누어주지도 못했을 거요. 그때 기습하면 경찰 아새끼들이 가지고 있는 총이 탄환이 없으니 대응사격은커녕 죽창보다 못한 막대기에 불과할 거요."

"듣고 보니 참 좋은 장소요. 미륵재로 합세다."

"날짜는 언제로 하면 좋겠소."

"소뿔은 단김에 빼란다고 나흘 후인 6월 17일로 합세다."

"오늘이 음력 오월 스무날이끼니, 음력으로 오월 스무나흗날이라 달이 늦게 뜰 텐데요."

"전날 16일 밤 자정부터 작전에 들어갈 거요. 반달이라 밝지는 않지만 달빛이 있을 거요."

"좋소. 모두 돌아가 동지들을 이끌고 16일 밤 열두 시까지 미륵재 좌우측 산 백 미터 밖으로 모이기요."

"경찰을 유인하는 것은 청량산 동지들이 맡아주시오."

"그렇게 하갔소."

"한 치의 실수 없이 작전을 수행해야 하오."

회의는 끝났다. 용두산과 만리산, 북두산, 일출산, 문수산에서 온 빨치산 참모들은 각자의 대원이 있는 산으로 돌아갔다. 그들은 봉화경찰서를 기습하는 대신 봉화경찰서 경찰이 총과 탄약을 가지고 미륵재로 오기를 바라며, 대원들을 집결시켜서 봉성과 명호 사이에 있는 별로 높지 않은 고개 미륵재로 모이고 있었다. 용두산이나 만리산, 북두산 빨치산들은 6월 15일부터 움직이기 시작했다.

16일 자정이 되자 명호와 재산 사이 전봇대에 공비 두 사람이 올라가 전선을 잘랐다. 그리고 가지고 있는 휴대용 전화기를 연결해 봉화경찰서를 불렀다.

"재산 지서 김 순경입니다. 지금 지서 밖에 죽창을 든 공비 30여 명이 지서를 에워싸고 있습니다."

"뭐라고? 상세히 보고해봐."

"죽창을 든 30여 명의 빨갱이가 지서를 에워싸고 있습니다."

"빨갱이들이 총은 가지고 있지 않냐?"

"총을 가지고 있는 공비는 보이지 않습니다. 모두 죽창만 들고 있습니다."

"지서장 바꿔!"

"지서장님은 총을 들고 공비들과 대치하고 있습니다. 아, 이제 막 공비들이 쳐들어오고 있습니다."

그리고 잘린 전화선에서 휴대용 전화기를 떼어냈다. 이만하면 완벽하게 걸려들었을 것이었다. 총으로 무장했다고 하면 밤이라 경찰들은 겁을 먹고 오지 않을 것이다. 모두 죽창을 들고 있다니 경찰들은 안심하고 출동할 것이었다. 빨치산은 봉화와 명호 지서 사이 전화선에 전화기를 연결하여 그들의 통화 내용을 몰래 엿듣고 있었다.

봉화경찰서장은 명호 지서장에게 다급하게 연락했다.

"재산 상황이 어떤가?"

"전화가 안 통해 저희도 알 길이 없습니다."

"지금 봉화에서 경찰과 대한청년단, 군청 직원과 함께 재산으로 들어간다. 명호 지서에서도 같이 갈 수 있도록 준비하고 기다려라. 약 한 시간 후면 도착할 거다."

"예, 알겠습니다."

빨치산은 경찰의 출동상황까지 모두 알아내었다. 경찰과 대한청년단과 군청 직원까지 출동한다는 것을 알고 미륵재 양쪽에 백 명씩 이백 명이나 되는 대규모 빨치산 부대가 잠복하여 경찰들이 총과 탄약을 가지고 오기를 기다렸다. 빨치산들은 총을 가진 몇 명은 앞에 서고, 나머지는 죽창을 가지고 뒤에 서서 만약에 백병전이 벌어지면 죽창으로 제압하려고 계획하고 있었다. 북한에서 게릴라 교육을 받고 온 여자 빨치산에게 20명의 대원을 주어 미륵재에서 바라보이는 봉성삼거리 뒷산에 척후대를 보내 멀리 봉성 마을 쪽에서 차량 불빛이 보이면 손전등으로 신호를 보내도록 했다. 차량의 숫자에 따라 깜박이는 횟수도 정했다. 만약에 미륵재에서 경찰과 총격전이 벌어지고, 봉화 쪽에서 군인이나 경찰 지원 병력이 오면 삼거리 산 위에서 사격하여 지원병력의 접근을 막아 이백여 명의 빨치산 본대가 경찰의 총과 탄약, 각종 물품을 탈취하여 철수하는 시간을 확보하도록 했다.

1949년 6월 17일 새벽 빨치산은 만반의 준비를 끝내고 경찰이 오기만을 기다렸다. 척후대가 있는 봉성삼거리 뒷산 위에서 손전등 불빛이 두 번 깜박 깜박거렸다. 이백 명의 빨치산들은 숨을 죽이고 미륵재 양편에서 숨어서 기다렸다. 시간은 더디게 흘러갔다.

드디어 저 멀리 봉성삼거리를 돌아오는 두 대의 차량 불빛이 보였다. 일촉즉발의 시간이 다가오지만, 경찰이 탄 차에서는 몇 분 후에 다가올 자신들의 운명을 모르는 채 비포장 흙길인 신작로로 덜컹거리며 미륵재를 오르고 있었다.

지용호 봉화경찰서장은 경찰 이십 명과 대한청년단과 군청 직원 등 오십 명을 두 대의 트럭에 나누어 태워 빨치산이 점령했다는 재산 지서로 향하고 있었다. 지용호 서장은 해방된 나라 경찰에 투신하여 산악으로 둘러싸인 봉화경찰서장으로 와서 산속 곳곳에 숨어 있는 공비들이 밤마다 마을에 내려와 약탈과 방화, 살인으로 하루도 편할 날이 없었다. 대한민국 정부가 수립되면서 공산주의 활동이 불법으로 금지되자 그들은 산속으로 숨어들었다. 봉화를 둘러싼 일천 미터도 넘는 산들은 공비들의 은신처였다. 그들은 넓은 군 곳곳의 산자락에 농토를 일구어 어렵게 살아가는 가난한 농민들의 양식을 빼앗고, 집을 불태우고, 군경 가족이나 자기들에게 협조하지 않는 주민을 죽여 치안을 어지럽히고 있었다. 군내 전 지역에서 일어나는 공비들의 준동을 경찰력만으로는 막을 수 없었다. 오늘, 이 새벽도 경찰서에서 백 리도 더 떨어진 재산 지서가 점령당했다는 소식에 경찰의 힘으로만 공비들을 제압할 수 없을 것 같아 대한청년단과 군청 직원까지 지원받아 빨치산의 함정인 줄도 모르고 그들과의 일전을 각오하고 차를 타고 가고 있었다. 방화와 살인을 서슴지 않는 공비들과의 전투에 무기도 다루어 보지 못한 대한청년단과 펜대만 잡고 있던 군청 직원들이 도움이 될까 하는 생각이 들었다. 그래도 총을 든 이십 명의 경찰이 있고, 혈기왕성한 청년들이라 죽창을 든 삼십여 명의 공비를 쉽사리 제압할 수 있으리라 생각하며 차량 운전석 옆에 앉아 인솔하고 있었다. 빨치산이 전화를 도청하여 경찰과 대한청년단과 군청 직원이 출동하는 것을 다 알고 있다는 것도, 몇 분 후에 다가올 자신의 운명도 까마득히 모르는 채 지용호 경찰서장은 대원들을 인솔하여 재산 지서로 향하고 있었다.

나이 서른여섯, 아내와 결혼한 지도 어느덧 14년이 넘어섰다. 학교에 다니는 아이들의 모습이 떠올랐다. 아이들은 국민학교와 중학교에 다니는데, 경찰에 들어오고 밤낮 공비들의 준동으로 집에서 편안히 잠을 자본 기억이 없었다. 그러고 보니 아이들의 얼굴을 못 본 지도 한 달이 넘는 것 같았다.

차는 봉성삼거리를 거쳐 완만하게 경사진 미륵재를 오르고 있었다. 신작로이지만, 비가 오고 도로 보수공사가 제대로 되지 않아 울퉁불퉁한 길을 달리는 차는 많이 흔들렸다. 유월이라 밤공기가 춥지 않아 다행이었다. 지난겨울 영하 이십 도도 더 내려가는 봉화의 높은 산 계곡에 허리까지 빠지는 눈 속에서 공비토벌 다니던 일들이 생각났다. 나라가 안정되고, 공비가 사라져 경찰은 본분인 민생치안에만 신경을 쓰는 날이 언제 올지 아득했다. 경찰이 아니라 국가 전복세력과 매일 전투하는 군인 같았다. 공비토벌로 출동하였다가 경찰서로 돌아와서 좀도둑에서부터 군민들의 생활에 불안한 온갖 잡다한 사건들을 해결해야 했다.

자정이 넘어 이슬이 내려 공기는 축축하게 느껴졌다. 도로에 엷은 밤안개가 끼어 있어 현실이 아닌 미지의 세계로 들어가고 있는 것 같은 초현실적인 분위기였다. 어쩌면 이대로 가다 보면 사차원 세계의 입구를 통하여 인간이 사는 현세의 복잡한 지구를 벗어나 우주 공간의 다른 행성에 다다를 것 같다는, 이때까지 한 번도 상상해보지 않는 엉뚱한 생각이 들었다. 앞뒤 차에는 경찰 십 명씩과 대한청년단 군청 직원이 나누어 타고 있었다.

차가 미륵재를 거의 다 오를 때였다. 갑자기 총탄이 날아들었다. 앞차의 엔진에 총탄이 맞아 서버렸다. 경찰과 대한청년단 몇 명이 빨치산의 총에 맞아 피를 흘리며 쓰러졌다. 상상도 못했던 기습공격이었다. 모두가 당황하며 정신없이 차에서 뛰어 내렸으나 수백 명의 빨치산에게 포위되어 퇴로가 없었다. 총에 맞은 경찰과 대한청년단은 차 위에서 피를 흘리고 쓰러져 고통스런 비명을 지르고, 뛰어내리다 총을 맞은 대원은 차 밑에 쓰러져 있었다. 갑작스러운 공격이라 경찰이 미처 대응사격을 할 틈도 없었다. 경찰은 재산 지서까지는 아직 한 시간도 더 가야 하므로 전투준비가 되지 않아 실탄도 나누어주지 않는 상태였다. 경찰이 가지고 있는 총에는 실탄이 없어 사격을 할 수 없었다. 빨치산의 계획은 적중했고 오십 명의 토벌대는 한 사람도 살아남지 못하고 전멸을 당할 위기였다. 서로의 교전이 아니라 빨치산의 일방적인 공격에 토벌대는 속수무책으로 당하고 있었다. 대항해 싸울 수도, 물러날 퇴로도 없는 진퇴양난이었다. 지용호 봉화경찰서장은 부하 경찰과 대한청년단 군청 서기로 구성된 대원들을 살려야 한다는 생각이 들었다. 지용호 경찰서장은 큰소리로 말했다.

"나는 봉화경찰서장 지용호다. 모든 책임은 내가 질 테니 다른 사람들을 돌려보내라."

총지휘를 맡은 청량산 빨치산 대장 권정봉은 봉화경찰서장의 협상 제의 소리를 듣고 사격중지 명령을 내렸다. 그는 무기를 획득하고 봉화경찰서장만 제거하면 되지 일반 경찰이나 동원되어 나온 민간인들을 굳이 죽일 필요는 없다고 생각했다.

"좋다. 경찰서장은 손들고 앞으로 나오라."

"나 이외의 사람들은 모두 돌려보낸다는 약속부터 해라."

"그래, 좋다. 남로당 제8지구당 위원장 권정봉 이름으로 약속한다."

지용호 봉화경찰서장은 손을 들고 천천히 일어섰다. 경찰 마크가 달린 검은 제모에 번쩍거리는 금테와 모자챙에 금실로 장식된 경찰서장 모자가 하늘에 뜬 반달 빛을 받아 번쩍였다. 공비들은 총과 죽창을 들고 우르르 몰려들었다. 그리고 지용호 서장이 들고 있던 권총과 허리에 찬 권총집을 빼앗아 무장해제를 시키고, 포승줄로 서장의 손을 묶었다. 토벌대 대원들은 자신들을 살리고 스스로 빨치산의 포로가 되는 경찰서장의 모습을 지켜보고 있었다. 지용호 경찰서장은 한 점 흐트러짐이 없었다. 그는 포승줄에 손이 묶이면서도 빨치산의 두목 권정봉을 똑바로 바라보고 있었다. 지난 몇 년 동안 그렇게 추격하며 잡으려고 애쓰던 빨치산 대장 권정봉의 얼굴을 처음 대하는 순간이었다. 그동안 지용호 경찰서장에게 밤낮 쫓기기만 하던 빨치산 권정봉 대장이 바로 앞에 있었다. 운명이 참 얄궂었다. 잡으려고 밤낮 쫓던 빨치산 대장 권정봉의 포로가 되다니? 지용호 경찰서장은 허탈하게 웃었다.

권정봉 빨치산 대장은 지용호 서장을 보고 말했다.

"그동안 지용호 서장한테, 밤낮 도망만 다녔는데 이렇게 만나니 반갑소."

"권정봉 대장 얼굴을 처음 보는군요. 역시 남자다워 좋소. 다시 한번 더 말하지만, 나 이외 다른 사람들을 안전하게 돌려보내 주시오."

"걱정 마시오. 약속은 꼭 지킨다. 나도 밤낮 쫓겨 다니면서 지 서장과 정이 들었소."

빨치산들은 총에 맞아 죽은 경찰 세 사람과 대한청년단 네 사람을 제외한 42명을 길가에 앉혀놓고 총을 들고 감시하고 있었다. 빨치산들은 토벌대에서 빼앗은 수십 정의 총과 많은 탄약과 각종 물품을 들고 지용호 서장을 데리고 산으로 올라갔다. 이백 명의 빨치산이 산을 넘어 보이지 않았다. 그때 한 발의 총성이 들렸다.

"탕!"

총소리는 새벽이 가까워져 별빛이 흐려져 가는 미륵재 산골짝을 울렸다. 동쪽 하늘에서는 서서히 어두움이 걷혀가는 가운데 대원들은 그 총소리의 의미를 알고 말없이 고개를 숙이고 있었다.

ⓞ7 전쟁이 일어나다

    1950년 6월 25일 일요일 새벽, 밤새 반짝이다 여명이 되어 빛을 잃어가는 별을 바라보며 송인호 일병은 보초를 서고 있었다. 결혼하고 사흘 만에 여순사건 때 14연대에서 탈영한 사실이 발각되어 헌병대에게 잡혀와 군사재판을 받았다. 군대 내 공산당을 색출하는 숙군작업에서 남로당 계열의 프락치 전모가 드러나서 4,800여 명의 군인이 총살형을 당했다. 그런 가운데에서도 송인호 일병은 공산 프락치들에게 강제로 끌려나간 사실이 증명되어 무혐의 처리를 받고 일선에 배치된 지 일 년도 더 지났다. 여순사건에 참가했던 많은 군인이 잡혀와 재판을 받던 그때를 생각하면 생사가 갈리는 아슬아슬한 순간이었다.
    결혼 3일 만에 헤어진 고향에 두고 온 새 신부가 눈에 선했다. 부대에서는 농번기가 되어 농촌 출신부터 휴가를 보내주고 있었지만, 송인호 일병은 아직 휴가 차례가 되지 않았다. 9월이나 10

월 가을 추수 때면 휴가 차례가 될 것 같았다. 며칠 동안 비상훈련을 받다가 주말을 맞아 부대원의 반이 휴가 가거나 외박을 나갔다. 많은 병사가 휴가, 외박을 가서 부대 안이 텅 빈 느낌이었다. 송인호 일병은 휴가로 집에 가면 밤낮 남편을 기다리고 있을 아내를 꼭 껴안아 주리라고 생각하니 벌써부터 기다려졌다. 새벽 공기는 차지는 않으나 삼팔선 너머 북쪽에서 불어오는 바람이 서늘했다. 그 바람을 타고 흘러오는 기류가 어딘지 모르게 평상시와 다른 것만 같아 살기가 느껴졌다.

새벽 네 시경, 이틀 전에 하지를 지나서 겨울 같으면 한밤중일 텐데 날이 훤하게 밝아왔다. 평온하던 삼팔선 남쪽 국방군 진지에 북쪽으로부터 포탄이 날아왔다. 고향에 있는 아내 생각을 하고 있던 송인호 일병은 이전에도 인민군이 가끔 도발해와서 인민군의 포탄 도발인 줄 알았다. 그러나 한두 발 날아오고 그치는 것이 아니라 포탄은 사정없이 삼팔선 앞 국군 진지를 강타했다. 엄청난 양의 포격에 병사들은 개인호 안에서 움직일 수 없었다. 포격은 한 시간이나 계속되었다. 화염이 솟아오르고 지상 시설물은 모두 부서지고 불타 아무것도 남아 있지 않았다. 옆 호에 포탄이 떨어져 폭음과 함께 호 안에 있던 전우가 갈가리 찢겨 죽어갔다. 송인호 일병은 온통 주위에 휩싸인 화염과 사방으로 날아다니는 포탄의 파편 속에서 살아남지 못할 것 같아 정신이 없었다. 후방의 국군 포병 진지에서 대응사격을 하고 있으나 인민군의 화력에 비하면 턱없이 약했다. 인민군은 남한으로 쳐내려오는 전초작업으로 삼팔선 국군의 진지를 포탄으로 초토화하고 있었다.

한 시간 동안 포탄 공세가 끝나자 탱크와 자주포로 무장한 기계화 부대를 앞세우고 인민군 보병부대가 쳐들어왔다. 여기저기 전우의 시체가 쓰러져 있는 가운데에서도 살아남은 병사들은 총을 쏘고, 수류탄을 던지며 대항했다. 국방군에는 한 대도 없는 탱크를 처음 본 송인호 일병은 총을 쏘아도, 수류탄을 던져도 꿈쩍 않고 굴러오는 괴물 같은 쇳덩어리를 보고 너무 놀라서 어쩔 줄 몰랐다. 북한군은 T-34 탱크와 SU-76이라는 자주포로 포탄을 퍼부으며, 국군 진지를 쑥대밭으로 만들며 쳐들어왔다. 송인호 일병은 탱크도, 자주포도 처음 보는 것이라 구분이 되지 않아 모두 탱크처럼 보였다. 이야기로만 듣던 탱크는 거대한 괴물이었다. 그런 혼란 속에서도 M1총을 쏘고, 수류탄을 던지며 버티었다. 후방 포병부대에서 대응사격을 하지만, 탱크를 앞세우고 밀물처럼 쳐들어오는 인민군을 막을 수 없었다.

옆에서 M1총으로 응사하고 있던 많은 전우가 인민군 포탄의 파편과 총탄에 맞아 피를 흘리며 죽어갔다. 국군 진지는 쏟아지는 총탄과 포탄이 터지며 솟아오르는 검붉은 화염으로 아수라장이었다. 아무런 준비 없이 엄청난 공격을 받은 국군은 대혼란이었다. 이대로 더 버티다가는 전멸을 당하고 말 것이었다.

후퇴 명령이 내려졌다. 송인호 일병은 뿔뿔이 흩어져 후퇴하는 전우들을 따라 정신없이 뛰었다. 앞과 뒤, 좌우 여기저기에 인민군 포탄이 떨어져 불기둥이 치솟고, 포탄 파편이 이리저리 날아다니고 있어 세상의 종말 같았다. 송인호 일병은 수없이 떨어지는 포탄 불기둥을 피해 사력을 다해 달리면서 이곳이 지옥이라는 생각이 들었다. 인민군은 도망가는 국군을 향해 총을 쏘고 탱크 포탄을 퍼부으며 추격해왔다. 옆에서 뛰던 전우들이 떨어지는 포탄의 불기둥에 싸여 사라졌다. 워낙 다급한 상황이라 사라진 전우를 찾을 틈도 없이 앞만 보고 산등선을 향해 총을 들고 정신없이 뛰었다. 숨이 턱에 차 헉헉거리면서도 이 불지옥에서 빠져나가 살아야 한다는 생각밖에 없었다. 그렇게 몇 백 미터를 달리면서 차츰 마음의 안정을 찾아갔다. 그때야 옆에서 쓰러지는 전우가 보였다. 쓰러지는 전우를 일으켜 세워 부축하며 뛰었다. 전우는 오른쪽 팔과 옆구리에 파편을 맞아 피를 흘리면서도 인호의 부축을 받으며 산을 올랐다. 제법 높은 산등성이를 부상당한 전우를 데리고 어떻게 넘어왔는지 생각도 나지 않았다. 산을 넘어 모인 부대 병사는 반밖에 되지 않았다. 한 시간 남짓한 짧은 시간이었지만, 엄청나게 많은 전우가 희생되었다.

 장교들은 살아남은 병사를 모아 지휘체계를 유지하며 얼마를 더 후퇴하여 비상 전투식량인 건빵으로 아침을 먹었다. 수없이 쏟아지는 인민군의 포탄으로 진지가 망가지고, 전우들이 반이나 전사한 이런 상황에서도 살아남은 병사들은 건빵 봉지를 뜯어먹고 있었다. 먹어야 싸울 힘도, 후퇴할 기운도 생길 것이었다. 첫 공격으로 삼팔선을 무너뜨린 인민군은 탱크와 자주포를 앞세우고 물밀 듯이 쳐내려오자 국군은 싸우지도 못하고 죽어가며 계속 후퇴하고 있었다.

　국군 6사단은 그동안 인민군이 공격해올 것을 대비해 장벽을 만들고, 삼팔선 후방 춘천 근교에 개인호를 파고, 방어 진지를 만들어 놓았다. 외출 나간 병사들을 가두방송으로 긴급히 불러들이고, 민간인 차량까지 동원하며 방어했다. 탱크와 자주포로 무장한 북한군 2군단의 2사단과 12사단 삼만육천 명의 병력을 국군 6사단 구천삼백 명의 병사로 막고 있었다. 후퇴하면서 탄약고의 포탄과 실탄을 학생들과 인근 공장 여직공과 주민들까지 나서서 후방으로 옮겨가며 인민군의 진격을 필사적으로 막았다.

　후퇴하던 국군은 57밀리 전차포를 가지고 매복하여 인민군의 탱크를 기다렸다. 삼팔선을 쉽사리 무너뜨리고 거칠 것 없이 몰려오는 인민군 탱크는 굉음을 내면서 도로를 따라 일렬로 달려왔다. 포대장 장 대위의 지휘로 탱크 정면을 조준하여 57밀리 전차포를 발사했다. 명중이었다. 그러나 탱크는 잠시 멈칫하다가 포탑의 포신을 57밀리 전차포 쪽으로 돌려서 포탄을 퍼부었다. 57밀리 전차포는 파손되고, 포탄을 발사하던 병사는 인민군 탱크 포탄에 맞아 전사했다. 57밀리 전차포로도 인민군 탱크를 파괴할 수 없었다. 소총도, 수류탄도, 57밀리 전차포로도 인민군 탱크는 부서지지 않아 국군에는 인민군 탱크를 부술 무기가 없었다. 탱크뿐만 아니라 자주포의 위력도 대단했다. 국군은 후퇴하면서 흩어진 병사를 모아 재편재하여 방어했으나 인민군의 탱크와 자주포 앞에서는 속수무책이었다.

소대장 심 소위는 어떻게 하던 인민군 탱크를 잡아야 한다고 생각했으나 국군에게는 탱크를 부술 무기가 없으니 병사들이 죽음을 무릅쓰고 탱크에 접근하여 수류탄으로 대적하는 수밖에 없었다. 특공대를 조직했다. 그동안 후퇴하면서도 전투하느라고 탄약도 거의 소진되었다. 진지 주위에 있던 탄약고도 적의 수중에 들어가 수류탄도 없었다. 수류탄 대신 병에다 휘발유를 넣어 마개를 막아 화염병을 준비했다. 십여 명의 특공대는 남아 있던 몇 발의 수류탄과 화염병을 들고 맨몸으로 인민군 탱크와 맞서기로 했다. 심 소위는 특공대로 뽑힌 열 명의 대원에게 비장한 각오로 말했다.

"인민군의 총공세로 대한민국의 존립은 바람 앞에 촛불 같다. 이제 나라의 운명은 여러분에게 달려 있다. 우리가 하는 특공작전은 한 번도 안 해본 작전이다. 탱크 몇 대를 부수는 것이 나라를 지키는 데 무슨 큰 힘이 되랴 생각할 수도 있지만, 맨손으로 탱크를 부수면, 후퇴하는 국군에게 맨주먹으로도 탱크를 잡을 수 있다는 자신감이 생겨 반격할 수 있는 용기와 힘이 생길 것이다. 죽을 각오로 두려움을 떨쳐버리고 작전에 성공하고 살아서 만나자."

특공대는 S자로 굽어지는 산모퉁이에서 수류탄과 화염병을 가지고 매복하고 있었다. 인민군 탱크는 굽어진 모퉁이를 돌면서 속력이 늦어졌다. 도 하사와 이 병장은 준비하고 있던 참나무 토막과 단단한 돌을 탱크 바퀴 캐터필러에 끼워 넣었다. 탱크 캐터필러는 끊어져 전진할 수 없었다. 그때 이 병장은 탱크 해치를 열고 나오는 인민군을 사살하고, 탱크에 뛰어올라 해치 속에 수류탄을 집어넣고 뛰어내렸다. "쾅!" 하는 폭발음과 함께 탱크는 부서져 버렸다. S자 커브에서 일어난 한순간의 일이라 특공대가 탱크 바퀴 캐터필러를 끊고 탱크에 뛰어올라 수류탄을 집어넣는 것을 다른 탱크에서 보지 못했다. 뒤따르던 탱크는 길이 막혀 모두 정지했다. 순간 다음 특공조가 각자 맡은 탱크에 뛰어올라 해치를 열고 불붙은 화염병을 집어넣었다. 그렇게 다섯 대의 탱크를 한꺼번에 부숴버렸다. 탱크에 뛰어올라 해치를 열고 화염병을 던져 넣고 뛰어내리다가 특공대 장 일병이 탱크 바퀴에 깔려 전사했으나 작전은 대성공이었다. 멀리 산 밑에서 재를 오르려던 인민군 탱크들은 방향을 돌려 도망쳤다. 심 소위의 특공대작전 성공으로 후퇴만 하던 국군은 맨주먹으로도 인민군의 탱크를 부술 수 있다는 희망과 자신감을 갖게 되었다.

탱크뿐이 아니었다. 인민군의 자주포 위력도 대단했다. 19연대에서는 자주포를 파괴하기 위해 김 하사를 비롯한 열한 명의 특공대를 뽑았다. 인민군 자주포 여덟 대가 춘천 근처 말고개를 향해 올라오고 있었다. 말고개로 오르는 길섶에는 매복할 적당한 장소가 없었다. 김 하사는 말고개로 오르는 길 양옆에 열한 명의 특공대를 두 개 조로 나누어 죽은 체하고 누워 있었다. 인민군 자주포 부대 대원들은 길가에 쓰러져 누워 있는 국군 특공대를 보고 죽은 병사들의 시체인 줄 알고 안심하고 특공대 옆으로 자주포를 운전하여 말고개를 오르고 있었다. 산모퉁이에서 속력을 줄이며 돌아가고 있을 때 시체처럼 길가에 누워 있던 특공대는 자주포 위에 뛰어 올라가 해치를 열고 수류탄을 집어넣고 뛰어내렸다. 폭발음과 함께 거대한 자주포는 부서졌다. 좁은 길 위에서 앞 자주포가 부서져 길이 막히자 뒤따라오던 자주포는 오던 길로 도망가려고 방향을 돌리다가 절벽에 떨어져 부서졌다. 대기하고 있던 조 일병 조는 세 번째 자주포에 뛰어올라 해치를 열고 수류탄을 까 넣었다. 맨 뒤에 대기하던 김 하사는 여덟 번째 자주포에 뛰어 올라가 해치를 열고 수류탄을 던져 넣었다. 앞에 가던 세 대의 자주포가 부서지고, 마지막 자주포도 김 하사 조의 공격으로 부서지자 중간에 있는 자주포는 오도 가도 못하고 고개를 오르는 좁은 길에 갇혀버렸다. 부서지지 않는 네 대의 자주포에 병사들은 뛰어 올라가 해치를 열고 인민군을 끌어내어 포로로 잡았다. 그리고 화염병을 던져 넣었다. 화염병의 휘발유는 자주포 안에 적재된 포탄에 옮겨 붙어 포탄이 한꺼번에 터져 거대한 폭음과 함께 자주포는 형체도 알아볼 수 없게 폭파되었다. 강력한 화력과 파괴력을 가진 탱크와 자주포도 수류탄과 화염병 하나 들고 맨몸으로 달려드는 국군 특공대 앞에서는 무력하게 부서져 버렸다.

    탱크와 자주포를 처음 보고 공포에 떨던 국군은 수류탄과 화염병 하나만 든 맨몸으로 탱크와 자주포를 잡을 수 있다는 자신감과 희망이 생겼다. 후퇴하던 국군 6사단 병사들은 할 수 있다는 자신감이 생기자 인민군의 집결지를 기습 공격하여 수많은 인민군을 사살했다. 6사단은 소양교에서 인민군을 저지하고, 포병부대에서는 춘천 북쪽 들판에 집결하는 인민군에게 포탄을 퍼부어 격퇴했다. 인민군은 한강을 도하해서 수원 쪽을 차단하여 개성, 파주 쪽에서 내려오는 인민군 1사단, 6사단과 같이 협공으로 포위망을 만들어 국군을 괴멸한다는 작전계획이 틀어져 버렸다. 국군 6사단의 강력한 저항으로 인민군 2군단은 남침하면서 세운 작전계획보다 춘천에서 3일이나 머무르며 많은 시간이 소요되었다. 북한군 1사단과 6사단, 제203병참연대가 개성과 파주, 문산을 통해 3일 만에 서울을 점령하고도 춘천을 통해 의정부로 오는 인민군 제2군단을 기다리느라고 일주일 동안 한강을 넘어 공격하지 못하고 서울에서 머물렀다. 그동안 국군은 반격할 준비를 갖추게 되고, 유엔군이 참전하는 데 엄청난 시간을 벌게 되어 전쟁의 양상을 바꾸는 계기가 되었다. 전쟁에서 몇 분이면 수만 명의 병사가 죽고 사는 시간인데 한두 시간도 아니고 일주일은 한국 전쟁의 판도를 바꿀 수 있는 충분한 시간이었다.

개성 쪽에서 출발하여 3일 만에 서울을 장악한 인민군 제1사단과 6사단, 203탱크부대가 한강을 건너 계속 남진하며 국군을 추격했더라면 국군은 재기불능 상태가 되어 유엔군이 참전하여도 대한민국을 되살리기 힘든 지경에 이르렀을 것이었다. 우수한 무기와 많은 병사를 가지고도 인민군은 춘천에서 작전이 실패하자 전쟁 초기인데도 지휘관을 바꾸지 않을 수 없어 인민군 2군단장과 사단장을 교체하였다.

일선에서 근무하던 조태웅은 휴가로 고향에 와 있었다. 국방부에서는 농번기를 맞아 많은 수의 병사를 휴가 보내 농사일을 돕게 했다. 국민의 8할이 농업에 종사하고 있어 국가 경제의 대부분을 농업이 차지하기 때문에 병사들의 휴가도 농번기에 맞추어 보냈다. 조태웅은 일 년 반 전에 휴가 와서 안상현의 집에서 친구들과 놀다가 공비들에게 붙들려 죽을 뻔한 것이 어제 일같이 생생하게 기억났다. 아직도 공비들이 산골 외진 마을에 출몰하고 있어 이웃 동네 하늘리에는 공비들이 내려와 청장년들을 죽이고, 온 마을을 불태웠는데 그 죽음의 현장에서 친구인 신영철이 기적적으로 살아났다고 했다. 고향 동리에는 그때 후로 공비가 나타나지 않았다지만, 밤이 되어 잠을 자면서도 혹시나 공비가 출몰하지 않을까 걱정되었다. 휴가 온 지 이틀이 지나자, 지서에서 경찰이 자전거를 타고 와서 연락했다.

"부대 내에 비상이 걸려서 휴가, 외출 장병은 바로 귀대하랍니다."

아직 휴가가 일주일은 남았는데 무슨 일일까? 경찰은 연락받았다는 확인증을 받으며, 아마도 인민군이 쳐내려오는 것 같다고 했다. 조태웅은 서울 북쪽 개성 근처 삼팔선에서 근무하고 있었다. 인민군은 가끔 삼팔선을 넘어와서 국군의 진지를 공격하고 도망갔다. 어떤 때는 야간에 넘어와 이웃 부대 내무반에 수류탄을 던져 넣어 많은 군인이 죽고 다친 일도 있었다. 태웅은 '인민군이 삼팔선을 월경하여 이번에는 여러 지역에서 난리를 치는구나'라고 생각하며 버스를 타고 안동에 도착하여 서울 가는 밤 열차를 타고 부대로 향했다. 태웅뿐만 아니라 휴가 나와 있던 병사들이 모두 연락받고 귀대하느라고 밤 열차에는 군인들로 빼곡했다. 소문은 순식간에 장터뿐만 아니라 산골 마을 사람들에게까지 퍼져나갔다.

"인민군이 삼팔선을 넘어 쳐내려 온다니더."

일본군에 잡혀가 전쟁을 경험한 사람들은 전쟁이 얼마나 참혹한지를 알고 있었다. 그러나 사람들은 국방군이 있고, 미군이 있는데, 인민군이 소련의 지원을 받는다고 해도 미군을 당해내지 못할 것이라고 생각했다. 산골 사람들은 미군이 한국에서 일본으로 철수한 것도 모르고 있었다.

"전쟁이 나도 국군과 미군이 인민군을 곧 물리칠 거야."

"인제 국군이 북한으로 밀고 올라가 통일이 된다고 국방부장관이 말했다카이."

안동 친척집에서 라디오 방송을 듣고 온 사람은 신이 나서 말했다.

"이제 우리나라는 통일되겠제."

"통일이 되면 금강산 구경을 가야지."

사람들은 국군이 북쪽을 점령하여 곧 통일이 될 것이라는 생각에 전쟁이 일어났다는데도 도리어 신이 났다.

"통일이 되면 빨개이도 없어지겠제?"

매일 밤 나타나는 공비와 낮이면 토벌 나오는 경찰과 국군, 양쪽 모두에 시달린 사람들은 좌우 이념 갈등이 없는 편안한 나라가 되리라는 희망에 들떠 있었다.

며칠이 지났다. 집 앞으로 피난 보따리를 이고 진 사람들이 하나둘 지나갔다. 벌써 서울이 점령되었다고 했다. 산으로만 숨어다니던 빨치산들이 떼 지어 나타나 지서를 습격했다. 어떤 면 소재지는 빨치산에게 점령된 곳도 있다는 소문이 돌았다. 며칠 새 동네 앞을 지나가는 피난민이 부쩍 늘어났다. 밤이 되자 피난민들은 울타리 밑이나 헛간에 들어와 자고 밥을 지어 먹었다. 노인과 어린아이들까지 데리고 피난 가는 사람들도, 지켜보는 사람들도 마음이 초조했다.

상현의 집에서도 피난 보따리를 쌌다. 달구지에 쌀과 무쇠밥솥, 이불, 밥해 먹을 장작까지 잔뜩 싣고 열 명도 넘는 식구들을 데리고 마을을 지나서 아랫동네 개울을 건널 때 이웃들이 보고 말렸다.

"나이 많은 노인과 젊은 안식구들을 뎃고 피난을 가보아야 전쟁터만 따라댕길 게 아닌겨?"

전쟁에 휩쓸려 죽을 수도 있고, 살아있다고 하여도 전쟁이 끝날 때까지 피난살이 내내 전쟁터 안에서 생활해야 한단다. 차라리 죽든 살든 살던 집에 앉아 있으면 전선은 금방 지나고, 인민군 천지가 되어도 괴롭힘은 당하겠지만, 다 죽이기야 하겠느냐는 것이었다.

다시 집으로 돌아와 달구지에 실렸던 물건들을 내리면서 보니

이 살림살이를 가지고 갔더라면 백 리도 못 가서 지치고 쓰러지며 포기했을 것이라는 생각이 들었다. 멀리서 대포소리가 들렸다. 벌써 인민군은 죽령을 넘어와 대포소리는 시간이 흐를수록 점점 가깝게 들려왔다.

사람들의 생각과는 달리 국군은 전쟁준비도 안 된 상태에서 갑작스럽게 인민군이 쳐내려오자 속수무책으로 계속 밀리기만 했다. 전쟁이 일어나자 젊은 사람들을 징집 영장도 없이 닥치는 대로 잡아들여 군복을 입혀서 M1 소총 장전과 조준사격 훈련만 대충 가르쳐 인민군을 막으라고 후퇴하는 국군 일선 부대에 배치했다. 그렇게 잡혀가서 군인이 된 사람들은 일선에서 인민군과 총격전을 벌이다가 M1 소총에 장전된 총알 한 클립 여덟 발을 다 쏘고 나서 총의 약실이 열려 있자 탄약 클립을 장전할 줄 몰라 분대장을 소리쳐 불렀다.

"분대장님, 총이 고장 났어요."

분대장이 달려가 보니 탄약 클립을 장전할 줄 몰라 총이 고장 났다고 했다. 이렇게 총알 장전도 못하는 훈련 안 된 민간인을 군복만 입혀 전선으로 몰아넣었다. 중고등학교에서 학도병으로 지원하는 학생들을 군복도 없이 학생복을 입은 채 사격훈련만 시켜서 전선에 배치했다. 탱크 한 대 없는 대한민국 국군은 350대의 탱크와 많은 자주포를 앞세워 거침없이 쳐내려오는 인민군을 대항할 수 없어 계속 후퇴하고 있으니 나라의 존립은 풍전등화였다.

조태웅은 밤 열차로 서울 청량리에 도착하자 헌병들이 나와 휴가 중에 연락을 받고 귀대하는 병사들을 안내하여 부대로 복귀시켰다. 태웅이 속한 부대는 파주 쪽에서 후퇴를 거듭하며 서울 근교에서 전투하고 있었다. 태웅은 부대에 합류했다. M1 소총으로 무장한 병사들은 탱크와 각종 대포로 중무장하고 오랫동안 훈련을 받고 치밀한 계획을 세워 쳐내려오는 인민군을 막기에는 역부족이었다. 많은 전우가 전사하고 남은 병사들은 제대로 싸우지도 못하고 후퇴하기에 급급했다.

조태웅은 인민군 탱크를 보자 기가 질렸다. 소대장 박 소위는 관동군 출신으로 전투경험이 있지만, 이런 상황에서는 속수무책이었다. 삼팔선에서부터 이틀이 넘게 밤낮으로 인민군의 공격을 받으며 후퇴하느라고 부대원은 지쳐 있었다. 옆에서 죽어가는 전우를 보며 후퇴하면서 잠을 못 자서 몽롱한 상태에서 쳐들어오는 인민군을 방어했다. 후퇴하다가 되돌아서 한 번씩 교전이 이루어질 때마다 많은 병사가 전사하여, 태웅이 속한 3대대는 새로 재편한 병사들이었다. 후퇴하며 방어하느라고 국군은 식사도, 탄약도 제대로 공급받지도 못하는 상태였다. 전투는 이기고 전진할 때는 후방지원이 잘 되고, 모든 것이 원활하게 잘 이루어지지만, 패하여 후퇴할 때는 더 힘들고 탄약도, 식사도 제때 공급되지 않아서 엉망이었다.

태웅은 부대원들과 같이 고양, 은평을 지나 독립문을 거쳐 후퇴하면서 서울을 방어할 수 없어 한강을 건너와 강변에 방어 진지를 구축했다. 국군이 한강을 넘어서자 인민군이 도착하기도 전에 한강 다리를 폭파하여 많은 피난민이 적진에 갇히게 되었다. 피난민뿐만 아니라 미처 강을 건너지 못한 대포와 차량 같은, 인민군에 비하면 아주 빈약한 국군의 전투장비도 한강을 건너지 못해 적진에 버려지게 되었다. 폭파준비를 하고 인민군이 가까이 왔을 때 폭파하여도 되는 것을 한강철교 폭파를 담당한 부대에서 폭파를 명령한 장교도, 사병도 제정신이 아닌 것 같았다. 조태웅은 한강변에서 호를 파고 강 넘어 서울을 점령한 인민군의 움직임을 살피며 경계를 서고 있었다.

태웅이 속한 부대는 전쟁이 일어나고 3일 동안 부대원의 반이 전사당해, 옆에 있는 전우도 급히 동원되어 온 병사로 훈련도 받지 못하고 군복만 입고 전투에 투입되어 M1 소총 실탄 장전도 하지 못했다. 인민군은 서울을 점령하고 며칠 동안 한강을 넘어올 생각을 하지 않고 있었다. 한강을 넘어와 후퇴하는 국군을 계속 추격하였더라면 국군은 괴멸되어 돌이킬 수 없는 타격을 입었을 것이었다. 태웅은 지금이라도 인민군이 한강을 넘어와 탱크와 자주포로 공격해오면 살아날 수 있을까? 더구나 옆의 병사는 훈련되지 않아 총도 제대로 쏠 수 없어 걱정이었다. 태웅은 M1 소총에 실탄을 장전하지 못하는 옆 전우에게 노리쇠를 후퇴시키고, 총알이 여덟 발 든 탄창을 약실에 넣으며 손바닥 옆으로 노리쇠를 누르면서 오른쪽 엄지손가락으로 탄창을 눌러 완전히 밀어 넣고 엄지손가락을 떼고, 노리쇠를 누르던 손을 떼는 연습을 여러 번 반복시켰다. 몇 번을 연습시키니 혼자서도 탄약 클립을 장전했다. 전쟁터에서 옆 전우가 잘 싸워주는 것은 바로 나의 생명을 보호해주는 것이라 전우는 형제보다 더 중요한 사람들이었다. 옆 전우가 전사하거나 부상당하지 않고 같이 총을 쏘고 돌격하며 적을 무찌르는 것은 나라를 지키는 것이지만, 당장은 내 생명을 지켜주는 것이었다. 인민군은 병사 수도, 화력도 국군의 두 배 넘고, 국군에게는 한 대도 없는 탱크와 자주포를 수백 대 가지고 있어 이대로 싸워서 이길 수 없을 것이었다. 당장 인민군이 공격해오면 이 자리가 자신의 무덤이 될지도 모른다고 생각이 들었다.

태웅은 경상도 산촌 예안에서 태어나 이 넓은 세상에 날갯짓 한 번 해보지 못하고 전쟁의 틈바구니에서 죽어야 한다고 생각하니 슬픈 생각이 들었다. 이십 년을 넘게 살아오면서 장가도 가지 못했을 뿐만 아니라 사랑하는 여인 하나 없어, 이성 간의 사랑도 느껴보지 못하고 죽는다고 생각하니 억울했다. 휴가 중에 전쟁이 일어나 귀대하여 서울을 사수할 때는 인민군 포탄으로 주위가 온통 화염으로 싸인 불바다가 되어 고향 생각도, 가족 생각도 할 틈도 없었지만, 이렇게 한강변에 참호를 파고 적을 기다리니 온갖 생각이 떠올랐다.

6월 29일 태웅은 이틀째 한강변 참호 속에서 강 건너 서울 쪽의 인민군들을 바라보며 경계를 서고 있었다. 점퍼를 입고 철모가 아닌 모자를 쓴 외국 사람 몇 명이 한국 군인들과 망원경으로 강 건너 서울을 바라보다가 태웅이 있는 쪽으로 걸어왔다. 언뜻 보니 그가 쓴 모자에는 검은 별이 네 개나 붙어 있었다. 별은 장군이라는 이야기만 들었지만, 태웅은 한 번도 별을 단 장군을 가까이서 만나보지 못했다. 태웅은 긴장하면서 얼떨결에 경례를 붙였다. 별을 단 외국인 장군은 거수경례로 받았다. 외국인 장군이 태웅을 보고 무어라고 말을 하는데 처음 듣는 외국말이라 한마디도 알아들을 수 없었다. 옆에 있던 군복을 입은 한국 사람이 통역했다.

"너는 왜 여기에서 보초를 서고 있느냐?"

태웅은 조금 전에 생각했던 이 자리가 내 무덤이 될지도 모른다는 생각이 떠올라 대답했다.

"저는 죽음으로 이 자리를 지킬 따름입니다."

통역의 말을 들은 외국인 장군은 놀라며 손을 내밀어 악수를 청했다. 태웅은 외국 장군이 왜 놀라는지도, 무어라고 이야기하는지도 알 수 없으나 손을 내밀어 악수를 청하는 것으로 보아 자기가 잘못 대답하지는 않은 것 같았다.

별을 단 외국인 장군은 2차 대전 때 태평양 전쟁에서 일본의 항복을 받아낸 맥아더 장군이었고, 맥아더 장군은 유엔군이 참전하기 전 한국 전선을 시찰하러 온 것이었다. 맥아더 장군의 한국 전선 시찰에는 한국군 장성뿐만 아니라 미국 뉴욕타임스 신문기자도 동행하고 있었다.

이튿날 맥아더 장군이 한국 전선에서 전황을 시찰하면서 어느 한국 병사와 나눈 대화가 뉴욕타임스에 크게 실렸다. 한국 병사의 "죽음으로 이 자리를 지킬 따름입니다"라는 기사와 함께 "지금은 북한군의 막강한 화력에 밀리고 있지만, 한국 병사들의 강인한 국토수호 정신이 끝내 전쟁을 승리로 이끌 것이다"라고 소개되었다. 미국에서는 동원령을 내려 수십만 명의 병사를 한국 전쟁터로 보내기 위하여 예비군까지 소집하고 있었다. 신문에 실린 태웅의 말 한마디가 온 미국 국민과 동원되는 병사의 가족들의 불안하고 초조한 마음을 어느 정도 안도하게 하고, 한국은 도울 가치가 있는 나라로 인식되는 계기가 되었다. 외교관 백 명이 몇 년 동안 공을 들여도 할 수 없는 큰일을 말 한마디로 이룬 태웅은 자기 말이 뉴욕타임스에 나온 것도, 자신의 말 한마디로 아들과 남편, 형제들을 한국 전쟁터로 보내며 걱정하는 미국 국민의 여론이 한국을 도와야 한다는 쪽으로 바뀐 것도 모르고 한강변 참호 속에서 훈련도 받지 못하고 온 전우에게 총 분해결합, 실탄장전과 사격술 등 기초 전투실무를 가르치며 경계를 서고 있었다.

영주에 사는 예안 댁은 아들과 조카를 친정으로 피난시켰다. 집에 있으면 국방군으로 잡혀가지 않아도 뒤따라 쳐내려오는 인민군으로 잡혀갈 것이기 때문이었다. 아들과 조카를 친정이 있는 예안으로 보내고 하루가 지나자 인민군이 영주를 점령하고 후퇴하는 국군을 추격해 남쪽으로 진격했다. 예안 댁은 이 전란 속에 아들과 조카가 친정에 무사히 도착했는지 걱정이 되어 안절부절 못했다. 후퇴하는 국군은 징집 영장도 없이 젊은 남자를 눈에 띄는 대로 잡아 훈련도 없이 군복을 입혀 전쟁터로 끌고 간다는데,

아들과 조카가 예안으로 피신하는 도중에 국군에게 잡혀서 전쟁터로 끌려가지 않았는지, 예안 댁은 걱정되어 집에 있어도 일이 손에 잡히지 않았다. 아침을 먹고 일찍 집을 나섰다. 영주에서 예안까지 산을 타고 지름길로 걸어도 백여 리 길이었다.

한 시간쯤 가니 인민군 수백 명이 따발총과 온갖 무기를 가지고 국군을 추격하다가 휴식을 취하고 있었다. 흰 치마저고리를 입고 피난 보따리도 없이 혼자서 가는 예안 댁을 보고 인민군은 의심하면서 검문했다.

"아주머니, 어디로 가기오?"
"친정어머니가 아프다는 연락을 받고 급하게 가는 중이시더."
"친정이 어디오?"
"예안입니더."

옆에서 보고 있던 인민군 장교가 보내주라고 눈짓했다.

"가보기오."

인민군 진영을 지나서 두 시간을 걸어가자 국군 오륙십 명이 총을 어깨에 메고 지친 모습으로 가고 있었다. 예안 댁은 국군이 걸어가는 대열 옆을 빠른 걸음으로 앞질렀다. 국군은 아무런 의심도, 검문도 하지 않았다. 바로 뒤에 인민군이 따라오는데 걱정이 되어 인민군 수백 명이 뒤따라온다고 말하려다 그냥 지나쳤다. 국군도 알고 있으리라 생각하며 잘못 말하였다가는 국군에게도, 인민군에게도 간첩으로 몰릴 수 있다는 생각이 들었다.

저녁때가 되어 친정에 도착했다. 아들과 조카는 무사히 친정에

와 있었다. 친정 동네는 별천지였다. 국군이 후퇴하고 있다는 것도, 인민군이 코앞에까지 와 있다는 것도 모르고 있었다. 친정 식구들은 수십 리 밖 바위재 너머까지 인민군이 왔다는 이야기를 듣고 모두가 놀라며 초조해했다.

세상이 바뀌기 전날 밤, 온 마을이 깊은 침묵에 빠져들었다. 산골짝마다 나타나던 공비들이 군경 가족이나 자기들에게 협조하지 않는 사람들을 죽이고, 동네를 불태웠는데 인민군이 들어오면 온 동네가 피바다가 되고, 잿더미가 될지 모른다는 생각에 불안했다. 이제 토벌대인 경찰도, 국군도 없는 그들의 세상에서 주민들을 죽이든, 살리든, 동네를 불태우든 그들 마음대로일 것이었다. 공산주의자인 공비들이 그렇게 잔인했는데 공산군인 인민군대도 다를 것 없다는 생각이 들었다.

밤이 되니 온 동네가 일찍 불을 꺼 사람이 살지 않는 깊은 산속처럼 고요 속에 잠겨들고 불어오는 솔바람 소리만 음산하게 들렸다. 아이들은 잠들었지만, 어른들은 눈만 감고 있을 뿐 세상의 종말이 다가오는 것같이 초조하여 잠을 이룰 수 없었다. 날이 새면 다가올 새로운 세상에 대한 두려움과 공포심에 뜬눈으로 밤을 새웠다.

걱정과 공포 속에서 아침이 밝아왔다. 사람들은 아침밥을 지었다. 어쩌면 이 아침 밥상이 이 세상 마지막 식사인 사잣밥이 될지도 모른다는 생각이 들었으나 누구도 마음속 생각을 입 밖으로 드러내지 않았다. 아침을 먹은 예안 댁이 영주에 두고 온 시집 식구들이 걱정되어 집으로 돌아가려고 하자 친정 식구들이 말렸다.

"어제는 국군과 인민군의 교전이 없어 용케도 전선을 넘어왔지만, 오늘을 가다가 양쪽에서 서로 총을 쏘는 전쟁터 사이에 들어서면 살아날 수 없을 것이다."

예안 댁은 자신보다 집에 두고 온 식구들이 걱정되어 친정 식구들의 만류에도 시댁이 있는 영주로 출발했다. 어제 오던 길로 가면 국군과 인민군을 또 만날 것만 같아 산길로 우회해서 길을 재촉했다.

정오가 되어 옛고개에 도착했을 때 불과 몇 백 미터밖에 떨어지지 않는 산에서 요란한 총소리가 들려왔다. 계곡을 사이에 두고 국군과 인민군의 전투가 벌어진 것이었다. 총소리는 콩 볶듯이 온 산을 요란하게 울렸고, 푸른 옷을 입은 국군과 누르스름한 옷을 입은 인민군들이 산 능선 곳곳에 엎드려서 서로에게 총을 쏘고 있었다.

예안 댁은 오던 길을 돌아갈 수도 없고, 전쟁터와는 거리가 있어 앞만 보고 뛰었다. 숨은 턱에 차고 총소리와 수류탄 터지는 소리가 진동하는 가운데 총알이 날아올 것 같아 정신이 없었다. 몇 백 미터를 뛰어와서 전쟁터와의 거리가 멀어지자 산 위를 바라보았다. 큰 폭발음이 들리고 불기둥이 솟아올랐다. 군인들의 앞가슴에 주렁주렁 매어 단 수류탄을 던지는지, 원통같이 둥그런 박격포를 쏘는지 여기저기서 불기둥이 솟아올랐다. 많은 국군과 인민군이 죽어갈 것 같았다. 국군이나 인민군이나 집에 가면 모두가 귀한 자식들인데, 예안 댁은 장성한 아들과 조카가 잡혀가면 이렇게 이름 없는 산골짝 전쟁터에서 죽어갈지도 모른다고 생각하니 정신이 아득해졌다.

얼마나 많은 군인이 죽었는지 총성이 잠잠해졌다. 어느 한쪽이 전멸한 것 같았다. 예안 댁은 전장의 현장을 지나오며 겁나고 당황스러우면서도 기분이 착잡했다. 산 위에는 수습하지 못한 국군과 인민군 전사자의 시신이 널려 있을 것이었다. 그들도 집에 가면 귀한 아들들이고, 남편들이고, 아버지들일 텐데 외진 산골짝에서 죽은 시신들은 아무도 수습하는 사람이 없이 들짐승, 날짐승이 뜯어 먹을 것이라고 생각하니 걱정스럽고 살아간다는 것이 허무하게 느껴졌다. 전쟁터를 벗어난 예안 댁은 집에 있는 식구들이 걱정되어 종종걸음으로 시댁으로 향해 걸어가고 있었다.

인민군이 점령하면 젊은 사람들을 잡아가서 인민군으로 만들어 전쟁터로 몰아넣는다는 소문이 났다. 상현을 비롯한 동네의 젊은이들은 아침을 먹고 모두 산속으로 피신했다. 동네에는 노인들과 여자들, 아이들만 남아 있었다. 아침나절이 지나 중간 참 때가 되자 누르스름한 군복을 입고, 별이 새겨진 모자를 쓰고, 어깨에는 돌돌 만 담요를 두르고, 따발총을 맨 인민군이 온 동네에 **빽빽**이 들어섰다. 공비들처럼 사람들을 죽일 수 있을지도 모른다는 공포에 질려 바라보고 있는데 의외로 인민군들은 동네 사람들을 간섭하지 않았다. 어떤 동네에서는 점령하는 인민군의 비위를 맞추기 위해서 인민공화국 국기를 만들어 걸고 만세를 부르는 동네도 있다는데 환영 깃발을 걸지도, 만세를 부르지 않아도 그들은 개의치 않았다.

"할아버지, 이제 이 동네는 해방 됫수다."

만나는 인민군마다 웃으며 말을 걸어왔다. 동네에 집마다 수십 명분의 밥을 시켰다. 밥을 해서 밥상에 차려주니 신발도 벗지 않고 마루에 앉아 먹었다.

인민군 중에는 여자 군인도 있었다. 머리는 파마하였는데 동네 사람들은 처음 보는 머리였다. 파마머리를 한 여자 군인이 세련되고 예뻐 보였다. 여자 군인은 동네 꼬마들을 모아놓고 땅콩을 몇 알씩 나누어주며 김일성 장군 노래를 가르쳤다. 꼬마들은 여자 인민군이 가르치는 노래를 따라 불렀다.

　　장백산 줄기줄기 피어린 자욱
　　압록강 굽이굽이 피어린 자욱
　　오늘도 자유조선 꽃다발 위에 …

꼬마들은 아주 쉽게 노래를 따라 불렀다.

인민군은 동네를 점령하고 민간들에게 밥을 해내라고 했지만, 다른 것은 일체 간섭하지 않았다. 그러나 엉뚱한 곳에서 예상했던 일들이 일어나고 있었다. 산으로 숨어들었던 공비들은 각 면 소재지에 나타나 지서를 접수하고, 면사무소를 접수하여 내무서를 만

들었다. 평소에는 드러나지 않고 조용히 살던 이웃 동네 사람들이 붉은 완장을 차고 온 동리를 돌아다니며 반동들을 색출하고, 젊은 사람들을 잡아들여 인민군에 편입시켜 전선으로 내몰았다. 곳곳에서 남의 집 일꾼으로 있던 일부 사람이 붉은 완장을 차고 군경 가족과 지주와 악질 반동을 색출하러 다니고, 청년뿐만 아니라 소년과 장년까지 남자는 닥치는 대로 의용군으로 잡아 인민군에 몰아넣었다. 전선에는 매일 수많은 병사가 전사하자 북쪽에서 모집한 인원만으로는 전사한 병사들의 자리를 충원할 수 없어 부족한 병사를 점령한 남쪽에서 남자들을 눈에 띄는 대로 의용군으로 잡아들였다. 의용군은 국가가 위험할 때 민간인이 자발적으로 군인이 되어 전쟁에 참여하는 것인데, 그들은 말로는 의용군이라면서 강제로 남한의 청장년들과 소년들을 잡아들였다. 점령당한 남한에서 자기 스스로 생명을 내어놓고 인민군이 되어 국방군과 전쟁할 사람은 없었지만, 그들은 강제로 잡아들인 남한 장정들을 의용군이라고 했다.

송인호 일병이 속한 부대는 계속 후퇴했다. 송 일병이 소속된 부대뿐만 아니라 국군은 인민군의 화력을 당해낼 수 없었다. 이대로 밀리면 부산까지 후퇴하여 끝내는 대한민국은 지도상에서 사라지고 말 것 같았다. 유엔군의 참전이 결정되고, 일본에 주둔하고 있던 미군이 이름도 생소한 나라 코리아, 대한민국을 돕기 위해 비행기로 공수되어 7월 1일 부산에 도착했다. 전쟁이 일어나고 일주일도 안 된 6일 만의 빠른 미 지상군 참전이었다. 스미스 대령이 지휘하는 540명의 미 지상군은 7월 5일 충청도 죽미령에서 인민군을 만난 첫 전투에서 인민군 제4사단과 제107전차연대 예하 부대와 전투하며 8시간 동안 인민군의 남진을 막았으나 밀려오는 5,000명의 인민군과 수십 대의 탱크를 당해낼 수 없어 150명이 전사하고, 31명이 실종된 채 많은 장비를 적진에 남겨두고 후퇴했다. 첫 전투에서 많은 희생을 당한 무참한 패배였다. 미군은 전사한 전우의 시체를 옮기지도 못하고 돌무덤을 만들어 놓고 후퇴했다. 북한군은 소련이 제공한 최신 장비로 철저하게 전쟁준비를 하여 미국이 예상한 것보다 전투력이 강했다.

송인호 일병이 속한 부대는 가끔씩 뒤돌아 반격하였으나 뒤쫓는 인민군에게 제대로 된 반격을 펼 수 없었다. 날이 갈수록 전사자가 늘어나 전쟁이 시작될 때 있었던 병사들은 대부분이 전사당하고, 새로 급하게 모집한 신병들로 채워졌다. 민간인으로 보충한 신병들은 훈련도 받지 못한 채 군복을 입혀 전선에 투입되어 전투가 한 차례 벌어질 때마다 수많은 병사가 전사당했다. 부대 내 새로 편입된 전우의 얼굴을 익힐 사이도 없이 전사하고, 또 새로운 신병들로 보충되었다. 그래도 미군 폭격기가 후퇴하는 국군을 엄호하며 추격하는 인민군에게 폭탄을 퍼부어 후퇴하면서도 가끔씩 반격할 여유가 생기고, 미 지상군 일부가 도착했고, 많은 나라 군대가 전쟁을 도우러 온다니 그때까지만 최대한으로 버티면 인민군을 막을 수 있다는 희망이 있었다.

인민군은 국군의 반격이 생각보다 강해 남조선 점령 속도가 계획보다 늦어졌지만, 많은 병력과 소련으로부터 온 우수한 무기로 유엔군이 전 전선에 배치되기 전에 부산까지 점령하려는 생각에 모든 전력을 쏟아부어 공격했다. 국군은 전쟁 초기에 초토화되어 병사의 반 이상이 전사하였지만, 인민군도 한 달 후인 칠월 말 오만팔천 명의 병사가 전사하고, 전투장비도 반 이상이 파괴되었다. 국군은 후퇴하면서 청년들을 급히 모아 전사당해 모자라는 병력을 보충하며 반격을 시도했다. 인민군도 점령한 남한지역에서 소년부터 장년까지 남자면 닥치는 대로 잡아다 인민군으로 전선에 투입했다. 그 결과 형은 국군이고, 동생은 인민군에 잡혀가 서로 적이 되어 총부리를 겨누며 전투하고 있었다. 어떤 인민군 사단은 병사의 8할이 남한에서 강제로 잡아들인 병사로 훈련이 안 되어 오합지졸이었다. 남한 출신 인민군은 전투 중에 틈만 나면 도망가거나 손을 들고 국군에 투항하여 포로가 되었다.

08 붉은 완장 찬 사위

　우희 신랑이었던 이 서방은 안동지역이 인민군에게 점령되자 완장을 찬 큰 벼슬을 하게 되었다. 어느 날 붉은 완장을 차고 처가였던 노송골 우희 집에 찾아왔다. 몇 년 전에 처남 우혁에게 멱살을 잡혀 사립문 밖에 내동댕이쳐져 쫓겨났던 이 서방은 처가에 원한이 많았다. 이 서방은 완장을 차고 당당하게 집 안으로 들어와 장인이었던 김성칠을 만났다.
　"장인어른, 내 아내 돌려주이소."
　"자네 집에 간다고 갔는데 무슨 소린가?"
　"세상이 바뀌었니더. 엉뚱한 짓 하지 말고 얼른 내어놓으소."
　우희는 붉은 완장을 차고 사립문을 열고 들어오는 이 서방을 보고 뒷문을 통해 이웃집으로 숨었다.
　"이 사람아, 자네 집에 간다고 갔는데, 자네 내 딸 어떻게 하고 여기 와서 생떼를 쓰는가?"

"왜 이러십니껴? 장인어른, 장인라고 부를 때 순순히 내어놓아. 나중에 후회하지 말고."

장인에게 반말까지 하며 협박했다. 김성칠은 사위의 왼팔에 두른 완장의 붉은색이 핏빛처럼 보였다. 언젠가는 온 가족이 이 자에게 끔찍한 일을 당할 수도 있다는 생각이 들었다. 사위는 몇 마디 엄포를 놓고 돌아갔다. 사위는 달라진 세상을 등에 업고 기고만장이었다. 사위는 또 올 것이고, 잘못하면 사위에게 어떤 험한 일을 당할지도 몰랐다. 딸 우희가 시댁으로 가기 싫다고 하지만, 가족을 위해서는 우희를 시댁으로 보낼 수밖에 없다고 생각했다. 사위와 딸은 아직 이혼하지 않아서 호적상으로는 부부로 되어 있었다.

김성칠은 딸 우희에게 말했다.

"세상이 변했는데 할 수 없구나. 힘들겠지만 시집으로 돌아가거라."

"아부지, 죽어도 그 집으로 돌아갈 수 없니더."

"완장 찬 이 서방을 누가 당하겠노? 가족을 위해서라도 참고 시집으로 가거라."

우희는 기가 막혔다. 남편이 붉은 완장을 차고 와서 장인인 아버지에게 반말로 협박하고 갔다는 이야기를 듣고 그 모자라고 덜떨어진 인간이 어떤 짓을 할지 몰랐다. 그렇다고 죽기보다 싫은 시댁으로 돌아가라는 아버지가 원망스럽지만, 이대로 친정에 머물고 있으면 온 식구들이 이 서방 그 인간에게 어떤 꼴을 당할지 몰랐다. 이제 우희는 친정 식구들에게 우환이었다. 한편으로 생각하면 출가외인이라고 하지만, 이 난리통에 딸 자식 하나 보호해주지 못하는 부모님이 야속했다.

우희는 그날 밤 작은 보퉁이 하나를 들고 집을 나섰다. 전쟁으로 거리에는 피난민이 넘쳐나는데 우희는 아무 데도 의지할 곳 없이 무작정 피난민을 따라 걸었다. 그렇게 집을 나오느라고 수중에 돈 한 푼 없었다. 일본군 정신대를 피해 하루 만에 신랑을 구해 급히 시집가서 이렇게 된 자기 신세가 가련하여 세상이 너무 가혹하고, 이런 세상에서도 딸을 지켜주지 못하고 죽어도 가기 싫은 신랑에게 돌아가라는 아버지가 원망스러웠다. 우희는 옥이와 같이 간호부로 갔더라면, 옥이처럼 전쟁터에서 부상당한 병사를 간호하다가 포탄에 맞아 죽어 이런 불행한 일을 당하지 않았을 텐데 하는 생각이 들었다. 다시 신랑에게 돌아가는 것은 죽기보다는 싫었다.

우희가 집을 나간 지 이틀 만에 붉은 완장의 사위가 또 찾아왔다. 아내를 내어놓지 않으면 후회할 것이라며 사흘 여유를 줄 테니 아내를 찾아 데려오라고 했다. 인민군 세상이 되어 아들 우혁은 산속으로 의용군을 피해 가서 소식이 없고, 아내와 열 살인 늦둥이 아들 진혁과 사흘 후면 겪을 일을 생각하니 기가 막혔다. 딸은 집을 나가서 찾을 길도 없으니 이제는 사위를 피해서 이사를 갈 수밖에 없었다. 이웃 동네 친구에게 부탁하여 방을 구해 이사했다. 혹시 사위가 집에 불을 지를지 몰라 그동안 집안 사정을 이야기하고 이웃 사람이 와서 거처하며 집을 지키게 했다.

사흘이 지나자 완장을 두른 사위가 찾아왔다. 사립문을 열고 들어서자 낯선 사람이 나왔다.

"누굴 찾아왔니껴?"

"김성칠을 찾아왔니더. 댁은 누구이껴?"

"나는 사흘 전에 이 집을 사서 어제 이사를 왔니더."

"김성칠이 어디로 갔니껴?"

"이사 가는 곳을 갈채주지 않아 모르니더."

"이놈의 영감쟁이 뛰봐야 벼룩이지. 내 손 안에 있어."

완장을 찬 사위는 돌아갔다. 이웃 사람은 김성칠에게 사위가 찾아와서 한 이야기를 들려주었다. 다음날 어떻게 알았는지 이사 간 집으로 몽둥이를 든 젊은이 몇 명을 데리고 사위가 나타났다.

"악질 반동 부르조아를 체포한다."

김성칠은 사위에게 포승줄로 손이 묶여 와룡면 내무서로 끌려갔다. 온 집안이 비상이었다. 김성칠은 이제 인민재판으로 공개처형될 것이었다. 친척들은 김성칠을 구해낼 방법을 생각하다가 이웃에 살던 신수돌을 생각했다. 그는 징용을 피해 지리산에 들어가서 생활하다가 해방이 되어 공산주의자가 되어 돌아왔다. 고향에 온 신수돌은 좌익인 민주연맹 고문으로 활동하며 신탁통치 찬성운동과 5.10선거방해운동을 주동했으며, 대한민국 정부가 들어서자 다시 지리산으로 들어갔다. 신수돌은 인민군이 점령하자 안동으로 돌아와 군 인민위원회에 높은 지위에 있었다. 김성칠의 아내는 신수돌을 찾아갔다. 그리고 남편 김성칠이 와룡면 인민위원회에 묶여간 것을 알렸다. 잡아간 사람이 정신대를 피해 급히 시집보낸 딸 우희의 신랑인 사위인데, 남편이 인민재판을 받고 죽기 전에 살려달라고 애원했다.

신수돌과 김성칠은 이웃에 살던 친구 사이였다. 신수돌은 김성칠이 학식도 있고, 예안 장터 만세운동으로 일 년 동안 일본 감옥살이를 한 것을 알고 있었다. 김성칠을 집으로 돌려보낼 테니 걱정 말라고 했다. 성칠의 아내는 신수돌을 믿으면서도 혹시나 하는 생각에 마음이 조급하여 몇 번이나 거듭 부탁하고 집으로 돌아오면서도 걱정이 태산이었다. 이제 남편을 살릴 수 있는 사람은 이 세상에 이웃인 신수돌밖에 없었다.

다음날 와룡면 인민위원회 이름으로 인민재판이 열렸다. 붉은 완장을 찬 우희의 신랑은 포승줄에 묶인 세 사람의 죄수를 동원된 백여 명의 주민들 앞에 꿇어 앉혀놓았다. 한 사람씩 불러내어 죄를 말하고 인민들의 형식적인 동의를 얻어 처형하는 것이었다. 먼저 나이가 비교적 젊은 사람이 끌려 나왔다.

"김정태, 이 자는 서현리 각골에 사는 자로 애국 빨치산 청년을 경찰에 고발해 죽게 한 자로 용서받지 못할 반역자요. 이 자를 총살형에 처함이 어떻소?"

"옳소, 옳소!"

먼저 짜놓은 각본에 의하여 동원된 인민들 중간중간에 섞여 앉아 있는 몇 사람이 큰소리로 "옳소!"라고 소리치며 선동했다. 보는 사람들은 여기저기서 '옳소' 소리가 나오니 모인 대부분 사람들이 찬성하는 것같이 보였다. 모인 사람들은 아무도 반대할 수도 없었다. 살벌한 분위기가 반대하면 같이 반동으로 몰려 죽을 것 같았다.

"반대하는 사람 있으면 손들어 보이소."

손을 들면 같이 인민재판을 받고 죽을 수밖에 없는 분위기여서 아무도 손을 들 수 없었다. 김정태는 먼저 세워놓은 말목에 눈을 가린 채 묶였다.

"거총, 쏴."

"탕, 탕!"

청년은 말목에 묶인 채 가슴에 피를 흘리며 죽어서 목이 앞으로 숙여졌다. 모인 주민들은 공포에 질려 꼼짝할 수 없었다. 이어서 두 번째 사람의 인민재판이 시작되었다.

"황부영, 이 자는 악질 부르조아로 많은 토지를 가지고 가난한 농민들의 노동력을 착취하였을 뿐만 아니라 소작인의 딸을 강간한 이력도 있는 악질 반동이오. 이 자에게는 총알도 아까우니 죽창으로 찔러 죽임이 어떻소?"

사람들은 총도 아니고 죽창으로 찔러 죽인다니 말만 들어도 소름이 끼쳤다.

"옳소, 옳소…"

여기저기서 '옳소' 소리가 나왔다. 죽창으로 사람을 찔러 죽인다는데도 '옳소' 소리가 여기저기서 흘러나왔다. 마을 사람들은 정신이 나가 있었으나 누구 하나 일어서서 반대할 수도 없었다. 선대인 조선시대 때부터 땅 많은 부자로 살아온 황부영은 인근에서는 모르는 사람이 없었다. 그는 가뭄이 들면 소작료를 면제해 주고, 흉년이 들어 이웃이 굶을 때는 곡식을 나누어주어 동네에서는 굶어 죽는 사람이 없었다. 황 부자는 사람들의 존경을 받으며 살아와 소작인들에게 원한 살 일을 하지 않았다. 더구나 소작인의 딸을 강간했다는 것도 사람들은 처음 듣는 말이었다. 그러나 누구도 일어나 인민위원장이 하는 말이 사실과 다르다는 말을 할 사람이 없었다. 침묵이 흘렀다.

"반대하는 사람은 말해보시오."

사람들은 그게 아니라고 말하고 싶지만, 말할 수 없었다. 이미 황 부자를 죽이기로 마음먹은 인민위원장은 황 부자를 죽이지 말자고 말하면 앞에 불러내어 황 부자와 같이 죽창으로 찔러 죽일 분위기였다. 사람들은 바로 바라보지도 못하고 말없이 고개를 숙이고 있었다.

새파랗게 질린 황부영은 손이 묶인 채 말목 앞에 세워지고, 죽창을 든 청년 셋이서 그 앞에 섰다.

"사형을 집행하시오."

명령이 떨어지자 세 사람의 젊은이는 날카롭게 깎은 죽창으로 황부영의 심장을 찌르자 붉은 피가 뿜어져 나왔다. 사람들은 너무 놀라 비명을 지르는 이도 있었다. 이 강력한 권력의 폭력 앞에 사람들은 무기력해져 아무 말도 못하고, 공포에 떨며 고개를 숙이고

만 있었다. 사람의 생명도 말 한마디로 거두어갈 수 있는 그들의 엄청난 힘 앞에서 누구도 자기 의견을 말하거나 그들의 행동을 반대할 수 없었다. 사전에 각본을 짜서 동원된 군중들은 사이사이에 배치된 사람이 "옳소!"라고 선창하는 말을 따라 말할 수밖에 없었고, 그것으로 인민의 동의를 얻었다고, 인민의 뜻이라며 사람의 생명을 자기들 뜻대로 앗아가는 재판이었다. 동원된 마을 사람들은 생소한 인민재판을 보며 겁에 질려 누구도 자기의 속마음을 이야기할 엄두도 못 내었다. 사람들은 잘못하면 자기도 앞에 끌려나가서 저렇게 총살당하거나 죽창에 찔려 죽을 수 있다는 공포에 휩싸여 꼼짝할 수도 없었다.

마지막으로 김성칠이 사위에 의하여 불려 올라왔다. 김성칠은 앞 사람들의 처형 장면을 보고 정신이 나갔다. 도저히 빠져나갈 수 없는 죽음의 시간이 다가오고 있었다. 한때 자식이었던 사위의 손에 죽으리라고는 생각하지도 못했다. 공산주의는 천륜도 없는 것인가? 사위도 자식인데 부모를 죽이는 자식이 어디 있는가? 아무리 생각해도 자기가 잡혀온 것은 사위의 개인감정이었다. 이런 상황에서도 천륜을 생각하며 그도 인간이기를 마지막까지 희망을 걸어보고 있었다. 그에게도 한 가닥의 양심이 있어 풀어주기를 기도하는 마음으로 간절히 바랐다. 그렇지만 앞 사람들의 처형 광경을 보며 그에게 인간의 양심을 기대하기는 어려울 것 같았다. 이제 자기를 어떤 잔인한 방법으로 죽일지? 가물거리는 의식의 저 너머에서 살아야겠다는 강한 욕구만 있을 뿐 희망은 사라져 갔다.

김성칠은 모든 것을 내려놓을 시간이 되었다. 죽어가는 마당에 기댈 곳도 희망도 없이 정신이 나가 고개를 들어 텅 빈 하늘을 바라보았다. 이제 그가 한때 사위였다는 생각으로 끝내 살려주겠지 하는 미련도 들지 않았다.

이때까지 살아온 지나간 일들이 떠올랐다. 독립만세를 불렀다고 예안 주재소 순사한테 끌려가 죽도록 맞던 때가 생각났다. 온몸이 피투성이가 되어 쓰러져 맞으면서도 지금처럼 체념하지도, 실망하지도, 허망하지도 않았다. 그때는 맞아서 살이 터지고 입으로 피가 흘러나와도 끝까지 잘못했다는 말도, 항복하지도 않고 버티었다. 김성칠의 머릿속에 유혈이 낭자하도록 자기를 두들겨 패던 일본 순사의 모습이 떠올랐다. 그렇지, 그때 성칠을 그렇게 두들겨 패던, 그 자도 일본인 순사가 아니고 조선인 순사였지. 그런 상황에서도 살아남았는데 지금은 남도 아닌 사위였던 자에게 이렇게 당하며 세상을 끝내는구나. 곧 소나기가 오려는지 하늘에는 뭉게구름이 피어오르고 있었다. 이제 조금 후면 내 영혼은 저 구름을 타고 날아가며 이승을 영원히 이별하리라.

그때였다. 지프차 한 대가 인민재판장으로 들어왔다. 군 인민위원회에서 오는 차량이었다. 재판은 잠시 중지되고 재판을 하던 면 인민위원들은 달려나가 맞이했다. 차에서 내리는 사람은 신수돌이었다. 김성칠은 정신이 없어 차량이 들어오는 것도 차에서 내리는 사람이 이웃집에 살던 친구 신수돌이라는 것도 알아보지 못하고 멍하니 하늘만 쳐다보며 모든 것을 내려놓은 채 이 세상에서의 마지막 순간을 기다리고 있었다.

신수돌은 처참한 인민재판 현장을 둘러보며 포승줄에 묶인 채 죽음을 기다리고 있는 김성칠을 보았다. 수돌은 인민의 혁명이라는 것이 이렇게 처참하고 잔인한 것인가 하는 섬뜩한 생각이 들면서도 애써 태연한 척을 했다. 군 인민위원인 신수돌은 묶여 있는 김성철을 가리키며 면 인민위원장을 보고 물었다.

"저 자는 무슨 죄로 붙들려 온 거요?"

"지방 부르주아고 악질 반동입니더."

"어떤 반동 행동을 하였소?"

김성칠의 사위는 장인의 죄명을 바로 대지 못하고 어물거렸다. 그러자 신수돌이 말했다.

"저 자는 내가 아는 자요. 독립운동을 하다가 일본 형무소에 감옥살이한 애국자요. 무언가 면 인민위원회에서 오해가 있었던 모양인데 당장 풀어주시오."

김성칠의 사위는 몇 년 동안 이를 갈며 기다려온 복수의 순간이었지만, 지엄한 군 인민위원의 명령을 거스를 수가 없어 당황해서 더듬거리며 말했다.

"예! 알겠습니더."

"저 사람은 항일투사이니 앞으로 저 사람에게 손대지 마시오."

김성칠은 군 인민위원인 이웃 친구 신수돌에 의하여 죽음의 직전에 아슬아슬하게 생명을 구했다. 그렇지만 김성칠은 정신이 나가 있어 자기에게 무슨 일이 일어나는지도 모르고 멍하니 하늘을 쳐다보며 죽음의 순간을 기다리고 있었다.

　공산국가 건설에 방해가 되는 사람은 누구도 용서하지 않았다. 중국에서 공산혁명을 일으킬 때 살부회(殺父會)를 조직하여 당의 명령에 어긋나는 생각을 하고 있으면 자기 아버지도 죽인다고 했는데, 나라가 뒤바뀌자 목적을 이루기 위해서는 부모도 희생시키는 극렬분자들이 나타났다. 그들은 살부회를 조직하여 자기를 낳아준 아버지를 차마 자기 손으로 죽이지 못하고 서로가 상대의 부모를 죽여준다는 슬프고 소름 끼치는 소문이 돌았다. 집안에 붉은 완장을 찬 당원이 있으면 부모 자식뿐만 아니라 부부간에도 속마음을 이야기할 수가 없는 살벌한 분위기가 되었다. 예안 인근에서는 살부회에 가담하여 자기의 부모를 죽였다는 말은 없으나 사람들의 입을 통해서 들려오는 소문이 너무나 끔찍했다.
　인민군 치하에서뿐만 아니라 국군과 경찰이 후퇴하면서 과거에 좌익활동을 했던 보도연맹 사람들을 수백 명씩 집단으로 총으로 쏴 죽였다는 소문도 있고, 온통 세상이 뒤숭숭해 들려오는 풍문은 소름 끼치도록 흉흉한 일들로 걱정스러웠다.

⑨ 평양에서 출발한 기차

　전쟁물자를 싣고 평양에서 출발한 기차는 개성, 서울, 원주를 거쳐 충청도와 경상도의 경계인 죽령 똬리굴을 지나서 옹천의 십리굴 안에서 멈추어 섰다. 대한민국 국군에는 한 대도 없는 탱크와 자주포를 수백 대 앞세우고 거리낌 없이 쳐내려와 수도 서울을 3일 만에 점령하고, 소백산을 넘어 영주, 안동을 지나 전선은 남쪽으로 계속 내려가니 전쟁물자의 보급로가 길어져 철로를 통하여 기차로 실어 날랐다.

　미국을 비롯한 세계 16개 참전 유엔군은 한국군을 도와 인민군과 맞서 싸우기 위해 부산항에 도착하고 있으나 아직 전열이 정비되지 않아 전선은 의성, 군위를 지나 계속 남쪽으로 밀려 내려갔다. 미군 비행기는 인민군의 후방 보급로를 폭격했다. 소총, 탄환은 물론 포탄을 비롯해 각종 군사무기를 실은 기차가 낮으로는 미군 비행기 폭격 때문에 움직이지 못하고 굴 안에 숨겼다가 밤에만 움직였다. 밤새 달려오던 기차는 날이 밝아오자 옹천 십리굴 안에서 멈추어 있었다. 그러자 미군 비행기가 굴 입구를 폭격했다.

근처에 사는 강정구는 미군 비행기가 폭격하는 광경을 멀리서 지켜보고 있었다. 비행기 세 대가 하늘을 선회하며 한 대씩 굴 입구를 향하여 곤두박질치듯 내리박다가 맥주병처럼 생긴 날개 달린 커다란 폭탄을 떨어뜨렸다. 폭탄은 굴 입구에서 빗나가 산언저리에 떨어져 검붉은 불길과 함께 엄청난 폭음을 내며 터졌다. 세 대의 비행기가 번갈아가며 땅에 닿을 듯 낮게 내려와 폭탄을 떨어뜨리고 치솟아 올랐지만, 굴 입구를 명중시키지 못했다. 그렇게 몇 차례 폭탄을 떨어뜨리다가 한 발이 명중하여 굴 입구의 거대한 시멘트가 깨어지고, 흙이 무너져 철길로 쏟아져 내렸다. 미군 비행기 편대는 그제야 하늘을 선회하다가 굴에서 백여 미터 떨어진 개울을 건너는 짧은 철교에 폭탄을 떨어뜨려 교량이 무너뜨리고, 기수를 남쪽으로 돌려 구름 속으로 사라졌다. 인민군 진지가 아닌 후방 보급로라 대공포가 없어 미군 비행기는 마음 놓고 폭격했지만, 폭탄의 위력은 엄청난 데 명중률은 떨어져 대여섯 발의 폭탄을 퍼부어 겨우 한 발을 명중시켰다.

이튿날 옹천굴에서 삼십 리 밖에 떨어진 예안까지 인민 동원령이 내려졌다. 남자이면 나이와 관계없이 움직일 수 있는 사람을 모두 동원하여 옹천굴 앞의 흙을 퍼내고 무너진 교량에 가교를 설치하면서 굴에서 백 미터 앞 끊어진 교량 반대편에 기차를 대어놓고 포탄을 비롯한 전쟁물자를 옮겨 실었다. 무거운 106밀리 포탄

두 개가 든 상자를 굴 안 기차에서 내려 수백 미터를 지고 가서 파괴된 교량 건너편 기차에 옮겨 실었다. 미군 비행기 때문에 낮에는 옮길 수 없어 해가 지고 밤새도록 포탄과 각종 전쟁물자를 운반했다. 날이 밝아오자 기차를 옹천 아래 물한동 굴속에다 숨겨두었다가 밤이 되어 남쪽 전선으로 가기 위해 움직였다. 기차가 이하와 안동 사이 상아동 굴속까지 가서 숨었을 때 미군 폭격기는 안동 시내 옆을 통과하는 1킬로미터도 넘는 긴 낙동강 철교에 폭탄을 투하했다. 비행기가 철교 교각 사이 철로를 폭격하자 엄청난 폭발음과 함께 불기둥이 솟아오르며 철교가 무너져 내렸다. 미군 비행기 일개 편대 세 대가 번갈아가며 폭격하다 구름 속으로 사라지자 다른 편대가 나타나 나머지 교각 사이 철교에 폭탄을 투하해 모두 부수어버렸다.

인민군은 몇 년 동안 전쟁 준비를 철저히 했다지만, 강을 건너는 도강장비가 거의 없었다. 보병은 보트를 타고 강을 건너거나 물이 얕은 곳은 걸어서 건널 수 있지만, 포병의 대포나, 자주포, 탱크같이 몇 톤이나 나가는 중장비나 탄약, 식량 같은 무거운 전쟁물자는 강을 건너지 못해 전쟁에 어려움이 많았다. 국군이 후퇴하면서 차가 다니는 다리와 기차 철교를 폭파해서 강을 건너는 데 며칠씩이나 걸리기도 했다. 더구나 미군 비행기 공습으로 탱크와 대포, 차량 같은 많은 전투장비가 공격 목표가 되어 낮에는 움직일 수 없었다.

철교가 파괴되어 전쟁물자를 실은 열차가 낙동강을 건너지 못하자 인민군은 안동 일대 민간인들을 동원하여 낙동강에 가교를 건설했다. 만여 명의 사람들을 동원하여 가마니에 모래를 넣어 강바닥에 물이 흘러갈 수 있는 물길을 중간중간 만들고, 말목을 무수히 박아 튼튼하게 만든 다음 모래 가마니를 쌓아 그 위에 자갈을 채워 침목을 놓고 기차 철길을 깔았다. 밤으로만 작업하는 강바닥 철길 공사는 일주일이 넘도록 중장비도 없이 사람의 손으로 하는 큰 공사였다. 강바닥으로 놓은 철길이 완성되자 밤이 되어 안동 상아동 기차 굴속에 숨겨두었던 전쟁물자를 실은 기차가 불빛도 없이 천천히 안동역을 거쳐 임시로 놓은 낙동강 바닥 철길을 건넜다. 순간 여기저기서 "인민공화국 만세" 소리가 터져나왔다. 강바닥 철길 가교 공사가 완공되어 평양에서 출발한 전쟁물자를 실은 기차가 드디어 낙동강을 건넌 것이었다. 기차는 무릉역을 지나 굴속에 숨긴 채 밤이 되기를 기다리는데, 미국 공군의 폭격기가 폭탄으로 무릉 남쪽의 철교를 모조리 부수어버려 전쟁물자를 실은 기차는 굴속에서 멈추어 선 채 더 이상 남쪽 전선으로 갈 수 없었다.

    일주일 동안 낙동강 철로작업에 동원된 사람들은 이튿날 아침 해가 뜨자 풀려났다. 우혁과 친구인 상현, 삼진, 원철도 철로 공사장에서 풀려났다. 이들은 일주일 전 산속으로 피신하다가 인민군에게 붙들려 안동 낙동강 교량 가설작업 현장으로 끌려온 것이었다. 의용군이 아니라 철로 공사장으로 가게 된 것이 천만다행이었다. 지게를 지고 삽 들고 안동까지 잡혀와서 미군 비행기 폭격을 피해 밤으로만 작업해서 폭파된 낙동강 철교 밑 강바닥으로 철길을 연결하고 풀려난 것이었다.

전쟁 중이라 버스가 다니지 않아 오십 리도 넘는 길을 걸어서 집까지 가야만 했다. 넷이서 안동 도립병원 앞을 지나오는데 부상당한 인민군 병사가 넓은 병원 마당에 빈틈없이 누워 있고, 2차선 도로와 인도까지 가득했다. 병원 정문에서 백 미터도 넘는 북문동 개울을 건너는 다리까지 길바닥에 인민군 부상 병사들이 누워 있어 만여 명도 넘을 것 같았다. 병사들은 총탄과 포탄 파편에 맞아 응급처치로 붕대를 감은 온몸이 피로 얼룩져 있었다. 야전병원 시설도 없고, 의사와 간호사도 몇 명 되지 않는데 부상병들은 도립병원 마당과 근처 도로를 뒤덮은 채 방치되어 있었다. 그런데도 남쪽 일선 전쟁터에서 인민군 부상자들을 트럭에 싣고 와서 병원 근처 도로 바닥에 계속 내려놓았다. 두 다리가 잘려나가 동여맨 붕대에 피가 흥건히 배어 있는 병사는 지나가는 우혁 일행의 바짓가랑이를 손으로 잡으면서 애원했다.

"아저씨, 병원 정문까지만 저를 옮겨주세요. 제발 살려주세요."

병사는 울음 섞인 말로 간청했다. 너무 딱하고 불쌍했다. 그렇지만 네 사람은 그 부상한 병사의 애절한 호소를 들어줄 수 없었다. 철로 공사장에서 간신히 풀려나왔는데 이제 다시 잡혀서 의용군으로 끌려가게 되면 인민군이 되어 전쟁터에 투입될 것이었다. 또 부상병을 옮기다가 인민군 의무병들에게 붙들리면 일손이 없어 만여 명의 부상병이 그대로 병원 마당과 길바닥에서 죽어가는데, 바로 부상병을 옮기는 일에 동원되고 말 것이었다.

　우혁 일행은 바짓가랑이를 잡고 애원하는 인민군 부상병을 억지로 떼어놓고 도망가듯 뛰어서 북문 다리를 건너 예안 방향으로 향했다. 마음속으로는 도와주고 싶지만, 수많은 부상병을 감당할 수도 없고, 잡히는 날이면 인민군이 되어 전쟁터로 끌려가 총 들고 국군과 싸우다가 포탄에 맞아 죽거나 이들과 같이 부상당하여 치료도 제대로 못하고 길바닥에서 죽을 것이라는 생각이 들었다. 뿌리친 병사가 치료받지 못한 채 길바닥에서 죽어갈 것을 생각하니 죄지은 것 같아 네 사람은 말없이 걷고 있었다. 전쟁이 아니고 의용군에 잡혀갈 위험성이 없다면 며칠이고 그들을 위해 일할 수 있을 것 같은 생각이 들었으나 지금은 그럴 상황이 아니었다. 우혁 일행은 부상당해 죽어가는 병사를 냉정하게 물리친 것은 어쩔 수 없는 일이라고 스스로를 위안하며 걷고 있었으나, 스무 살도 안 된 앳된 소년 부상병이 살려달라며 매달리던 모습이 머릿속에서 지워지지 않아 마음이 편치 않았다.

　그때 "방공, 방공!" 하는 소리가 들렸다. 하늘에서 쌕쌕이라고 부르는 미군 전투기 두 대가 땅에 닿을 듯 낮게 날아오고 있었다. 어디 피할 곳이 없어 지게를 진 채 길가에 엎드렸다. 귀청을 찢을 듯한 비행기의 금속음과 함께 엎드린 도로 위로 기관총을 마구 쏘아대었다. 총알이 도로 위에 박히자 먼지가 일직선을 그리며 "폭폭폭…" 일어나며, 상현 일행이 엎드려 있는 옆으로 총알이 쏟아져 내렸다. 원철은 지고 있는 지게가 "타닥!" 부서지는 소리를 들으며 정신을 잃었다. 비행기에서 쏘는 기관총은 캐리바50으로, 비행기나 탱크를 잡는 총알로 엄청난 위력이 있어 사람이 맞으면 살아날 수 없었다.

"해제, 해제!"

비행기가 돌아가자 방공이 해제되었다.

원철이 일어나지 못했다. 원철이 일어나지 않자 세 친구는 쓰러져 있는 원철을 살펴보았다. 지게 목발이 캐리바50의 총알에 맞아 부서져 있었다. 기관총탄에 맞아 죽은 것은 아닐까 하고 당황하며 일행은 원철의 몸을 살펴보았다. 피가 나는 곳은 없었다. 총알이 지게 목발에 맞아 목발나무가 부서지며 도로의 흙속으로 파고 들어간 것이었다. 몸에서 십 센티 벗어나 아슬아슬하게 스쳐갔다. 원철은 흔들어 깨워도 일어나지 못했다. 여기서 얼쩡거리다가 내무서원이나 인민군한테 잡히면 의용군으로 끌려갈 텐데 마음이 급했다. 상현이 원철을 발로 집어 찼다.

"야! 비행기 갔으니께 일어나."

원철은 눈을 뜨고 쳐다보면서도 일어나지 못했다.

"총 안 맞았어! 니는 안 죽었으니 얼른 일어나."

상현이 고함쳤다.

"뭐! 내가 안 죽었어?"

원철은 소리치며 벌떡 일어났다. 그런 상황에서도 세 친구는 웃음이 터져나왔다. 그들은 도로를 따라 걸을 수 없었다. 도로로 걷다가는 십 리도 못 가서 내무서원이나 인민군한테 붙들려 잡혀 갈 것이었다. 네 사람은 산을 타고 사람의 눈을 피해 가며 예안까지 걸어왔다. 도로를 따라 걸으면 다섯 시간이면 올 거리를 빈 지게를 지고 내무서원을 피해 산 능선을 넘고 계곡을 지나며 집에 도착하니 밤중이었다. 날이 새면 의용군을 잡으러 나오는 내무서원의 눈을 피해 산속 생활을 계속할 수밖에 없었다.

❿ 의용군으로 잡혀간 안동철

　유엔군이 참전하자 전쟁의 양상은 달라지고 있었다. 전선은 삼팔선이 무너지고 순식간에 서울이 점령당해 소백산 너머 영주, 안동, 군위를 지나 대구의 관문인 다부동까지 밀려왔지만, 후퇴만 하던 국군은 대구 사수를 위해 결사적으로 반격하여 피아 간에 많은 전상자가 속출했다. 서쪽으로는 호남지방 전역을 점령하여 대한민국 대부분을 장악한 인민군은 섬처럼 남은 대구와 경남만 점령하면 적화통일이 완성된다고 사력을 다해 공격하였으나 전선이 길어질수록 보급물자가 딸리고, 많은 병사가 전사하여 북쪽에서는 더 이상 보충할 병력이 없었다.

　통계에 의하면 개전 초기에 대한민국 국군은 103,827명인데 비해 조선인민공화국 인민군은 국군의 두 곱이나 되는 201,050명이었으며, 대포와 각종 화기가 있고, 국군에게는 한 대도 없는 자주포와 탱크가 수백 대나 되어 국군을 쉽게 섬멸할 줄 알았으나 국군은 괴멸되지 않았다. 국군은 후퇴하면서도 빈약한 무기로 대항하며 전사한 병사의 자리에 민간인을 계속 보충하며 일정한 병력 수를 유지하고 방어하면서 후퇴하고 있었다.

전쟁이 시작되고 한 달이 지난 7월 말 인민군 58,000명이 전사했다. 물론 국군도 반 이상의 병력이 전사했다. 전쟁이 발발하고 40일 후인 8월 5일 인민군은 병사 3분의 2나 잃고 탱크, 자주포를 비롯한 전쟁장비도 3분의 2나 파괴되어 전력이 약화되어 병력 수급과 병참 보급이 급선무였으나 북쪽에서는 확충할 병력이 거의 없었다. 인민군은 점령한 남쪽의 소년에서 청장년까지 의용군이란 이름으로 잡아서 모자라는 병력을 보충했다. 도시에서는 청년들을 모아 놓고 강제로 분위기를 띄워 끌고 가고, 시골에서는 내무서원과 인민군들이 소년, 청장년을 눈에 띄는 대로 잡아다 최전방 전쟁터에 몰아넣었다. 안동전투에 배치되었던 인민군 13사단은 80퍼센트가 의용군이란 이름으로 남한에서 잡아 강제로 끌고 온 병사였다. 이렇게 잡혀서 훈련도 받지 못하고 전선으로 끌려온 남한 출신 인민군들은 전쟁에서 많이 희생되었고, 또 감시가 소홀하면 탈영하여 도망갔다.

면 단위 인민위원회에서는 피난 못 간 집마다 젊은 사람을 파악하여 매일 잡으러 나와 온 집을 뒤지며 식구들을 겁박했다. 젊은 남자들은 낮이 되면 산속으로 피신했다. 피난 가지 못한 상현의 집안에는 젊은이가 다섯 명이나 있었다. 상현 형제와 친척 두 명과 머슴까지 모두 이십 대 청년이었다. 농사철인데도 사경을 받고 온 일꾼까지도 농사일은 엄두도 못 내고 의용군에 잡혀가지 않기 위해 낮으로는 산속에 숨어 지내고, 간혹 밤으로는 집에 와서 옷을 갈아입고 갔다. 여름철이라 산속 생활이 춥지 않아 다행이었다. 끼니때가 되면 사람들의 눈에 띄지 않게 집 근처 숲속에 기다리면 아이들이나 노인들이 식사를 날라다 주었다.

내무서 소속의 이웃 동네 사람들이 붉은 완장을 차고 날마다 찾아와서 온 집을 수색했다. 노인들과 부녀자에게 아들과 남편을 내어놓으라고 으름장을 놓거나 설득했다.

"영광스러운 조국통일 전쟁에 나가는 것이 애국입니다. 아주머니, 남편 숨은 곳을 대이소."

"집을 나가고 소식이 없니더."

"아주머니, 자꾸 이러면 아주머니도 잡혀가서 인민재판을 받게 되니더."

"인민재판을 받아도 모르는 것 어떠케 하니꺼."

의용군을 잡으러 완장 차고 온 사람은 이웃 동네에 사는 남편의 친구였다. 그들은 한두 살 되는 아이를 붙들고 물었다.

"너그 아부지 밤으로는 오지? 아부지 어디 갔니?"

"우리 아부지 없어요."

어머니는 아이에게 내무서원들이 물을 것을 대비해서 아버지를 아저씨라고 부르게 반복 연습을 시켜놓은 것이었다. 의용군 모집을 피해 낮에는 산속 넝쿨이나 숲속에서 생활하고, 밤으로 집에 와서 잠자다가 문 밖에서 사람 소리가 나면 뒷문으로 도망갔다.

대문을 두드리는 소리에 깨어나면 완장을 두른 내무서원이 집으로 들이닥쳤다. 때로는 총을 든 인민군 복장을 한 사람과 같이 나와서 집 안 구석구석과 여자들이 자는 안방에 들어와 이불 속까지 들춰보며 수색했다. 방 안에서 자던 상현은 내무서원이 사립문을 열고 들어와 방문을 두드리자 집 밖으로 피신할 수 없어 부엌문을 열고 나가 부엌 천장과 지붕 사이 다락으로 올라가 숨었다. 다락에는 그을음이 꽉 차 있었다. 밤새 그을음 속에서 지내다가 아침에 다락에서 내려온 상현의 옷과 얼굴에 온통 그을음이 새까맣게 묻어 있었다.

상현의 이웃 동네에 사는 친척 안동철은 전쟁이 일어나자 식구들을 데리고 피난 갔다. 탱크를 앞세운 인민군이 쳐내려오자 아무런 대비도 없던 국군은 후퇴를 거듭하여 고향이 전쟁터가 될 것 같아 식구들이 피난 보따리 이고 지고 온종일 걸어서 안동역에 도착했다. 일찍 도착한 사람들은 부산까지 가는 기차를 탔는데 동철의 식구들이 안동역에 도착하자 마지막 기차는 지붕 위에까지 피난민들을 빽빽이 태우고 출발해버렸다. 동철의 식구들은 걸어서 남쪽으로 향했다. 인민군의 속도가 빨라 피난민을 앞질러 남쪽으로 진격하고 있어 피난민들은 전쟁터만 따라다니는 꼴이 되었다. 집 떠나면 고생인데 노인과 아이들을 데리고 노숙하며 전쟁터를 이리저리 피해 다니는 피난생활은 고난의 연속이고, 인민군과 국군의 틈바구니에서 언제 죽을지도 모르는 하루살이 같은 생활이었다. 때로는 인민군과 뒤섞여가는 피난민을 향해 미군 비행기가 기관총을 쏘고, 폭탄을 떨어뜨려 많은 사람이 죽었다.

내무서원들은 피난 가는 청장년들을 닥치는 대로 의용군으로 잡아갔다. 동철은 식구들과 의성을 지나가다 죽창을 든 내무서원에게 붙들렸다. 온 식구들이 매달려 사정해도 소용이 없었다. 내무서원들은 일선에서 전사하여 모자라는 인민군 수를 채우기 위해 남자들은 소년이나 사십이 넘은 중늙은이나 가리지 않고 닥치는 대로 잡아들였다. 내무서원들은 민간인 옷을 입었지만 왼쪽 팔에 두른 붉은 완장의 위력은 엄청나서 동철은 죽음의 전쟁터로 끌려가면서도 거역할 수도, 반항할 수도 없었다. 잘못 도망치다가는 죽창에 찔려 죽을 것이었다. 동철은 울부짖는 식구들을 뒤로하고 끌려가면서 말했다.

"의용군으로 가도 다 죽는 것은 아니니, 언젠가는 고향으로 갈 테니 걱정 말고 고향으로 돌아가서 기다리이소."

동철은 도망칠 기회도 없이 인민군 부대로 넘겨졌다. 백여 명의 청장년들이 먼저 잡혀와 있었다. 그들 중에는 나이 열다섯 살쯤 되어 보이는 소년과 마흔은 넘어 머리카락이 희끗희끗한 중늙은이도 있었다. 잡혀온 사람들 모두 머리 깎고 인민군 복장으로 갈아입혔다. 도망칠 엄두도 낼 수 없었다. 도망치다 잡히면 바로 총살당하고 말 것이었다. 제식훈련과 기본훈련을 잠깐 받고 따발총 사격훈련을 받았다. 조준사격 연습을 몇 시간 되풀이하고, 수류탄 투척과 간단한 총검술 동작으로 백병전 훈련을 받고, 밤에는 열 시가 넘도록 사상교육을 받았다. 2박 3일 동안 아주 간단한 군사교육을 받고 전선에 투입되었다.

　백여 명의 남한 출신 의용군들은 수십 명씩 나누어 낙동강 전선 인민군 부대에 배치되었다. 부대 내에는 의용군으로 잡혀온 남조선 출신 병사들이 많았다. 강제로 잡혀온 남조선 출신 병사들은 감시의 대상이었다. 동철은 자기 뜻과는 관계없이 머리 깎고 인민군이 되어 국군과 유엔군을 상대로 싸워야만 한다는 것이 혼란스러웠다. 훈련도 제대로 받지 못했지만, 인민군을 위해서가 아니라 자신이 살아남기 위해서는 국군과 유엔군을 상대로 싸우지 않을 수 없었다.

　총탄이 빗발처럼 쏟아지고 포탄은 여기저기 검붉은 불기둥을 일으키며 터지는 전쟁터 한가운데서 정신이 없었다. 미군 비행기는 시도 때도 없이 날아와 폭탄을 퍼부었다. 무엇을 어떻게 해야 할지 당혹스럽지만, 살아남기 위해서는 옆에 있는 인민군 전사들을 따라 움직이며 총을 쏘고 수류탄을 던졌다. 국방군에는 한 대도 없다던 탱크가 미군이 들어오자 전선에 나타나 포탄을 퍼부었다. 밤낮을 가리지 않는 전투로 피아 간에 수많은 사상자가 나왔다. 동철은 살기 위해서 국군에게도, 얼굴색이 희고 검은 유엔군에게도 총을 쏘고 수류탄을 던졌다. 옆에서 같이 싸우던 인민군 전사가 피를 흘리며 죽어가는 것을 보며 자신도 언젠가는 국군의 총탄이나 포탄의 파편에 맞아 죽어 시체로 변할 것이라는 생각이 들었다. 그렇게 인민군으로 죽어 고향 식구들에게 연락하지도 못한 채 땅속에 묻혀 한 줌의 흙으로 사라지고 말 것 같았다.

8월에 들어서며 더위가 기승을 부려 온몸은 땀에 절어 쉰 냄새가 나고, 모기가 달려들어 피를 빨았다. 몸에는 땀띠가 나고, 씻지 못해 부스럼이 나서 피부는 헐어 있어도 바를 약도, 씻을 물도 없었다. 동철은 피난 중에 잡혀와 자신의 뜻과는 관계없이 인민군이 되어 있는 것이 생각할수록 기가 막히지만, 탈영할 기회도 없었다. 처음으로 멀리 있는 얼굴이 새까만 미군을 보았다. 세상에 흑인이 있다더니 멀리서 바라다본 미군은 얼굴이 까만, 검은 피부를 가진 사람이었다. 아무런 원한도 없는 이역만리에서 온 말도 통하지 않는 사람들과 적이 되어 서로를 죽여야 하는 현실이 참담했다. 전쟁만 아니면 말은 통하지 않지만, 웃으며 만날 수 있는 사람들인데 왜 서로를 죽여야 하나? 생각하면 참 어처구니없었다.

동철은 남쪽에서 태어난 대한민국 국민인데 어이없게도 북쪽 인민공화국의 군인이 되어 내 고향을 지키려는 국군과 유엔군을 향해 총을 쏘고 있었다. 그렇지만 지금은 이념과 나라를 떠나 국군과 유엔군을 죽여야 내가 살 수 있었다. 그들은 나라와 사상과 인연을 떠나 죽여야 할 적일 뿐이었다. 동철은 자신의 의지와는 상관없이 인민군이 되어 머리 깎고 인민군 군복을 입고, 따발총을 들고서 유엔군과 자신이 태어난 나라 대한민국 국군과 싸우고 있었다.

전투는 밤낮을 가리지 않고 격렬했다. 8월에 들어서자, 다부동 전투에 인민군은 제1사단, 13사단, 15사단과 제105전차사단을 투입하여 사력을 다해 공격했다. 평양에서는 이 고비만 넘기고 대구를 점령하면 부산까지는 거의 평야지대라 쉽사리 점령하여 남조선 통일을 완수하리라고 생각하고 전 병력을 투입하여 진격을 독촉하면서 총력전을 펴고 있었다.

낙동강변 왜관지역은 땅이 넓고 기름져 많은 사람이 살고 있었다. 거기다가 피난민들이 몰려들어 거대한 난민촌이 되었다. 8월 3일 오전부터 사이렌이 울리고, 전단이 뿌려지고, 확성기에서는 이때까지와는 다른 방송이 나왔다.

"친애하는 주민과 피난민 여러분! 오후 여섯 시까지 이 지역에서 이십 리 밖으로 물러나지 않으면 모두 적으로 간주하고 포격하겠습니다. 오후 여섯 시 전으로 이 지역 밖으로 물러나십시오. 다시 한번 말씀드립니다…"

비가 부슬부슬 내리는데도 주민들은 급히 피난 보따리를 싸서 낙동강 다리를 건너 대구 쪽으로 향했다. 이곳에는 미군이 주둔하여 더는 인민군을 피해 피난 가지 않아도 될 것으로 생각했던 피난민과 주민들은 당황스럽지만, 오후 여섯 시까지 피난 가지 않으면 모두 죽이겠다는 방송에 떠나지 않을 수 없었다. 주민들은 급히 피난 보따리를 싸서 이고 지고 아기를 업고 왜관 다리를 통해 낙동강을 건너고 있었다. 피난민 중에는 민간인 복장을 한 북한 게릴라도 섞여 있어 미군이나 국군 측에서는 강을 건너는 피난민과 주민을 격리하여 수용했다. 여섯 시가 가까워 오는데도 피난민은 계속 다리로 몰려들고 있었다. 다리 폭파를 책임지고 있는 미군 제1기병사단장 게이 소장은 초조했다. 인민군이 뒤따라오는데 많은 피난민이 아직 다리를 건너지 못하고 있는 상태에서 날은 저물었다. 인민군은 거의 다리에 도착하는데 더 이상 폭파시간을 미룰 수 없었다.

밤 여덟 시 반, 아직 피난민이 모두 다리를 건너지 못했지만, 폭파 명령이 내려졌다. 총 길이 469미터인 낙동강을 건너는 왜관 다리 중에 둘째 교각부터 63미터 구간이 폭파되어 부서져 버렸다. 다리가 폭파되자 강을 건너지 못한 피난민들은 강의 수심이 얕은 쪽으로 뛰어들었다. 생사가 걸린 절박한 순간이라 이고 지고 가던 피난 보따리를 버리고 맨몸으로 강물에 뛰어들었다. 아이의 손을 잡고 건너던 여인은 아이가 떠내려가자 아이를 찾으려 울부짖으며 물결에 같이 휩쓸려 어둠 속으로 사라졌다. 많은 사람이 강물에 떠내려가 익사했다.

동철이 소속된 인민군 부대는 국군과 미군이 강 건너로 후퇴하고 텅 빈 낙동강 가를 점령했다. 강변을 점령했지만, 다리가 폭파되어 며칠이 지나도 강을 건널 수 없었다. 강바닥에 모래 가마니를 깔아 탱크를 건너가게 하려고 하였으나 국군 포격과 미 공군의 폭격으로 실패하여 낙동강을 사이에 두고 대치하고 있었다.

국군 중에는 검은 학생복을 입은 학도병도 보였다. 그들은 전쟁이 일어나자, 훈련도 받지 못하고 교복을 입은 채 M1 소총사격과 수류탄 던지는 것을 몇 번 연습시켜 전선에 배치한 것이었다. 동철은 남쪽에서도 공부하던 중고등학교 학생들까지 동원하여 군복이 없어 학생복을 입은 채 일선에 투입된 것 같았다. 학도병들은 나이 열여섯 살쯤 되어 보이는 어린 학생들이었다. 자신도 피난 도중에 붙들려 강제로 인민군에 끌려왔는데 전쟁은 나이와 개인 사정과는 관계가 없이 소년에서 장년까지 남자들은 모두 잡아들이는 것이 인민군이나 국군이나 마찬가지였다. 그 붙잡힌 주체에 따라 국군과 인민군으로 갈라져 총부리를 겨누며 서로를 죽이며 전쟁하는 것이었다. 전쟁터에서는 이렇게 붙잡혀와 자기의 의지와는 관계없이 형제간, 부자간에도 적이 되어 서로에게 총을 쏘고, 수류탄을 던지며 죽일 수밖에 없었다.

8월 15일, 작년까지는 광복절에 예안국민학교 운동장에 온 면민이 모여 행사했는데, 지금 동철은 낙동강을 사이에 두고 국군과 미군을 상대로 싸우는 인민군이 되어 있었다. 일 년 전만 하여도 자신이 인민군이 되어 국군과 싸울 줄은 꿈에도 생각하지 못했다. 밤새도록 서로에게 박격포와 대포를 쏘며 공방전을 벌였으나 낙동강을 건널 수 없었다. 동철은 낙동강변 언덕에 개인 참호를 깊게 파고 따발총구를 강 쪽으로 향한 채 피로가 몰려와 깜빡깜빡 졸았다. 아침이 되어 소금물에 적신 주먹밥을 먹었다. 전투식량으로 마대에 넣어 둘둘 말아 어깨에 메고 다니며 먹는 미숫가루는 며칠을 먹어서 떨어지자 주먹밥이 공급되어 먹어도 늘 배고팠다. 어떤 때는 식사도 공급되지 않아 몇 끼씩 굶을 때도 있었다.

점심때가 지났으나 오늘도 점심은 없었다. 동철은 전진도, 후퇴도 못하고 참호 속에서 살아남기 위해 낙동강 너머 국군과 미군 진지를 향하여 총을 쏘고 있었다.

16일 시계는 정오가 다 된 11시 50분이 넘어섰다. 천지를 둘러엎을 듯한 요란한 소리와 함께 커다란 미군 B-29가 온 하늘을 새까맣게 뒤덮으며 날아왔다. 상상도 할 수 없는 규모였다. 지옥에서 오는 괴물처럼 왜관의 넓은 하늘을 온통 뒤덮었다. 그리고 커다란 폭탄이 장대비같이 온 하늘을 가득 메우며 떨어졌다. 어디 피할 곳도, 숨을 수도 없었다. 순간 낙동강 강가는 검붉은 화염과 치솟는 불기둥으로 아무것도 보이지 않았다. 동철은 깊게 판 호 속에서 따발총을 안고 옹크리고 앉아 두 손으로 귀를 막고 눈을 감았다. 귀를 막고 있어도 귀청이 떨어져 나갈 것 같은 폭발음에 땅이 들썩이고, 온몸이 이리저리 마구 흔들렸다. 살아날 길이 없이 이대로 죽을 수밖에 없는 것 같았다. 동철은 폭발음과 자욱한 흙먼지와 화염에 싸여 정신을 잃었다. 얼마를 지나 눈을 뜨자 화약 냄새와 부옇게 피어오르는 화염 사이로 하늘의 햇볕이 어렴풋이 보였다. 동철은 자신이 죽어 저승에 왔을 거라고 생각했다. 햇볕도, 매캐한 화약 냄새도 조금 전까지 동철이 있었던 낙동강변과는 다른 세상같이 느껴졌다. 한 번도 와보지 않았던 세상에 들어온 것 같은 착각을 일으키며 동철은 호 속에서 몸을 일으켜 주위를 살펴보았다. 땅과 하늘을 뒤덮은 화염 속에서도 동철은 살아남았다. 옆에는 팔과 다리가 떨어져 나가고, 몸에서 떨어져 나온 인민군의 머리가 피와 흙에 엉켜 참혹한 모습으로 나뒹굴고 있고, 형체도 알아볼 수 없도록 망가진 병사들의 시신이 이리저리 흩어져 있었다. 인민군이지만 국군과 미군의 공격으로부터 동철의 옆을 지켜주던 든든한 전우였는데, 처참하게 찢어져 흩어져 있는 동료의 시체를 보며 동철은 자기도 지금은 요행히 살아났지만, 언제 저렇게 죽을지 모른다고 생각했다.

1950년 8월 16일 오전 11시 58분에서 12시 24분까지 26분 동안 미 공군은 낙동강 전선을 사수하기 위해 일본에서 출발한 B-29 폭격기 98대로 96톤의 폭탄을 왜관 낙동강변 가로 7킬로미터, 세로 12킬로미터 공간의 인민군 진지 위에 융단폭탄을 퍼부었다. 수많은 인민군이 전사했다. 인민군들은 남조선을 거의 다 점령하고 마지막 남은 대구, 경남을 점령하고 전쟁을 끝내기 위해 총력전을 펼쳤으나 이날의 미 공군의 엄청난 폭격으로 전쟁에서 미국을 비롯한 연합군의 화력에 놀라 자신감을 잃고 패전의 길을 걷기 시작했다.

동철이 속한 왜관의 인민군 부대는 낙동강 강변 융단폭격으로 대부분이 전사하여 부대가 와해되자 다른 부대와 교대하고 살아남은 몇 명의 병사를 재편하여 다부동 전선으로 보내어 각 고지에 배치되었다. 동철이 새로 편입된 부대에서는 수암산과 유학산에서 밀고 밀리는 공방전을 거듭하다가 836미터인 유학산을 점령하였다.

8월 21일 밤, 산 아래 다부동 골짜기에서 전차전쟁이 벌어지고 있었다. 미군이 참전하면서 가져온 탱크가 다부동 전투에 등장했다. 천평에서 다부동으로 이어지는 길고 좁은 계곡에서 인민군은 탱크를 이용하여 한국군과 미군을 공격해왔다. 미군 포병부대에서 수많은 포탄을 퍼부어 인민군 탱크와 그 뒤를 따르는 보병들을 분리했다. 그리고는 미군은 탱크를 투입해 미군 탱크와 인민군 탱크가 맞부딪치는 전차전쟁이 벌어졌다. 2차 대전 때 아프리카 사막에서 패튼 전차군단이 독일의 롬멜 전차부대와 싸운 전차전 같은 탱크전쟁이 높은 산으로 둘러싸인 다부동의 좁은 계곡에서 벌어졌다. 인민군과 미군 탱크에서 발사된 포탄이 상대방의 탱크를 향해 수없이 날아갔다. 탱크전쟁은 밤새도록 다섯 시간 동안이나 계속되었다. 유학산을 점령한 인민군뿐만 아니라 고지전을 벌이던 미군 병사들도 계곡에서 벌어지는 탱크전쟁을 바라보고 있었다. 산 중턱에서 탱크전을 바라보고 있던 미군들은 양 진영 탱크에서 발사하는 포탄이 볼링공이 굴러가는 것 같다고 하여 이 탱크전투를 "볼링엘리전투"라고 불렀다. 인민군 탱크부대는 삼팔선을 넘어 남한을 공격하면서 처음 마주치는 미군 탱크와의 전쟁이었다. 이날 탱크전쟁에서 인민군은 대패하여 많은 수의 탱크가 파괴되었다.

　탱크전쟁에서뿐만 아니라 미 공군의 폭격으로 인민군은 자주포가 파괴되고, 포병 진지가 초토화되면서 후방의 화력지원이 되지 않자 대혼란이 일어났다. 인민군은 각 전선에서 전쟁물자가 원활히 보급되지 않아 전쟁 수행을 제대로 할 수 없었다. 자주포는 포탄이 떨어지고, 휘발유가 떨어져 차량이 움직일 수 없어 인민군은 패색이 짙어갔다.

대부동 양쪽의 산에서는 국군과 인민군의 공방전이 계속되었다. 인민군은 수없이 밀려오는 국군을 향해 총을 쏘고 수류탄을 던지며 사력을 다했으나 수천 명의 병사가 죽고, 유엔군 지원을 받은 국군의 공격에 더 이상 버틸 수 없어 후퇴를 결정했다. 쏟아지는 국군과 미군의 포탄에 맞아 산의 나무는 모두 쓰러져 민둥산이 되어 허연 생채기를 드러내고, 인민군과 국군 전사자의 피로 고지는 붉게 물들어 있었다. 국군의 진격을 저지하던 인민군 기관총 사수가 전사하였다. 병사들이 후퇴하려면 기관총으로 추격해오는 적을 향해 계속 사격하여 적의 추격 속도를 최대한으로 늦추어야 하는데 누군가 남아서 기관총을 쏘면서 주력부대가 후퇴할 수 있는 시간을 만들고 기관총 사수 자신은 전사당해야 했다. 소대장은 동철을 지목하였다. 그리고 도망가지 못하게 발목에다 쇠사슬을 채워 기관총에 연결하여 놓았다.

"동무! 영웅적인 투쟁을 바라오. 동무의 영웅적인 투쟁이 전사에 길이 남을 거요. 많은 국방군과 미군 아새끼들을 사살하시오."

동철은 죽은 목숨이었다. 쇠사슬에 묶인 발목을 바라보며 이렇게 인생이 끝나가는 것이 당황스럽고 서럽고 기가 막혔다. 동철은 피난 중에 강제로 잡혀와 인민군이 되었다. 낙동강 왜관전투에 투입되고, 살기 위해서 남들보다 더 깊게 개인호를 파고, 국군과 미군을 향하여 총을 쏘았다. 이제 혼자 남아 아무리 기관총을 난사하며 발악하여도 살아날 길이 없었다.

　동철은 죽기 싫었다. 총을 쏘지 말고 항복하자. 국방군을 위해서라기보다 자신이 살아남기 위해서였다. 그러면 국군은 죽이지 않고 포로로 잡아, 살려줄 수도 있을 것 같았다. 사살될 수도 있지만, 포로로 잡히면 전쟁이 끝나고 언젠가는 풀려나서 고향에 돌아갈 수도 있다는 희망이 생겼다. 동철은 고향 예안 생각이 떠올랐다. 낙동강 강가에서 친구들과 빨가벗고 목욕하며 물고기 잡던 어린 시절이 눈에 선했다. 설날이 되면 집안인 상현네 집에 가서 세배하고 제사 올리고 나서 먹던 김이 모락모락 나던 떡국 생각이 났다. 피난 중에 혼자 된 처녀를 만나 산속을 헤매며 밤을 새우다가 맺은 짧은 인연이 머릿속에서 지워지지 않았다. 갈 곳 없는 그 처녀를 데리고 식구들과 피난을 가다가 의용군으로 잡혀왔는데, 지금쯤 그녀는 식구들을 따라 고향에 가서 자신을 기다리고 있을 것이라는 생각이 들었다. 어쩌면 그 처녀가 평생의 반려자가 될 것만 같았다. 그래, 고향으로 돌아가자. 여기서 이대로 죽을 수는 없다. 하늘을 새까맣게 덮고 날아온 B-29에서 장대비처럼 내리 퍼붓는 폭탄 속에서도 살아남았는데 여기서 이렇게 허무하게 죽을 수 없다. 어떻게 해서든지 살아남아야 한다.

　동철은 의용군으로 붙들려와서 머리를 깎고 인민군 군복을 입으면서 내복은 집에서 입었던 러닝을 그대로 입고 있었다. 동철은 기관총을 쏘지 않았다. 그리고 땀에 절어 갈색이 되어버린 러닝을 벗어 나무 막대기에 걸어놓았다. 국군은 기관총탄이 빗발처럼 날아와 접근도 못했던 인민군 기관총 진지에서 사격을 하지 않고 항복 깃발이 걸린 것을 보고 돌격하여 고지를 점령했다. 인민군은 모두 후퇴하고 한 병사가 쇠사슬로 발이 묶여 기관총에 연결된 채 손을 들고 항복했다. 기관총에는 수백 발의 탄환이 옆으로 길게 연결되어 있었다.

"야! 인민군, 너는 왜 총을 쏘지 않고 항복하냐?"

최전방 공격조를 이끌던 김 중사가 물었다.

"나는 피난 중에 의용군으로 잡혀왔습니다. 인민군이 아닙니더."

"야! 이 새끼야! 대가리 깎고 인민군 옷을 입고, 국군한테 총질한 놈이 인민군이 아니라고? 이 씨발 새끼, 너 죽을래?"

김 중사는 M1총을 동철의 가슴에 들이대었다.

그때 선임 상사가 다가왔다.

"김 중사, 그만둬! 강제로 붙들려 왔다잖아. 그리고 발이 묶여 있으면서도 우리를 향해 총을 쏘지 않았잖아. 풀어주고 포로로 후송해."

의용군 안동철은 그렇게 국군의 포로가 되어 후송되고 있었다. 동철은 트럭에 실려 포로수용소로 끌려가며 이제는 살았다고 안도했다.

전쟁 중인데도 인민군이 점령한 지역에서는 토지분배가 시작되었다. 만촌 박 첨지 집에서 머슴살이하던 우영출이 붉은 완장을 차고 와서 토지는 모든 농민이 공평하게 배분받아 농사를 지어야 한다며 토지분배를 시작했다.

남쪽, 대한민국에서 토지개혁은 전쟁이 일어나기 직전인 1950년 3월에 시행되었다. 남한 토지개혁은 농민 개인이 소유할 수 있는 토지의 상한선을 3정보로 하고, 그 이상의 땅은 몰수했는데 무상몰수가 아니라 땅값에는 못 미치지만, 정부가 유가증권으로 땅값을 보증해주고, 토지를 분배받은 농민은 5년 동안 농사를 지어 정부에 그 값을 갚는 방식이었다. 북쪽, 조선인민공화국에서는 해방되고 다음해인 1946년 "土地는 農民의 것"이라는 포스터를 곳곳에 붙이고, 모든 토지를 지주로부터 몰수하여 농민들에 골고루 나누어주었다. 해방 당시 북조선의 농민 51퍼센트가 자기 땅 한 평 없이 소작으로 농사지어 5할에서 심지어 9할까지 지주에게 착취당하다가 68만 2,760호의 농가에서 농토를 분배받게 되었다. 물론 토지의 소유권은 국가에 있고, 농민들은 경작권만 가지지만, 분배받은 땅에서 농사를 지어 수확물의 25퍼센트만 현물세로 국가에 내고 생산된 농산물을 모두 경작자가 먹을 수 있고, 마음대로 농사지을 수 있는 토지를 가지게 되니 꿈만 같았다.

삼팔선을 경계로 남쪽 대한민국 농민들은 이웃 동네인 북조선 사람들이 무상으로 토지를 분배받는 것을 보고 삼팔선을 지키던 경찰을 묶어 놓고 온 식구가 북쪽 이웃 동네로 넘어가서 토지를 분배받아 북조선에 정착한 사람도 있었다. 북쪽 조선인민공화국보다 몇 년 늦게 남쪽 대한민국에서 토지분배를 받은 사람은 5년이 지나 국가에 토짓값을 모두 상환하면 분배받은 땅을 팔 수도 있었다. 완전 무상은 아니지만, 남쪽에서도 토지개혁을 하여 소작으로 농사를 짓던 사람들도 농토를 가지게 되었다. 많은 토지를 가지고 있던 사람들은 30마지기를 제외한 땅을 국가에서 회수해서 소작인들에게 나누어주고, 지주는 유가증권이라는 종잇조각을 받고 돈은 만져 보지도 못한 채 전쟁이 일어났다.

남쪽 대한민국은 토지개혁 후 첫 농사를 시작하고 6월에 전쟁이 일어나 인민군이 대구와 경남, 제주도와 일부 도서를 제외한 대한민국 전역을 점령하여 인민공화국이 되었다. 전쟁 중인데도 인민군이 점령한 농촌에서는 토지분배가 공산주의식으로 다시 시작됐다. 몇 달 전에 소작으로 농사를 짓다가 몇 마지기씩 농토를 받게 된 사람들은 토지를 재분배받았다.

노송골 김성칠의 집에 만촌 박 첨지네 집 머슴 우영출이 토지분배위원장이 되어 찾아왔다. 김성칠은 전쟁이 일어나기 몇 달 전 토지개혁에서 많지는 않지만 몇 마지기의 농토를 분배당했다. 우영출은 서류를 들고 와서 말했다.

"토지는 모든 농민이 공평하게 가져야 하는데 어르신은 다른 사람들보다 많은 토지에, 그것도 옥토만 가지고 있어 분배해야 하니더."

성칠이 인민재판에서 풀려나온 지 얼마 되지 않을 때였다. 붉은 완장을 찬 사람을 보면 위협과 공포를 느꼈다. 사위에게 묶여 끌려가 인민재판을 받던 공포가 되살아났다. 많은 사람을 모아놓은 앞에서 각본대로 연출하며 여기저기서 "옳소, 옳소!" 하던 소리가 귓전에 쟁쟁했다. 그렇게 인민의 동의를 얻었다며 공개적으로 총으로 쏘아 죽이고, 죽창으로 찔러 죽이던 모습이 떠올랐다. 성칠은 그 죽음의 현장에서 이웃 친구 수돌의 도움으로 기적적으로 살아났다. 지금도 밤이 되면 그때의 일들이 악몽으로 나타나 피가 뚝뚝 떨어지는 죽창이 자신의 가슴을 겨누며 달려들어 깜짝 놀라 소리치며 깨어나기도 했다.

농촌에서 토지는 삶의 바탕이지만, 성칠은 이런 상황에서 거부할 수도, 반대할 수도 없었다. 대대로 경작해왔고, 지금도 식구들이 그 토지에 매달려 살아가고, 앞으로 자손들에게 물려줄 토지를 마음속으로는 끝까지 지키고 싶지만, 반대하면 또 인민재판장으로 끌려나갈 것 같아 그들이 하자는 대로 따를 수밖에 없었다.

"성인도 세속을 따르라는데, 자네들 마음대로 하게."

"만촌들 거랑 가의 좋은 땅은 이때꺼지 소작하던 사람과 머슴들에게 나누어줄라고 하니더. 의의가 있니겨?"

"자네들 좋을 대로 하게."

"어르신도 먹고 살아야 하니까 영양개 다래기논과 돌고개밭 여덟 마지기를 어른 몫으로 하니더. 불만 없지요?"

"이런 상황에서 내가 불만이 있은들 소용이 있나? 자네들 뜻대로 하게."

"어르신이 순순히 응해주어 고마우이더. 향교 앞 어르신이 붙이던 조밭 두 마지기는 그대로 부치이소."

우영출을 선심 쓰듯이 말했다.

토지분배위원장의 말 한마디가 법이었다. 평소 같으면 늘 어려워 마주 앉아 이야기도 못했던 박 첨지네 머슴 우영출은 김성칠 어른이 자기 뜻에 얼굴 한 번 찡그리지 않고 순순히 따라주니 고맙게 생각되었다. 그래서 선심 쓰듯 전부터 부치던 향교 앞 둑도 없이 받듯 한 조밭 두 마지기를 부치게 해주었다.

인민군 치하에서의 길고 지루했던 여름 칠팔월이 가고 구월에 접어들었다. 계절은 변함없이 찾아와 전쟁으로 잘 가꾸지는 못했지만, 논에는 벼가 누렇게 익어가고, 밭에는 굵은 조 이삭이 고개를 숙이며 추수를 기다렸다. 전쟁 때라 군인뿐만 아니라 많은 민간인도 죽고 피난 못 간 젊은 농사꾼들은 의용군으로 잡혀가거나 내무서원이나 인민군을 피해 농사일도 못하고 밤낮 산으로 피해 다녔다. 그래도 의용군을 잡으러 오는 내무서원들의 눈을 피해 가끔 논밭에 들어가 피를 뽑고, 밭을 매며 작물을 가꾸었다. 일정 때 영장도 없이 강제로 잡아가는 징병과 징용을 피해 가며 농사를 짓느라고 고생했는데 인민군 치하에는 의용군을 피해 가며 농사를 짓느라고 또 생사가 걸린 모험을 했다. 농민은 아무리 어려운 상황에서도 먹고살자면 농사를 지어야 했다.

산골짝 다랑논이나 밭에서 일하면서 계곡 입구에 아이들을 세워 망을 보게 했다. 동네 사람이 아닌 낯선 사람이 나타나면 아이들은 큰소리로 노래를 불러 논밭에서 일하는 농부에게 위험을 알렸다. 아이들도 자기가 보초를 잘못 서면 아버지와 동네 아저씨들이 의용군에 잡혀간다는 것을 알고 잠시도 다른 짓을 하지 않고 계곡 입구에 사람이 나타나는지 살피고 있었다. 그러다 낯선 사람이 나타나면, 그가 누구든 간에 아이는 큰소리로 노래를 불렀다.

장백산 줄기줄기 피 어린 자욱 …
오늘도 자유 조선 꽃다발 위에 …

노랫소리가 나면 일하던 젊은 일꾼들은 밭골을 기어나가 길에서 안 보이는 개울가나 넝쿨 속에 납작 엎드려 낯선 사람이 다 지나갈 때까지 숨어 있었다. 그렇게 가꾼 작물이 자라 추수할 때가 되었다.

내무서에서는 소득세를 매기기 위해 작물의 수확량을 조사했다. 각 농가에 농토를 분배하고, 거기서 나오는 수확량을 파악하여 현물세 징수를 위해 곡식의 낟알을 세어서 보고하라고 했다. 조선시대 때도, 일본통치 하에서도 없었던 과세방법이었다. 벼 한 이삭에 달린 벼의 낟알과 수수 이삭의 낟알과 집 안에 기르는 닭의 수와 돼지의 수, 암탉이 낳는 달걀의 숫자를 세어서 보고하게 했다. 그렇게 소득을 정확하게 파악하여 현물세 징수를 한다는 것이었다. 곡식 낟알을 세는데 그중에서 조 이삭의 낟알을 세는 것은 생각만 해도 엄청 힘들 것 같았다.

김성칠은 밭에서 조 이삭 하나를 잘라와 낱알을 털어놓고 세기 시작했다. 커다란 둘레 밥상 위에 조 이삭의 낱알을 모두 털어놓고 한 알 한 알 세어가는데 자꾸 헷갈리고, 두 시간이 지나도 다 헤아리지 못했다. 그러다가 언뜻 생각이 났다. 조 이삭의 낱알 수는 조 이삭마다 다르고, 여러 번 헤아려도 헤아릴 때마다 다르니 그렇게 정확할 필요는 없을 것 같았다. 각 가정에서 조 이삭을 헤아려 보고된 것을 비교해보고, 작황이 비슷한 밭의 조알 수가 비슷하면 그대로 넘어가지 내무서에서 약간 차이가 난다고 다시 헤아리게 하지 않을 것 같았다.

김성칠은 털어놓은 조 낱알을 한 숟갈 떠서 숟갈 안의 낱알을 헤아렸다. 그리고 둘레반 위에 털어놓은 조 이삭의 낱알들을 숟갈로 떠서 그 숫자를 서로 곱하여 조 이삭의 낱알을 계산했다. 그렇게 하니 쉽게 끝나는 것을 몇 시간 동안 조 이삭 낱알을 세느라고 시간을 허비했다.

인천상륙작전으로 병참지원이 끊긴 인민군은 후퇴하기 시작했다. 인민군이 점령한 지 3개월 만에 남한 전 지역을 되찾았다. 농가마다 벼 이삭, 조 이삭, 수수 이삭, 콩꼬투리 안의 콩알 수를 헤아려 보고한 농작물의 숫자를 조사한 것으로 인민군 치하 내무서에서는 세금 한 번 거두지 못하고 후퇴하였다. 그뿐만 아니라 김성칠은 완장을 두른 우영출 토지분배위원장이 빼앗아 다른 사람들에게 나누어주었던 만촌들의 토지도 분배받은 사람들이 추수하기 전에 다시 찾을 수 있었다. 전쟁은 사람들의 삶을 송두리째 흔들어 놓았다. 국군과 유엔군이 남쪽 땅을 수복하면서 차츰 일상생활이 옛날로 회복되고 있었으나 의용군을 피해 산속에 숨었던 청년들은 소집되어 국군으로, 장년들은 보급대로 동원되어 전쟁터로 나갔다. 일선에서는 치열한 전투가 전개되어 매일 많은 병사가 죽어갔다. 동리마다 전사한 아들, 남편들의 화장한 재봉지가 우편배달부에 의하여 전달되어 전국 어느 동리에서나 매일 통곡소리가 끊이지 않았다.

⓫ 인천상륙작전에 참전한 해병 조태웅

 조태웅 상병이 속한 부대는 삼팔선에서부터 인민군에 밀려 대전, 전주를 거쳐 하동까지 후퇴했다. 후퇴를 하면서 방어하다가 많은 전우가 전사당해 부대가 와해되었다. 부대를 재편성하는 가운데 조태웅 상병은 해병대에 차출되어 한국 제1해병대에 배속되었다. 해병대는 육군보다 군기가 세고 훈련도 강했다. 인민군에게 거제도까지 점령당하고, 이제 대구와 부산만 점령당하면 대한민국이 사라질 위기에 처해 있을 때 해병대는 인민군이 점령하고 있는 통영만에 상륙하였다. 진주와 부산항을 봉쇄하기 위하여 인민군 제7사단이 수차례나 재탈환을 시도하는 것을 혈투 끝에 막아내었다. 인민군 천여 명이 점령하고 있는 통영만을 대상으로 한국 해병이 상식적으로 도저히 불가능한 370명의 인원이 20척의 목선을 타고 상륙에 성공하여 탈환했다. 그리고 다시 점령하기 위해 수차례나 쳐들어오는 인민군 제7사단을 수백 명의 적은 인원으로 막아낸 대한민국 해병대를 미국 신문기자가 "귀신 잡는 해병"이라고 기사를 쓴 것이 한국 해병의 별칭이 되었다. 조태웅 상병이 전출해간 해병대는 명칭답게 어떤 희생이 따르더라도 주어진 임무는 꼭 해내는 불가능이 없는 귀신 잡는 해병이었다.

맥아더 장군은 극비리에 작전계획을 세우면서 용맹한 한국 해병대를 상륙작전에 참전시켰다. 조 상병은 국군 제1해병대 소속으로 미군과 연합으로 수많은 함정과 함께 서해를 통해 북으로 올라가고 있었다. 인천상륙작전이었다. 상륙작전을 위해서 여러 번의 항공기 정찰과 사전에 침투한 국군과 유엔군 공작원들의 활약으로 인민군 배치장소와 병사의 수, 중화기 진지 등의 정보를 파악한 치밀한 작전계획으로 움직였다. 조 상병은 이 많은 구축함과 병사가 어디로 가는지도 모르고, 어딘가에서 2차 대전 때 프랑스 노르망디 상륙작전 후 세계 최대의 상륙작전이 이루어지겠다고 생각하며 배를 타고 가고 있었다.

1950년 9월 15일 새벽 두 시에 미리 침투해 적을 제압하고 밝힌 팔미도 등대의 불빛을 따라 조수간만 차가 심한 인천의 좁은 수로를 통하여 상륙공격이 시작되었다. 상륙 1진이 월미도에 들어가 적을 소탕하고, 밀물의 물때에 맞추어 오후 4시 45분에 항공기의 폭격과 함포사격으로 인천 상륙할 지역을 초토화시켰다. 폭격은 인민군 진지만을 폭격하는 전술폭격이 아니라 인민군이 숨을 수 있는 작전지역의 무차별적인 전략폭격으로 월미도의 마을이 모두 불타고 많은 민간인이 희생되었다. 전쟁의 성패를 결정짓는 상륙작전에는 민간인의 안전과 보호는 지켜지지 않은 채 공격 2진으로 한국 제1해병대, 미국 해병1연대와 제5해병연대 모두 만 삼천 명의 병사가 상륙했다. 상륙지역의 안전이 확보되자 각종 전투장비들이 육지로 옮겨졌다. 병사와 전쟁물자들이 먼저 상륙한 한미 해병대의 뒤를 따라 상륙하고 있었다.

조 상병은 수많은 병사들과 배에서 내려 육지로 옮겨지는 엄청난 전쟁물자를 보고 놀라지 않을 수 없었다. 인천상륙작전에 참가한 병사의 수는 전투부대와 지원부대를 합해서 칠만오천 명이 투입되었고, 함정은 해군 전함, 구축함, 상륙함, 상륙정, 소해함, 지원함을 합해서 260척이나 되었다. 탄약과 대포를 비롯한 각종 장비와 상륙하여 진격할 탱크 수가 500대로 어마어마한 규모였다. 이렇게 2차 세계대전 때 프랑스 노르망디 상륙작전 이후 세계 최대의 상륙작전을 펴면서 미군과 한국군의 피해는 거의 없이 상륙에 성공했다.

조태웅 상병이 속한 국군 제1해병대는 상륙 다음날인 16일부터 잔류 인민군과 적색분자 소탕전에 들어갔다. 인천을 방어하고 있던 인민군 제64해안 육전대 삼천 명은 미 공군의 폭격으로 거의 죽고, 일부 살아남은 인민군은 한국 해병대의 소탕전으로 사살 또는 포로가 되거나 뿔뿔이 흩어져 도망갔지만, 그래도 벙커 속이나 동굴 속에 남아서 항거하는 인민군이 있었다. 끝까지 토치카 속에서 항거하는 인민군은 화염방사기를 쏘아 불태웠다. 태웅은 건물 옥상에서 사격을 하는 인민군을 발견하고 건물 속으로 잠입하여 옥상으로 올라가자 인민군은 총을 내려놓고 손을 들고 항복했다. 가까이 가보니 아직 15~6세 되는 소년이었다. 소년병은 피난 못 가고 서울에 있다가 의용군으로 잡혀왔다고 했다. 포로들 중에는 상당수가 남한 출신 의용군으로 강제로 잡혀와 인민군이 된 사람들이었다. 어떤 곳을 수색하던 중 동굴을 발견하고 항복을 권유해도 계속 저항했다. 동굴이 깊고 'ㄱ'자로 여러 번 꺾여 있어 화염방사기로도 소탕할 수 없었다. 동굴 안으로 들어가서 수색하기는 위험하고, 그대로 두면 뒤따라 상륙하여 진격하는 병사들이 큰 타격을 입을 수도 있었다. 미군에게 연락하여 불도저를 동원해 입구를 흙으로 두껍게 묻어 생매장해 버렸다.

인민군 소탕전이 마무리되자 적색분자 소탕전에 나섰다. 민간인인 적색분자들은 테러활동으로 아군에게 큰 피해를 주거나 아군의 진지 배치나 중화기 진지 정보를 수집하여 인민군에게 넘기는 간첩활동을 하면 국군과 유엔군은 치명적인 타격을 받을 수 있었다. 인민군 소탕전과는 달리 민간인 적색분자 색출은 어렵게 생각했는데 의외로 쉬웠다. 인민군 치하에서 청소년들을 잡아 의용군으로 보내고, 우익인사들을 잡아 처형하던 자들의 명단을 공산 치하에서 숨어 지내던 청년들이나 주민들에게서 쉽사리 확보하고 체포할 수 있었다. 인민위원장이나 인민군 치하의 활동하던 사람들은 잡으면 경찰에 넘기고 도주하면 바로 사살했다.

조 상병은 이 병장과 연수동 여맹 위원장 성영자를 인천 시내에 있는 청량산 기슭에서 사로잡았다. 젊고 곱상하게 생긴 여맹 위원장 성영자는 외모와는 달리 당차고 당당했다.

"해병대 아저씨들, 미국 승냥이들 앞잡이인 괴뢰군인질 하지 말고 인민군으로 넘어와 김일성 장군 영도 아래 조국 통일전선에 힘을 보태시라요."

여맹 위원장 성영자는 죽음을 각오하고 마지막으로 발악하고 있었다.

"전쟁을 일으키고 인민재판으로 이웃을 죽이고, 가족보다 공산당이 먼저인 너는 인간이냐? 짐승이냐?"

조 상병은 어이가 없어 이렇게 말대꾸해 주었다.

"조국통일에 걸림이 되는 것은 부모도, 이웃도, 그 누구도 적입네다. 혁명을 위해서는 피를 흘려야 합네다."

더 이야기해보아야 말이 통하지 않았다. 그래도 태웅은 이 병장에게 말했다.

"잡아서 경찰에 넘기시더."

"필요 없어. 공연히 인간적으로 대해주면, 이런 년은 테러리스트가 되어 국군이나 국가에 엄청난 화를 불러올 거야."

"이 병장님, 그래도 한 번만 기회를 줍시더."

"비켜, 조 상병!"

이 병장은 성영자 여맹 위원장에게 총을 겨누었다.

"할 말이 있느냐?"

"인민공화국 만세! 김일성 장군 만세!"

"탕!"

조 상병은 기가 막혔다. 도대체 여맹 위원장 성영자는 머리가 어떻게 되었을까? 살려달라고 매달려야 할 텐데 죽음 앞에서 그렇게 당당한 힘은 어디서 나올까? 그리고 이 병장은 무장도 하지 않는 민간인을 전쟁 중에 잡은 적이라고 그렇게 사살해도 되는 것인가? 좀 귀찮고 힘들지만 포로로 잡아 경찰에 넘기면, 지금은 부모도 공산통일에 걸림돌이 되면 죽여야 한다는 사상에 물들어 있지만, 그래도 정신을 차리고 전향하여 대한민국 국민으로 살아갈 수 있지 않았을까? "살려두면 국군과 국가에 엄청난 화를 불러올 거야"라는 이 병장의 논리가 재판도 없이 민간인 포로를 사살한 것을 합리화할 수 있을까? 조 상병은 이런 생각을 하며 다음 임무를 위하여 민간인들에게 수집된 정보에 의하여 적색분자를 색출하고 있었다.

조태웅 상병은 부대를 따라 서울로 진격했다. 유엔군과 국군이 인천에 기습적으로 폭격하고 상륙하자 인민군은 별다른 저항도 못하고 무너졌다. 인천을 점령하고 숨어 있는 인민군과 민간인 적색분자 소탕 의무를 마친 한국 제1해병대는 서울로 향해 진격하여 행주나루에 도착했다. 미군 제1해병사단과 제5해병연대도 서울로 진격하여 김포공항을 탈환했다.

미국 해병대는 주간에만 진격하고, 야간에는 진지에서 움직이지 않았다. 조 상병이 속한 귀신 잡는 한국 해병이 보는 미국 해병대 작전은 한심했다. 한번 승기를 잡으면 적이 반격할 틈을 주지 않고 밀어붙여야 하는데 밤에는 진지에서 자고, 낮에만 진격하는 것은 적의 후방 병력이 이동하여 서울을 방어할 시간을 주고, 적이 아군의 길목에 장애물과 지뢰를 설치할 기회를 주는 것이나 다름없었다.

500대의 탱크와 각종 포와 엄청난 화력을 가진 미군이 움직이지 않으니 소수인 한국 해병대는 움직일 수 없었다. 조 상병은 밤이 되어 같이 경계를 서고 있는 이 병장과 이야기를 하고 있었다.

"미군은 밤에는 움직이지 않고 왜 낮에만 움직이니껴? 전쟁은 야간에 더 큰 성과를 낼 수 있는 껀데요."

조 상병은 미군이 밤을 무서워하는 것을 보고 답답해 말했다.

"글쎄 말이야. 한번 승기를 잡으면 적이 준비할 시간을 주지 않고 밀어붙여야 하는데, 이렇게 되면 인민군의 후방부대가 밤새 이동해 와서 서울을 방어할 준비를 하고, 미군이 진격할 길목에 지뢰를 묻으면 더 큰 희생이 날 텐데. 우리 해병하고 미국 해병하고 생각하는 게 다른가 보지. 도대체가 미군 아이들의 생각을 모르겠단 말이야."

조 상병과 이 병장은 낙동강 야간전투에서 미군이 인민군에게 참패당한 일이 있어서 야간전투를 꺼리는 줄 모르고, 야간에 움직이지 않는 미군의 전술을 답답하게만 생각하고 있었다. 조 상병과 이 병장과 야간 경계를 서면서 걱정하던 일들이 현실로 나타났다. 인민군은 미군이 움직이지 않는 밤을 이용하여 철원의 제25여단을 서울 연희동에 배치하고, 남쪽에 있던 제9사단 87연대를 영등

포에 배치했다. 그뿐만 아니라 야간을 이용하여 서울로 들어오는 주요 도로에 대전차 지뢰와 대인지뢰를 매설하여 놓았다. 9월 18일 아침에 미군 탱크가 소사 쪽으로 진격하다가 매설된 지뢰에 탱크 3대가 폭파되었다. 미군은 그날 이후 낮에는 지뢰 탐지기로 도로를 일일이 탐지하고 진격하느라고 하루에 2~3킬로미터밖에 전진할 수 없었다. 그동안 수원, 개성, 철원 등지에 있던 인민군 예비병력 제70연대, 78연대, 25교육여단, 27교육여단의 병력이 서울에 와서 방어 진지를 구축했다.

이런 가운데도 화력이 우세한 미군은 국군과 같이 끝내 서울을 탈환하고, 9월 27일 조태웅 상병이 소속된 부대의 한국 해병이 중앙청에 태극기를 게양하고 인천에 상륙한 지 2주일이 지난 29일 환도식을 했지만, 미군은 3,500명의 사상자를 내었다. 인천상륙작전에서 195명의 사상자를 낸 것과 비교하면 엄청난 희생이었다. 인천상륙작전 후 좀 더 과감하게 야간에도 서울로 진격하였더라면 많은 희생을 막을 수 있고, 더 빨리 서울을 수복할 수 있었는데 아쉬웠다. 한편 서울을 방어하던 약 삼만 명의 인민군 중 만사천여 명의 사상자가 나고 칠천여 명이 포로가 되었다.

유엔군과 함께 서울을 탈환한 한국 해병대는 삼팔선을 넘어 북으로 전진했다. 조태웅 상병은 평안북도를 지나 압록강을 바라보며 이제 통일이 되나 싶었다. 11월인데도 개마고원 날씨는 영하로 내려가는 추위였다. 그러던 어느 날 전투 중에 포로로 잡은 인민군이 한국말을 못할 뿐만 아니라 한마디도 못 알아들었다. 중국 군인이 틀림없었다. 관동군에서 근무한 경력이 있는 해병대 하사관 중에 중국말을 하는 사람을 불러서 조사했다. 중공군이었다. 중국이 전쟁에 참전했다는 풍문으로 떠돌던 말이 실제였다. 그들은 국군과 유엔군 몰래 밤에 압록강을 건너와 한국전쟁에 참전한 것이었다. 낮에는 유엔군의 정찰기를 피해 산속에서 땅을 파고 숨어 있다가 밤으로만 활동했다. 며칠 후 대규모 중공군 부대가 새까맣게 몰려왔다. 한국군 숫자보다 많은 30만 명이 넘는 대병력의 중공군이 전쟁에 참전한 것이었다. 전선이 압록강까지 올라가 통일이 된다고 부풀었던 꿈은 깨어지고, 전쟁의 양상은 바뀌어 국군과 유엔군에게 불리하게 흘러가고 있었다.

중공군은 인해전술로 끝없이 몰려왔다. 산자락을 가득 메우고 파도처럼 몰려오는 중공군을 총으로 쏘고, 박격포와 기관총의 총신이 달아오르도록 쏘아 수없이 죽여도 끝없이 밀려왔다. 중공군은 앞선 병사가 쓰러져도 개의치 않고 쓰러진 동료의 시체를 타넘어 계속 쳐들어왔다. 미군의 우수한 무기도, 귀신 잡는 해병의 용기도 그들의 숫자 앞에서는 무색할 정도로 죽어가며 무지막지하게 달려들었다. 죽이고 또 죽여도 까맣게 몰려오는 중공군을 어떻게 감당할 수 없어 한국 해병과 유엔군은 후퇴할 수밖에 없었다.

1951년 정초에 들어서자 날씨는 혹독하게 추웠다. 조태웅 상병은 후퇴하는 부대의 대열을 따라 걷고 있었다. 수천수만 명이 죽어도 끝없이 쳐들어오는 중공군을 감당할 수 없었다. 그들은 독한 고량주를 마시며 술에 취해 몽롱한 상태로 죽음에 대한 공포를 잊은 채 동료의 시체를 타고 넘어 돌진해왔다. 서울이 다시 빼앗기고, 한강 이남까지 후퇴한 국군과 유엔군은 전열을 가다듬어 반격을 시작했다. 다시 서울을 탈환하고, 전선은 삼팔선 근처까지 올라가 치열한 공방을 벌이며 전투는 계속되고 있었다.

⑫ 우희의 피난살이

옷 보따리 하나 들고 집을 나선 우희는 막막했다. 오라는 곳도, 갈 곳도 없이 무작정 집을 나왔다. 거리에는 피난민이 넘쳐났다. 남들처럼 전쟁을 피해 피난 가는 것이 아니라 완장 찬 남편을 피해 가는 것이었다. 우희는 전쟁 중에 살길을 찾아 떠다니는 피난민을 따라 목적지도 없이 걸었다.

태어나 자라면서 이 세상 모든 일을 아버지, 어머니가 다 해주고, 어려운 일이 있으면 온 식구가 나서서 해결해줄 줄 알았는데, 부모도, 식구들도 해줄 수 없는 일이 있다는 것을 알았을 때 누구의 도움도 받을 수 없는 외톨이가 된 것 같았다. 아버지는 남편이었던 이 서방의 위협에 못 이겨, 죽기보다 싫은 신랑 곁으로 돌아가라고 했다. 가족들은 이 서방에게 괴롭힘을 당하지 않기 위해 우희의 마음은 헤아려주지도 않고 시댁으로 보내려고 했다. 가족들이 생각하기는 어차피 결혼하였고, 아직 이혼이 되지 않는 법적으로 부부이니 마음에 들지 않아도 신랑 곁으로 돌아가라는 것이었다. 그렇게 해서 완장을 두른 이 서방의 위협으로부터 가족들의 안전을 지키자는 것이었다. 가족들의 안중에는 우희가 없을 뿐만 아니라 도리어 우환거리라고 느끼는 것 같았다. 아버지, 어머니도 모두 자신들의 안전만 생각하고 딸자식의 마음은 헤아려주지 않았다. 우희는 아버지, 어머니가 남처럼 느껴졌다. 전쟁이 일어나고 인민군 천지가 되니 상황이 급작스럽게 바뀌어 우희는 가족들에게 걱정거리였다. 우희는 이 서방한테로 돌아가느니 차라리 죽고 싶었다. 나 하나만 없어지면 그만인 것을 하는 생각이 들었다. 그렇지만 세상을 그렇게 허무하게 떠나고 싶지는 않았다. 어떻게 하든지 사는 날까지 살아보자고 생각했다.

일본군 정신대를 피해서 급히 결혼한 시집 식구들은 온 집안이 강도들의 집단 같았다. 우희는 시집 식구들에게 인질처럼 잡혀 친정에서 양식과 돈을 얻어와서 시댁 식구를 먹여 살리며 생활하다가 양식과 돈이 떨어지면 매를 맞았다. 견디다 못해 시집을 탈출하여 친정으로 돌아와 생활했다. 결혼하면 출가외인이라더니 세상이 바뀌자 집안 식구들은 완장을 찬 이 서방이 와서 아내를 내어놓으라고 겁박하자 우희를 시집으로 돌아가라고 했다. 친정 식구들은 우희를 가족이라고 생각하지 않는 것 같았다. 이 서방은 끝까지 나를 찾아 내놓으라고 친정에 와서 겁박할 것이고, 친정 식구들은 붉은 완장을 찬 이 서방이 해칠지도 모른다는 생각에 지레 겁을 먹고 있었다. 일제 강점기 때도 꼿꼿하게 일본 순사와 면서기들에 대항해왔던 아버지가 이 서방이 찬 완장 앞에서는 무력했다.

　우희는 갑자기 나오느라고 집 떠나 생활할 준비도 없이 갈아입을 옷 몇 가지만 보자기에 싸서 나왔다. 우희는 밤새도록 걸어서 기차 철길이 있는 곳에 도착했다. 전쟁 중이라 기차는 다니지 않았다. 전쟁 초기에는 기차를 타고 부산까지 피난 간 사람이 있다고 했지만, 지금은 평행선으로 길게 이어진 철로가 휑하니 비어 있었다. 우희는 행선지가 정해진 것도 아니어서 가다가 날이 저물면 다리 밑에서 피난민과 같이 옹크리고 자고, 끼니때가 되면 같이 가는 피난민에게 밥 한 술 얻어먹었다. 밤이슬을 피해 피난민들과 같이 다리 밑이나 어느 집 헛간이나 울타리 가에서 밤을 새웠다. 그렇게 며칠이 지난 어느 날 나이 지긋한 할머니가 아저씨, 아주머니와 같이 다리 밑에서 아침을 짓다가 우희가 혼자인 것을 보고 말을 걸어왔다.

　"식구들은 다 어디 가고 젊은 새댁이 혼자서 가우?"
　"저 혼자뿐이시더."
　"아침때가 되었으니 같이 아침 먹어요."
　"고맙습니더."
　우희는 아침을 얻어먹었다.
　"얼굴을 보니 귀하게 자란 새댁인데 어쩌다 혼자가 되었누?"
　"사정을 이야기하면 길어요."
　"세상이 이렇게 험한데 젊은 새댁 혼자서 가는 것은 위험해요.

우리와 같이 가요."

할머니는 인자했다. 우희는 마음씨 좋은 피난민 가족을 만나 한 식구가 되어 같이 피난살이를 하게 되었다. 혼자서 의지할 곳도 없어 당황스럽고, 더구나 밤이 되면 젊은 남자들이 겁이 나 나이 많은 노인이 있는 가족들 옆을 찾아가 밤을 지냈다. 매 순간 신경이 곤두서고, 힘이 드는 하루하루를 보내고 있었는데 옆에서 보호해줄 사람이 있다는 것이 얼마나 큰 힘이 되는지 몰랐다. 하늘이 무너져도 솟아날 구멍이 있다더니 우희는 친할머니처럼 같이 생활하며 한 식구가 되어 피난생활을 했다.

여름철이라 춥지 않아 다행이지만 영하 20도 가까이 기온이 내려가는 한겨울이 되면 많은 사람이 얼어 죽을 것 같았다. 피난민 중에는 이불 보따리와 옷가지, 식량까지 한 짐을 이고 지고 아기를 업고 가는 사람도 있었다. 어떤 사람은 지게에 늙으신 부모님을 지고 갔다. 이런 와중에도 족보를 지고 온 사람이 있었다. 전쟁이 끝나고 어디 가도 자신의 뿌리를 알아야 한다며 족보 수십 권을 비에 맞지 않게 포장하여 보물처럼 피난길에 지고 다녔다. 당장에 먹고살 식량과 덮고 잘 이불이 필요한데 여러 권의 족보를 무겁게 지고 가는 사람을 보니 딱했다.

"무거운 족보는 두고 가는 게 좋겠니더."

우희는 걱정스럽게 말했다.

병자호란 때 인질로 잡혀간 아내와 딸을 찾으러 청나라에 간 사람이 인질 석방금을 두 사람분밖에 준비하지 못했는데, 인질로 잡고 있는 청나라 사람은 조선인들은 조상의 위패를 살아있는 조상처럼 모시는 것을 알고 조상의 위패까지 가져가서 위패 몫으로 한 사람분의 돈을 더 요구했다. 그러자 돈이 모자라 아내와 위패를 찾아오고, 딸을 인질로 두고 왔다는 이야기를 들은 생각이 났다. 위패는 돌아와서 다시 만들면 될 것을 죽은 조상의 위패를 산 사람보다 더 귀하게 여겼다니 이해할 수 없었다. 족보를 지고 피난 가던 사람은 다행히도 동네의 같은 성씨 집에 족보를 맡기고, 피난생활을 끝내고 살아있으면 찾으러 오겠다고 말하며 피난짐을 덜었다.

유엔군이 인천상륙작전에 성공하면서 전세는 바뀌었다. 낙동강에서 공방을 벌이던 인민군은 인천과 서울을 국군과 유엔군이 장악하여 보급로가 차단되자 가뜩이나 부족하던 전쟁물자가 그나마 공급되지 않아 급격히 무너져 후퇴하기에 급급했다.

국군과 유엔군은 후퇴하는 인민군을 추격하며 공격했다. 우희는 피난민들과 같이 의성 근처 하천가에서 생활하다가 인민군이 후퇴하는 것을 보고 이제 국군이 와서 피난민을 보호해주리라고 생각했다. 인민군은 하천을 건너자마자 되돌아서서 추격해오던 국군에게 반격하여 전투가 벌어졌다. 하천가에 있던 백여 명의 피난민은 전쟁터 가운데 갇혔다. 피난민들은 전쟁터 중간에서 오도 가도 못하고 모두 하천가에 엎드려 있었다. 머리 위로 수많은 총탄이 핑핑 공기를 가르며 날아가는 소리가 들리고, 양쪽 진영에 쏘는 박격포탄으로 검붉은 불기둥이 솟아올랐다. 잘못 조준된 박격포탄이나 총탄이 피난민 위에 떨어지면 순식간에 죽을 수 있었다. 화력과 병사의 수에서 밀리던 인민군 몇 명이 피난민에게 낮은 포복으로 접근하여 총으로 피난민을 위협하며 인민군 쪽으로 끌고 갔다. 우희와 같이 가던 피난민들은 인민군이 내모는 대로 전쟁터의 한복판에서 인민군 진영으로 끌려가자 인민군은 피난민을 방패막이로 세웠다. 국군은 흰옷을 입고 보따리를 이고 진 피난민들이 인민군 진영에 끼어들자 더 이상 사격도, 추격도 못하고 있었다. 그런 중에도 미군 비행기는 인민군을 향해 폭탄을 투하했다. 인민군과 피난민이 뒤섞인 곳에 폭탄이 떨어져 인민군뿐만 아니라 많은 피난민들도 죽었다.

　우희와 한 식구가 되어 의지하는 가족 중에는 아저씨 부부가 폭탄 파편에 맞아 피를 흘리며 쓰러져 죽었다. 아들과 며느리의 죽음 앞에서 할머니는 우희를 부둥켜안고 통곡했다. 비행기 폭격으로 인민군에 몰려가던 피난민들은 대열이 흩어져 인민군의 통제에서 벗어나자, 국군은 인민군을 추격하기 시작했다. 피난민들은 전쟁터에서 벗어났지만, 많은 사람들이 죽고 인민군들의 시체도 여기저기 쓰러져 있었다. 가족이 죽어도 장례도 정성 들여 지낼 수 없어 죽은 자리에 땅을 파고 묻을 수밖에 없었다. 같이 피난 생활을 하면서 우희에게 늘 친절하던 청년이 죽은 아저씨 부부의 시신을 양지바른 밭둑에다 묻었다. 그리고 할머니와 우희와 같이 길을 떠났다. 할머니는 아들과 며느리의 무덤을 뒤돌아보며 울면서 우희와 청년의 손에 이끌리어 가고 있었다. 많은 피난민 가족들이 저승과 이승으로 갈린 가운데 할머니도 아들과 며느리를 잃고 상심했으나 우희를 딸처럼, 청년을 아들처럼 의지하며 힘겨운 피난생활을 이어갔다.

청년 이름은 이윤호였다. 윤호는 피난생활에서 큰 힘이 되고, 우희를 뭇 남자들로부터 보호해주었다. 윤호는 우희를 좋아했다. 피난생활에서 서로가 의지하며 생활하다 보니 우희도 청년이 좋았다. 세상은 전쟁으로 온통 깨어지고 부서지고, 수많은 사람이 죽어가고, 살아있는 사람들은 한 끼 챙겨 먹을 음식과 하룻밤 묵을 잠자리가 걱정이었지만, 그런 중에서도 두 사람은 서로가 사랑했다.

청년은 우희에게 청혼했다.

"우희 씨가 좋아요. 우리 일생 같이 살도록 해요."

"나는 결혼하여 남편이 있니더."

"알고 있어요. 할머니한테서 이야기 들었습니다. 남편은 우희 씨와 다시는 만나지 않을 사람이라는 것도 알고 있어요."

"나도 윤호 씨를 좋아하지만, 지금은 아닙니더."

"세상은 내일을 기약할 수 없는데 얼마나 기다려야 해요?"

"며칠 두고 생각해볼께요."

우희는 이 힘들고 어려운 피난생활에서 자기를 지켜줄 든든한 사람이 옆에 있어 좋았다. 두 사람의 마음을 알고 할머니가 더 적극적이었다. 아들과 며느리가 폭격으로 죽고, 우희와 윤호를 딸과 아들 삼아 의지하던 할머니는 둘을 결혼시켜 아들처럼, 며느리처럼 또 딸처럼 사위처럼 지내고 싶었다.

　피난생활은 전쟁을 피해 목표도 없이 가다가 날이 저물면 다리 밑이나 바위틈에서 자고, 양식을 구할 수 없어 굶을 때도 많았다. 그렇게 아흔아홉 굽이 죽령재를 걸어서 넘어 충청도 대강에 도착했다. 할머니의 고향은 개성 근처로 아직 전쟁터라서 갈 수 없었다. 우희의 고향은 죽령 넘어 영주에서 하루만 걸으면 갈 수 있는 예안이라 가깝지만, 전남편 이 서방을 피해 떠나와서 집으로 돌아갈 수 없었다. 소백산 넘어 첫 동네인 대강에서 머무르기로 했다. 길가에 부서지다 남은 집에 들어갔다. 집주인은 피난 가고 버려져 있는 집이라 나무판자를 주워와서 수리하여 방 두 개와 길가 쪽으로 난 마루를 수리하여 조그마한 음식점으로 꾸몄다.

　우희는 할머니와 같이 국수 장사를 시작했다. 국수는 다른 음식보다 반찬이 거의 없이 간장만 있으면 되어 적은 돈으로 쉽게 음식점을 열 수 있었다. 전쟁 중이라도 사람들은 먹고살아야 하니 장사가 잘 되었다. 우희와 할머니는 국수를 만들어 팔고, 윤호는 땔감을 해오고, 시장에 가서 국수 재료인 밀가루와 콩가루를 사왔다. 사람들이 많이 다니는 길목이라 장사가 아주 잘 되었다. 사람들은 아침부터 저녁까지 주린 배를 국수 한 그릇을 사먹으며 끼니를 해결했다. 돈이 모여지자 집을 수리하여 식당도 넓히고, 옷도 새로 사서 입을 수 있었다.

　차차 생활이 안정되어 가자 할머니의 주선으로 우희와 윤호는 결혼식을 올렸다. 피난민들이 모여 물물교환처럼 이루어지는 시장에서 한복도 한 벌 사고, 사모관대는 구하지 못하였지만, 청실홍실을 늘여놓은 대례상도 만들고, 이웃 노인을 불러와 전통결혼식 홀기에 따라 결혼식을 올렸다. 이웃이 모여 축하하며 잔치국수로 피로연을 하며 단출하지만, 갖출 것은 다 갖춘 결혼식이었다.

우희가 새로 결혼한 지 일 년이 지났다. 전선은 삼팔선 근처에서 남북으로 오르내리며 전투가 치열하지만, 소백산 밑 대강은 전선에서 멀리 떨어져 있고, 장사가 잘 되어 별 어려움은 없었다. 아기가 태어났다. 남자아이였다. 피난 도중 가족이 모두 죽고, 같이 살고 있는 할머니는 손주가 태어났다며 기뻐했다.

소백산은 높고 큰 산이라 인민군 점령 치하에서 내무서원이나 후퇴하다가 퇴로가 막힌 인민군이 숨어들어 무장공비가 되어 산 아래 동네로 내려와 식량을 빼앗고, 경찰과 전투가 벌어지기도 했다. 어느 날 밤 무장공비들이 내려와 집마다 동네 젊은 남자들을 모두 잡아서 끌고 갔다. 우희 남편도 무장공비들에게 잡혀갔다. 수십 명의 동네 남자들이 공비들에게 잡혀서 뒷산으로 끌려갔다. 얼마 후 산 위에서 수백 발의 총성이 들렸다. 동네 사람들은 공포 속에 모두가 뜬눈으로 불안한 밤을 새웠다. 우희는 겨우 첫돌이 지난 아기를 데리고 걱정 속에서 밤을 보내고 있었다.

날이 새자 아기를 할머니에게 맡기고 남편이 잡혀간 이웃 아낙들과 같이 뒷산으로 향했다. 산 정상 가까운 곳에 잡혀간 사람들이 모두 총에 맞아 처참하게 죽어 있었다. 여인들은 남편들의 시신 옆에서 주저앉아 울부짖었다. 동네의 젊은 사람이 모두 죽어 시신을 옮겨 장례를 지낼 수 없었다. 온 동네 여인들과 늙은이들이 시신을 그 자리에 묻었다.

전쟁의 틈바구니에서 굶고 노숙하며 힘들었던 피난생활을 버틸 수 있는 기둥이었던 남편 윤호는 그렇게 세상을 떠났다. 우희는 돌이 갓 지난 아기를 데리고 할머니와 같이 살기 위해서 음식 장사를 계속했으나 남편의 빈자리가 너무 컸다. 그러던 어느 날 할머니가 돌아가셨다. 가족을 떠나 홀로 정처 없이 헤매던 우희에게 가족이 되어주고, 힘이 되고, 삶의 울타리였던 할머니였다. 할머니도 피난 중에 아들과 며느리를 잃고 우희를 딸처럼, 며느리처럼 믿고 살아왔다. 이제 혼자가 된 우희는 아기를 데리고 살길이 막막했다. 그런 와중에 집주인이 피난생활에서 돌아와서 집을 비우라고 했다. 다 부서지고 쓰러져 가던 집을 수리하여 놓은 집이었으나 돌려줄 수밖에 없었다.

우희는 아기와 둘이만 남게 되었다. 이웃에 빈방을 얻어 생활했으나 먹고살 양식이 없었다. 배고픈 사람들은 양조장에 가서 술을 만들고 남은 지게미를 얻어와 먹었다. 술멕지라고 부르는 지게미에는 알코올 성분이 남아 있어 먹고 나면 술에 취했다. 그렇지만 너무 배가 고파 가축의 먹이나 퇴비로 쓰는 지게미를 아이들에게까지도 먹일 수밖에 없었다. 우희는 술 지게미를 얻어와서 먹었다. 지게미를 먹고 술에 취해 아기를 업고 비틀거리며 지나가는 우희를 사람들은 이상한 눈으로 쳐다보았다.

살길이 막막한 우희는 아기와 정처 없이 길을 떠났다. 길을 가다가 밭을 매는 사람이 있으면 아기를 업고 오전 내내 일하고 점심을 얻어먹었다. 품삯은 생각지도 못하고 온종일 일하고 한두 끼 밥을 얻어먹는 것이 고작이었다. 너무 지치고 힘들어 고향으로 돌아가고 싶었다. 이제 인민군이 물러갔으니 전남편 이 서방의 횡포는 없을 것 같았다. 우희는 고향으로 돌아가고 싶지만, 아기를 데리고 갈 수가 없었다. 혼자의 몸이었으면 당장에라도 달려가고 싶었다.

전쟁 중이라 부서지기는 했지만, 물건을 만드는 공장이 있으면 들어가서 여자가 할 수 있는 일을 하게 해달라고 부탁해도 아기 때문에 일할 수 없다고 했다. 옷감을 짜는 인견 공장에 찾아가서 사정하였으나 아기를 데리고 일할 수 없다고 거절했다. 가는 곳마다 아기 때문에 안 된다고 했다. 우희는 이러다가 아기와 같이 굶어 죽을 수밖에 없었다.

우희는 윤호와 새로 결혼하여 처음으로 부부의 정을 느끼며 아기가 태어나고 전쟁 중이지만, 마음에 평화를 찾고 행복을 느끼며 생활해왔는데, 그 행복도 오래가지 못했다. 공비들에게 남편을 잃고 의지하던 할머니마저 죽자 세상 모진 시련을 혼자서 감당해야 했다. 걷고 말하며 재롱을 피우는 아기가 귀엽지만, 가는 곳마다 아기 때문에 일할 수 없다는 말을 들을 때마다 문득 '아기가 태어나지 않았으면, 혼자서는 어떻게든 살아갈 수 있을 텐데…' 하는 생각이 들었다. 그뿐만 아니라 총에 맞아 죽었지만, 그렇게 일찍 죽을 것이었으면 남편 윤호를 만나지 않았으면 이 고생은 하지 않을 거라고 생각했다. 자식 하나 낳아놓고 죽은 남편이 원망스러웠다. 우희는 독한 마음을 먹었다. 아끼고 아껴두었던 비상금에서 과자 한 봉지를 샀다. 사람이 안 보이는 동네 가까운 길모퉁이에 아기를 두고 과자를 주며 말했다.

"엄마가 먹을 것을 구해올게. 여기서 과자 먹고 있어."

"응, 빨리 와."

아기는 달콤한 과자를 먹으며 말했다.

우희는 아기가 안 보이는 곳까지 와서 울면서 뛰었다. 자꾸만 눈물이 쏟아졌다. 살기 위해서는 아기를 버릴 수밖에 없었다. 아기를 버리는 것이 아기도 살고, 엄마인 자신도 살 수 있는 길이라고 생각했다. 아기는 몇 시간 후면 동네 사람들에게 발견되어 누군가 데려갈 것이다. 아들이 없는 집이면 데려다가 키울 것 같았다. 돈 많은 부잣집에 가서 배부르게 먹으며 귀하게 자라는 것이 엄마인 자신이 키우기보다 아기한테도 좋을 것 같았다. 우희는 자신을 위해서나 아기를 위해서나 서로가 좋을 것이라고 생각했다. 그렇지만 전쟁으로 모두가 힘들고, 거리에는 고아들이 넘쳐나는데 누가 아기를 데려가 자기 자식처럼 키울 것인가? 누군가에게 발견되어 전국 각 곳에 외국 자선단체들이 와서 만들어 놓은 고아원으로 보내질지도 모른다는 생각이 들었다. 그러면 고아원에서 엄마를 찾으며 울다가 울음소리에 짜증 난 아이들이나 관리인들이 두들겨 패서 그 여린 아기가 마음대로 울지도 못하고 공포에 질려 있을 것만 같았다. 또 아니면 많은 형제가 있는 집에서 자라 어릴 때부터 종처럼, 노예처럼 국민학교 문턱에도 가보지 못하고 일만 하며 자라나고, 늙어서 죽을 때까지 돈 한 푼 받지 못하는 그 집 종으로, 일꾼으로 평생 일만 할지도 모른다는 생각이 들었다. 온통 머릿속이 복잡했다.

한 시간을 걸어 십 리는 왔을 것 같았다. 길가의 나뭇가지에서 멥새가 벌레를 물고 앉아 있었다. 그러다 둥지로 가자 멥새 새끼 네 마리가 노란 입을 크게 벌리고 서로 먹이를 달라고 몸짓하고 있었다. 멥새는 그중에 한 마리 입에 벌레를 넣어주고 또 먹이를 구하러 날아갔다. 저 미물인 멥새도 네 마리나 되는 새끼를 키우느라고 땀에 젖은 작은 날개로 먹이를 구하러 분주히 날아다닌다고 생각하다가 '내가 지금 무슨 짓을 하지?' 하는 생각이 들었다. 날짐승도 자기가 낳은 새끼를 버리지 않는데 자신은 짐승보다 못하다는 생각이 들었다. 우희는 뒤돌아 아기를 두고 온 곳을 향해 뛰기 시작했다.

"아가! 내가 잘못했다."

우희는 그동안 마을 사람들이 아기를 발견하여 데려갔을지도 모른다는 불안한 생각이 들었다. 우희는 땀에 흠뻑 젖어 미친 듯이 소리쳐 아기를 부르며 뛰었다. 한 시간 전에 아기를 버린 것이 자기가 아닌 다른 사람인 것같이 생각되었다.

'내가 미쳤지. 왜 그랬을까?'

아기를 찾지 못하면 혼자서 살아갈 수 없을 것 같았다. 아기를 찾으러 헤매며 다니다가 그래도 찾지 못하면 늙어서 죽을 때까지 찾아다닐 것 같았다.

모퉁이를 돌아서자 멀리 아기가 그 자리에 있었다. 우희는 달려가 아기를 안았다. 아기는 과자를 다 먹고 빈 봉지를 들고 얼마나 울었는지 얼굴에는 눈물, 콧물 범벅이 되어 있고, 목이 쉬어 울음소리도 잘 나오지 않았다. 아기는 엄마를 보자 아장아장 달려와 엄마 품에 안겼다.

"아가, 내가 잘못했다. 다시는 너를 버리지 않을게. 먹을 것을 못 구해 같이 굶어 죽어도, 잠자리를 구하지 못해 길 위에서 같이 얼어 죽어도 너를 버리지 않을게. 아가, 죽을 때까지 너를 버리지 않을게."

우희는 아무도 없는 길 위에서 아기를 안고 넋두리하면서 소리쳐 울고 있었다.

⓭ 전우의 시체를 넘어서

　송인호가 속한 3사단은 안강까지 후퇴했다. 3사단은 두 달 동안 천 리 길을 후퇴하면서도 부대를 재편하여 인민군의 진격을 막다가 또 후퇴하고 뒤돌아서 교전하면서 이때까지 살아남은 병사는 팔천여 명이었다. 그 병사들도 후퇴하면서 급히 신병을 모집하여 보충된 인원이 태반이었다. 전쟁 전에 있었던 만이천 명의 병사들은 대부분이 전사당했다. 전쟁은 그렇게 수많은 젊은 생명을 앗아갔다. 송인호는 두 달이 넘게 매일 전우들이 적의 총탄에 맞아 피를 흘리며 죽어가는 것을 옆에서 지켜보며 자신도 어느 순간에 죽을 수 있다고 생각했다.
　식사 때마다 이 밥이 이승에서 마지막 먹는 사잣밥이 될 것이라는 생각이 들었다. 그럴 때마다 고향에서 애타게 기다리고 있을 아내가 생각났다. 눈 감으면 열아홉 살 예쁜 아내의 부드럽고 하얀 살결의 감촉이 느껴졌다. 결혼하고 사흘 만에 헌병대에 붙잡혀가는 남편을 울지도 못하고 정신이 나간 듯 멍하니 바라보던 아내였다. 전쟁이 끝나면 아내와 아기 낳아 기르며 오손도손 단란하게 살아갈 생각을 해보지만, 그때까지 살아남을 자신이 없었다. 유엔군이 참전하여 이제는 후퇴하지 않고 진격하여 인민군이 점령한 내 고향 땅을 다시 찾고, 어쩌면 우리나라가 통일될 수도 있다는 소망이 생겼다. 그러나 포항이 인민군에게 점령되고, 아직 점령되지 않는 지역은 경주, 대구, 울산, 부산으로 대한민국은 지도상에 한 줌도 안 되는 작은 나라로 쪼그라들어 위태롭게 버티고 있었다. 참전한 미 제24사단은 3사단을 도와 인민군과 전투하고 있었다. 지구를 반 바퀴 돌아와 이름도 생소한 나라 대한민국을 위하여 목숨을 걸고 전쟁을 돕고 있는 미군이 정말 고마웠다. 말은 통하지 않지만, 공동의 적과 싸우는 미군에게 믿음직스러운 전우애가 느껴졌다.

　포항을 탈환하기 위한 전투가 시작되었다. 인민군은 포항을 점령하고 경주를 빼앗기 위해 제12사단을 동원하여 총공세를 펼쳐왔다. 인민군이 472미터인 무릉산 능선을 따라 맹렬한 공격을 해와 미군은 후퇴하다가 다시 공격하며 일진일퇴의 공방전이 계속되었다. 송인호가 속한 부대는 미군 특공대와 같이 포항을 탈환하고 영일 비행장을 사수하라는 명령을 받았다. 폭격기의 찢어질 듯한 금속성 음이 들려오고, 미군 비행기가 인민군 진지에 폭탄을 투하하자 화염이 하늘 높이 치솟았다. 송인호는 비행기 소리에 이어 "우르릉~ 꽝!" 하며 폭탄 터지는 소리와 하늘 높이 치솟는 화염을 바라보며 이제는 후퇴하지 않고 진격할 수 있다고 생각했다. 인민군 탱크와 자주포에 밀려 후퇴하면서 포탄 터지는 소리만 들어도 가슴이 철렁 내려앉았는데, 아군인 유엔군이 참전하고 미군 비행기의 폭격소리는 곧 반격할 수 있다는 희망의 소리로 들렸다.

영산강 남쪽에서 진지를 구축하고 포항 탈환을 준비하고 있던 3사단이 인민군의 공격을 받고 있었다. 북한군 5사단은 많은 병력을 동원하여 3사단 후방으로 침투하여 운주산으로 공격해왔다. 미 제24사단은 특공대를 보내 경주 남쪽을 우회해서 영일 비행장을 탈환하기 위해서 전투하고 있었다. 유엔군의 지원을 받아 반격하려는 국군과 마지막 남은 경주와 부산 지역을 점령하여 전쟁을 끝내려는 인민군, 양측이 온 힘을 쏟아붓는 공격으로 전투는 격렬했다.

비행장을 지키던 인민군은 미군을 향해 기관총을 쏘며 강하게 저항했다. 미군 폭격기가 네이팜탄을 투하하자 네이팜탄 파편에 맞은 인민군은 몸에 붙은 불을 끄려고 손으로 불을 털었다. 불은 이리저리 밀려 더 번져 나갔다. 수천 도의 열을 내면서 옷을 태우고, 몸속으로 스며들며 살을 태웠다. 인민군 병사는 살이 타들어가는 고통 속에서 죽어갔다. 미군은 벙커 안에서 저항하는 인민군을 화염방사기를 쏘아 모두 불태우고 비행장을 탈환했다.

북한군 5사단에게 빼앗긴 운주산을 다시 찾기 위한 3사단의 공격이 시작되었다. 몇 시간의 치열한 공방 후에 산 정상을 향한 최후의 돌격 명령이 내려졌다. 3사단은 전쟁이 일어나고 삼팔선에서부터 후퇴를 계속하다가 가끔 뒤돌아서 방어하면서 포항까지 밀려왔는데, 처음으로 인민군 진지를 향해 돌격했다. 돌격하는 병사들의 함성은 낯설면서도 이제 국군도 빼앗긴 강토를 되찾을 수 있다는 희망의 소리로 들렸다. 총알이 떨어져 교통호로 연결된 능선에서 백병전이 벌어져 서로 찌르고 안고 구르며 사력을 다해 상대를 죽였다. 칼에 찔린 국군과 인민군의 피가 이리저리 튀었다. 송인호는 M1총 개머리판으로 돌려치기를 하여 인민군이 쓰러지자 달려들어 총검으로 앞가슴을 찔렀다. 입으로 피를 토하며 죽어가는 인민군은 열대엿 살 되는 소년이었다. 인호는 순간 '어린 소년이다'라는 생각을 하면서도 자신이 살아남기 위해서는 소년이라도 죽일 수밖에 없었다.

　수적으로 열세에 몰린 인민군은 마지막에는 별 항거도 못하고 모두 죽어갔다. 인민군 가운데에는 강제로 잡혀온 남한 출신 의용군도 있을 것이었다. 인호는 강제로 잡혀온 의용군도 인민군일 뿐 그들을 죽이지 않으면 자신이 죽을 수 있어 총을 쏘고 칼로 찔러 죽일 수밖에 없었다. 전쟁터에서는 그가 소년이고, 남한 출신으로 자기의 뜻과 상관없이 강제로 끌려온 인민군이라도 적일 뿐이었다. 삼팔선에서부터 몇 달 동안 후퇴만 하던 국군은 처음으로 인민군에게 점령된 고지를 탈환하면서 싸워 이길 수 있다는 자신감이 생겨 주위의 산봉우리들을 하나하나 탈환하며 사기충천했다.

　송인호가 속한 부대는 미군과 합동작전으로 포항 시내로 진격했다. 미군 탱크를 앞세우고 시가전이 벌어졌다. 인민군이 강력하게 저항해왔으나 탱크가 선두에 서고, 국군은 탱크 뒤를 따라 진격하니 국군의 희생자가 거의 없었다. 9월 중순인 14일이 되자 그렇게 완강하던 인민군도 기세가 꺾였다. 인민군 24사단은 포항전투에서 거의 괴멸되었다. 전쟁이 일어나고 춘천, 홍천을 방어선으로 인민군과 일주일 가까이 전투하며 3사단 병사들은 거의 전멸되었는데 이번에는 인민군 24사단이 전멸되고 일부는 포로로 잡혔다.

포항을 수복한 국군 3사단은 잃어버렸던 영덕과 영천, 안동을 차례로 빠르게 수복해갔다. 안동을 수복하고, 공교롭게도 송인호가 소속된 부대는 예안으로 들어왔다. 수많은 사람이 3개월 동안 공산 치하에서 시달리다가 국군이 들어오자 태극기를 들고 나와 대한민국만세를 부르며 환영했다.

국군 수복 예안면민 환영대회가 열렸다. 여러 사람이 "대한민국만세!"를 부르는 중에 한 사람이 "인민공화국만세!"를 불렀다. 그 소리가 너무 커서 모두가 듣게 되었다. 대대장 김 소령은 그 사람을 불러내었다. 모인 사람들은 긴장했다. 내무서원이나 인민군에게 부역한 사람들이 잡히면 별다른 재판도 없이 총살당하는데 인민군과 숱한 전투를 치르며 수많은 전우가 죽어가면서 탈환한 지역의 국군환영대회에서 "인민공화국만세!"를 부르다니 있을 수 없는 일이었다. 사람들은 "인민공화국만세!"를 부른 사람은 곧 총살당할 것이라고 생각하며 긴장했다. "인민공화국만세"를 부른 사람은 겁에 질려 어쩔 줄 몰라 쩔쩔매면서 불려 나왔다. 그러나 대대장 김 소령은 이해했다. 인민군 치하에서 3개월 동안 동원되어 "인민공화국만세!"를 얼마나 많이 부르게 하였으면 자기도 모르게 "인민공화국만세!" 소리가 나왔겠는가?

"생명을 부지하려면 매사에 신중해야 해. 앞으로 조심하도록 해."

김 소령은 그 사람에게 질책하지 않고 주의만 시키고 들여보냈다. 사람들은 순간적인 작은 실수를 한 그 사람이 총살당할 것 같아 긴장하며 걱정하고 있었는데 대대장의 말에 안도했다. 부대는 숙영준비를 했다. 송인호는 소대장에게 부탁했다.

"인근에 우리 집이 있는데 부모님과 아내를 만나고 내일 새벽에 올 수 있게 외박을 허락해주시이소."

예안지역은 인민군이 모두 후퇴하여 위험하지 않았다. 소대장은 대대장에게 보고하자 전시라 외박이 안 되지만, 특별히 허락했다. 송인호는 만약의 경우를 대비해서 철모에 총까지 지닌 단독군장을 하고 집으로 갔다. 3개월 동안 인민군 치하에 있어도 집도, 동네도 불타지 않고 그대로 있었다.

"어매요, 저 왔니더."

인호는 사립문을 열고 마당으로 들어서며 큰소리로 어머니를 불렀다. 아버지와 어머니가 뛰어나와 얼싸안았다. 행주치마를 입은 아내는 부엌에서 반가워 어쩔 줄 몰라 하며 서 있었다. 전쟁이 일어나고 소식을 몰라 매일 걱정 속에서 살던 식구들이었다. 어머니는 닭을 잡고, 아내는 쌀을 씻어 저녁을 지으며 모처럼 집 안에 활기가 돌았다. 인호는 앞 개울에 가서 마음 놓고 오랫동안 씻지 못했던 몸을 씻었다. 전쟁 중에는 물가를 지나면서도 몸을 씻을 시간적 여유가 없었다. 어쩌다 물가에서 휴식을 취해도 손발을 씻고, 머리를 감는 것이 고작이었다. 저녁을 먹고 그동안의 이야기로 시간 가는 줄 몰랐다. 부모님은 전쟁이 일어나고 수없이 많은 군인이 죽어가는데 3개월 동안 소식이 없는 아들이 잘못되지는 않았을까 하고 날마다 걱정하며 살아왔다. 그동안 전선은 계속 남쪽으로 밀려 내려가 고향은 인민군 점령지역이어서 편지 연락도 할 수 없었다.

아내는 결혼하고 사흘 만에 헌병대에 잡혀간 남편이 무사하기를 빌며 매일 초조한 나날을 보내왔다. 잠을 자다가 꿈에서 남편을 만나기도 하고, 남편이 인민군한테 잡혀서 포로가 되어 끌려가는 꿈을 꾸다 놀라 소리치며 깨기도 했다. 남편의 꿈을 꾸고 나면 전쟁터에서 날마다 많은 병사가 죽어가는데, 혹시나 하는 불길한 생각이 들어 혼자서 속을 태웠다. 젊은 새댁이라 밖에는 피난민과 인민군이 지나다녀서 들에도 가지 않고 그동안 집 안에서만 생활해왔다. 오늘도 남편이 무사하기를 빌며 저녁을 하려고 준비하고 있는데 남편이 군복을 입고 철모 쓰고 총까지 들고 갑자기 나타난 것이었다. 사립문을 열고 들어오는 남편을 부엌에서 바라본 아내는 꼭 꿈을 꾸고 있는 것 같았다. 군복을 입은 남편의 모습을 처음 보았지만 낯설지 않았다. 남편은 아내를 향하여 눈인사만 하고 아버지, 어머니와 이야기하며 저녁 먹고, 도착한 지 두 시간이 지나도 말 한마디 건너지 못했다. 아내는 저녁 설거지를 끝내고 뒤뜰 우물가에서 목욕했다. 몸이 달아오르고 아무도 보지 않는데도 부끄럽고 얼굴이 화끈거렸다. 방에 들어와 원앙침금을 펴고 남편을 기다렸다. 결혼 첫날밤 남편을 맞이하는 것보다 더 설레고 가슴이 뛰었다. 저녁을 먹은 인호는 빨리 아내 곁으로 가고 싶었으나 부모님의 눈치가 보여 자리에서 일어설 수 없었다.

"내일 새벽이면 부대로 돌아가야 칸다며? 일찍 자거라."

인호의 속마음을 안다는 듯이 어머니가 말했다. 인호는 결혼하고 사흘 만에 헤어진 아내와 마주 앉으니 서먹했다.

"그동안 혼자서 고생 많았소."

"아니시더. 서방님이 이렇게 무사해서 행복하이더."

아내는 남편인 인호를 쳐다보며 부끄러워하며 얼굴을 붉혔다.

"우리 결혼하고 일주일도 안 되어 헤어졌잖니껴?"

"그러이더. 결혼 사흘 만에 서방님이 헌병에게 잡혀갈 때 하늘이 무너지는 것 같았니더."

"미안하이더. 이러케 예쁜 당신 두고, 나는 전쟁터에서 매일 당신 생각했소."

"저두요. 밤마다 당신이 무사하기를 마음속으로 빌었니더."

"사랑해, 여보."

인호는 아내 끌어안았다. 그리고 호롱불을 끄고 옷을 벗었다.

결혼 때 해온 원앙침금은 남편이 헌병에게 잡혀가고 한 번도 덮지 않아 새것이라 풀기가 빳빳했다. 인호는 아내를 끌어안으며 첫날밤보다 더 황홀해했다. 아내의 보드라운 살결과 탄력 있는 둔부와 젖가슴을 미친 듯이 탐했다. 아내도 오래 기다린 남편을 온몸으로 받아들였다. 전신을 요동치던 아내의 입에서 신음이 비명으로 변해 흘러나왔다. 인호는 그때야 정신이 번쩍 들었다. 옆방에는 어머니와 아버지가 주무시고 있는데 '아내의 감창소리를 들으면 얼마나 민망해할까'라는 생각이 들었다. 손바닥으로 아내의 입을 막아 비명이 문밖으로 새어 나가지 않게 했다. 잠시 주춤하던 아내는 더 적극적이었다. 인호는 아내와 그동안 그리웠던 운우의 정을 나누며 밤을 꼬박 새우고 있었다. 첫닭이 울고 둘째 닭이 울어도 부부는 떨어질 줄 몰랐다. 그러다가 인호는 깜박 잠이 들었다.

눈을 뜨니 옆자리에 아내가 없었다. 서운했다. 한 번 더 으스러지게 안아주고 싶었다. 부엌에서 절구 찧는 소리와 달그락거리며 밥하는 소리가 들렸다. 도란도란 고부간 이야기하는 소리도 들렸다. 이제 부대로 돌아가야 한다고 생각하니 아쉬웠다. 하룻밤이 너무 짧았다. 일어나 건넛방으로 가니 밥상이 차려져 있었다.

"새벽에 가야 칸다며? 일어났으면 번뜩 세수하고 밥을 먹어라."

어머니가 말했다. 아직 날이 완전히 밝지 않았지만, 세수하고 아침을 먹었다. 그동안 어머니는 찰밥을 해서 절구에 으깨어 잘게 하나씩 떼어 콩가루에 묻혀서 찰떡을 만들어 놓았다. 수십 명이 먹을 많은 양이었다.

혼란과 전쟁 221

"같이 생활하는 전우들에게 그냥 갈 수 없잖나. 찰떡을 해놓았으니 가꼬 가서 나나 먹어라."

제사에 쓰려고 아끼고 아끼던 찹쌀로 떡을 만들어 놓았다. 인호는 어머니가 전우들까지 챙겨주는 것이 고마웠다. 아침을 먹고 예안에서 야영하는 부대로 돌아가려고 탄띠를 메려는데 부엌에 있던 아내가 들어왔다. 인호는 아내가 무척 사랑스러웠다. 이렇게 떠나가면 언제 아내를 만날지 모른다. 어쩌면 아내와 영원한 이별이 될지도 모른다는 생각이 들었다. 전쟁은 1분 후 자기의 생사도 알 수 없었다. 인호는 그대로 떠나기가 서운해서 방으로 들어오는 아내를 안고 입을 맞추며 살며시 안아 눕혔다. 그리고 입던 옷을 벗었다. 아내는 말없이 웃으며 응해주었다. 밤새도록 아내를 탐했지만, 다시 안아본 아내는 새로웠다. 가야 하는 시간이 급하여 빠르게 움직였다. 아내도 짧은 시간이 아쉬운 듯 온몸을 격렬하게 요동쳤다. 아내는 까르르 넘어가며 비명을 질렀다. 절정에 이르지 못한 인호는 더 빠르게 움직였다. 아내의 비명소리는 더 커져갔다. 건넛방에는 아버지와 어머니가 있는데 민망하지만, 아내의 입을 막지 않고 마음껏 소리 지르도록 내버려두었다.

시어머니는 남편 보기가 민망하여 한마디 했다.

"며느리 아이는 시아버지가 옆방에 있는데도 조심성도 없이…"

남편이 눈치를 살피며 말했다.

"우리 손자가 태어날 껀데, 귀엽고 듣기 좋기만 한데 뭐. 제발 손자 하나만 낳아주면 원이 없겠네."

인호는 온몸이 나른하여 아내를 안고 그대로 누워 있었다. 이대로 아내를 품고 잠들고 싶었다. 그렇지만 부대는 아침이면 전선을 따라 출발할 텐데 잘못하면 낙오병이 아닌 탈영병이 될 것 같았다. 지금은 전쟁 중인데, 전쟁 중 탈영은 영창이 아니라 바로 총살형을 당할 수 있었다. 부대로 복귀하지 않는 것은 자신을 믿고 대대장에게 부탁하여 외박을 허락한 소대장에 대한 인간적 도리가 아니라는 생각이 들었다. 누워 있고 싶지만 억지로 일어났다. 일어나기 전에 아내를 힘껏 포옹하며 진한 입맞춤을 했다.

5리를 걸어 부대 야영지에 도착하니 날이 완전히 밝았다. 부대원들 모두 주먹밥으로 아침식사를 끝내고 이동준비를 하고 있었다. 소대장에게 귀대보고를 하고 가지고 온 찰떡 바구니를 내어주었다. 선임하사가 받아 1분대장 정 하사를 시켜 한 사람에게 두 개씩 골고루 나누어주었다.

"얼마 만에 먹는 찰떡이냐?"

좋아하며 찰떡을 먹은 부대원들은 이동하기 시작했다.

그동안 인민군과 밤을 새워 싸우거나 후퇴할 때도 있어 하룻밤 잠을 안 자는 것은 보통이었다. 인호는 이동 중에 자꾸 졸리고 발을 헛디디기도 했다. 분대장 남 하사가 보고 인호 옆으로 다가왔다. 그는 웃기는 헛소리를 잘했다. 어떤 때는 인민군과 전투를 하면서도 우스운 소리를 해서 분대원을 웃겼다. 남 하사는 말도 안 되는 헛소리로 웃겨 분대원의 긴장을 풀어주었다. 그는 인호의 팔을 뚝 치며 말했다.

"송 상병, 어젯밤 마누라 등살에 한잠도 못 잤구나."

농담으로 하는 말이지만, 다 알고 있다는 듯이 말해서 인호는 순간 뜨끔했다.

"봐! 내 말 맞지? 얼굴 빨개지네."

"남 하사님도 집에 가면 마찬가지일걸요."

"야, 나는 아직 장가 안 갔어."

"그럼 남 하사님은 총각이니껴?"

"마누라하고 떡 치면 재미가 어떻니?"

"이바구해도 장가 안 간 애들은 모르니더. 어디 돈 주고 하는데 가서 실습해보소."

"야! 이 짜씩 봐라! 송 어른님, 내가 졌다."

옆에 걷고 있던 김 병장이 말을 거들었다.

"공연히 애가 어른한테 그거 하는 이야기해 달라니 설명을 할 수 없잖아요."

"김 병장, 너도 해봤어?"

"물론이죠."

"맞네! 우리 분대에서 떡 못 쳐본 사람은 분대장인 나 혼자뿐이니 내가 애가 맞네. 씨발…"

듣고 있던 분대원은 모두 웃었지만, 송인호 상등병을 부러워하며 행군하고 있었다.

송인호가 소속된 부대 병사들이 예안에서 야영하고 간 다음날 다른 국군부대가 들어왔다. 후방 지원부대라 점령지의 패잔병들을 소탕하고 경찰 치안을 도와 적색분자를 색출하며 며칠을 머물렀다. 인민군 치하에서 적극적으로 부역했던 자들을 찾아내어 잡아들였다. 내무서원이 되어 붉은 완장을 차고 의용군을 잡으러 다니던 사람들은 국군이 진격해오자 대부분 도망갔다. 신수돌은 안동에서 군당 인민위원회 위원으로 있다가 인민군이 후퇴를 시작하자 다시 지리산으로 돌아갔다.

　예안면 인민위원회 위원장으로 있었던 박태철은 도망을 가지 않고 집에 머물다 아내인 장 여인과 같이 국군에게 붙들렸다. 어제 국군이 들어와 야영하고 가도 아무 일이 없어 도망가지 않고 방심하다 잡힌 것이었다. 박태철뿐만 아니라 안동여고를 다니다가 인민군 점령하에서 인민위원회 여맹 위원장을 한 신숙자도 미처 몸을 피하지 못했다. 면내에서 여고를 다니는 학생이 몇 명 되지 않아 억지로 맡은 여맹 위원장이었지만, 국군이 점령하자 처형 대상자가 될 수밖에 없었다. 그밖에 인민군이 점령하에서 붉은 완장을 차고 다니며 청장년들을 닥치는 대로 잡아 의용군으로 보내고, 우익인사를 잡아들이며 인민군 앞잡이로 활동하다가 도망가지 못한 몇 사람이 체포되었다. 국군은 별다른 재판 절차도 없이 그들이 인민군을 도운 사실을 확인하고 처형했다. 소령 계급장을 단 대대장이 면 인민위원회 위원장을 지낸 박태철을 총살하기 전에 말했다.

"너는 인민위원회 위원장으로 피난 못 간 수많은 청소년과 장년들을 잡아 강제로 의용군에 보냈고, 많은 우익인사를 잡아 죽였다. 너를 총살형에 처한다. 마지막으로 할 말이 있느냐?"

박태철을 자신의 죽음을 각오한 듯이 의연하게 말했다.

"나는 죽지만, 집사람은 죄가 없다. 아내를 살려달라."

"너의 아내도 너와 같이 인민군에 빌붙어 생활하며 청년들을 잡아 의용군에 보내고, 우익인사를 밀고하여 잡아 죽이는 데 협조하지 않았느냐?"

"그런 일 없다. 내가 바깥에서 있었던 일을 아내에게 말하지 않았고, 아내도 내 일에 간섭하지 않았다. 모든 일은 내가 한 일이지 아내는 상관이 없다."

심문하던 대대장은 박태철의 아내 장 여인을 보았다. 젊고 예뻤다. 결혼한 지 일 년도 되지 않아 아이도 없었다. 어떤 남자가 보아도 첫눈에 호감이 가는 여자였다. 대대장은 갑자기 무슨 생각을 했는지 박태철에게 말했다.

"좋다. 너의 말대로 네 아내를 살려주겠다. 더 할 말이 없느냐?"

"없다. 아내를 살려줘 고맙다."

박태철은 죽음 앞에서 당당했다. 병사들은 인민위원장 박태철을 한쪽으로 데리고 가서 총살했다. 장 여인은 모든 것을 지켜보고 있었다. 남편이 총살당하는 상황에서도 울 수도 없었다. 대대장이 살려준다고 약속은 했지만, 남편이 죽어 약속을 지키지 않고 자기를 죽여도 말할 사람이 없었다. 이어서 아직 여고 3학년 학생인 앳된 여맹 위원장도 다른 부역자들과 같이 총살당했다. 수많은 전투를 치르면서 사람을 죽이는 것이 일상화된 군인들은 민간인을 잡아 아무렇지도 않은 듯이 처형했다.

　잡혀온 다섯 사람 중에 살아남은 사람은 박태철의 아내 장 여인뿐이었다. 장 여인은 남편과 같이 인민위원에서 일하던 세 사람이 총살당하는 것을 보고 정신이 없었다. 죽음 앞에서도 대대장에게 자기만 죽이고 아내는 살려달라고 당당하게 말하던 남편의 모습이 눈에 선했다. 결혼하고 일 년도 안 되어 아직 신혼처럼 서로 사랑하며 살아왔는데, 이제는 남편 없는 이 세상을 혼자서 살아야 한다고 생각하니 앞날이 막막했다. 남편을 죽인 이 살벌한 군인들한테서 벗어나고 싶지만 보내주지 않았다. 아무나 잡아 죽일 수 있고, 살릴 수도 있는 군인들의 막강한 힘 앞에 장 여인은 남편을 죽이는 광경을 보고도 분노할 수도, 복수할 생각은 엄두도 못 내고 공포에 싸여 있었다. 생각 같아선 남편을 죽인 대대장을 죽이고 싶지만, 당장에는 말 한마디도 걸 수 없고, 똑바로 바라볼 수도 없었다. 지금이라도 자신을 끌어내어 총으로 쏴 죽일 것만 같았다. 재판도 없이 남편을 총살하여도 어디에다 하소연할 수도 없는 살벌한 세상이었다.

　저녁때가 되어 병사가 주먹밥을 가져다주었지만 먹을 수 없었다. 군인들은 보초를 세우고 야전텐트에서 잠을 잤다. 장 여인은 텐트 안에서 전화기를 앞에 두고 당직을 서는 병사 옆 구석에 쪼그리고 앉아 있었다. 밤 열한 시가 가까워져 오자 남편을 죽인 대대장이 나타나서 따라오라고 했다. 장 여인은 도망칠 수도, 거절할 수도 없었다. 조금 떨어진 곳에 두세 사람이 잘 수 있는 작은 군용텐트로 들어갔다. 장 여인은 겁이 나서 망설여지면서도 따라 들어갔다. 대대장은 마음만 먹으면 당장이라도 장 여인을 죽일 수 있는 절대적인 힘을 가진 악마 같기도, 신 같기도 한 존재로 느껴졌다. 텐트 안으로 들어가자 대대장은 부드러운 음성으로 이야기했다.

"아주머니, 남편을 살리고 싶었지만, 많은 병사가 보는 앞에 군율을 어기고 살릴 수 없어 미안했습니다. 아주머니도 부하들의 눈치를 보아가며 억지로 살린 것이니 이해하기를 바랍니다."

장 여인은 아무 말도 할 수 없었다. 남편을 죽인 원수 대대장이 자기를 범하려고 하는 수작이라는 것을 알면서도 도망갈 수도, 반항할 수도 없었다.

"여기는 야전군 병영이라 아주머니가 잘 만한 곳이 없어요. 나와 같이 이곳에서 자요."

장 여인은 멈칫 놀랐다. 노골적으로 같이 자자고 하는 것이 아닌가? 그래도 이 원수의 말을 거역할 수 없었다. 인민군을 도운 죄로 잡아와 남편을 비롯한 다른 사람들을 모두 총살하고 자신만 살린 목적이 그의 성욕을 채우기 위한 것이라고 생각되었다. 대대장은 언제든지 나를 죽일 수 있는 절대적인 힘을 가진 자로 이 악마 같은 자의 손아귀에서 어떻게 벗어날 수 있을까 생각하며 장 여인은 쪼그리고 앉아 있었다.

　대대장은 모포를 나란히 펴놓고 자라고 하며 자신은 누워 잠이 들었다. 장 여인은 대대장이 잠이 들었는지, 잠을 자는 체하는지 알 수 없었다. 남편을 죽인 원수인 이 자를 죽이고 나도 자살해 버릴까 하는 생각을 해보지만, 그럴 용기도 힘도 없었다. 한 시간이 지나도 꼼짝도 하지 않고 자고 있었다. 온종일 남편과 동료들이 죽는 험한 꼴을 보며 소리쳐 울지도 못한 장 여인은 정신이 혼미해져서 자신도 모르게 대대장이 자는 옆에 쓰러져 누웠다. 잠이 들었을까, 남자의 손길이 닿는 것 같아 눈을 떴다.

　"아주머니, 너무 예뻐요. 내가 옆에서 지켜줄게요."

　대대장은 장 여인의 옷을 벗겼다. 고함칠 수도, 도망갈 수도 없었다. 몸을 옹크리고 반항했으나 억센 남자는 그녀에게 올라타고 씩씩거리며 욕심을 채웠다. 한번 당하고 난 장 여인은 될 대로 되라는 식으로 모든 것을 포기하고 대대장이 하는 대로 맡겨두었다. 밤새도록 몇 번이나 욕심을 채운 대대장은 날이 새자 당번병을 불러 군복 한 벌을 가져오라고 했다. 장 여인은 군복으로 갈아입었다. 병사들은 대대장이 잡혀온 여자와 재미 보고 있다는 것을 알고 있었으나 아무도 말하지 않았다. 그날부터 장 여인은 계급도, 이름표도 없는 군복에, 군대 모자를 쓰고 부대원의 일원이 되었다. 그리고 밤이 되면 대대장의 아내 노릇을 하며 부대를 따라 같이 이동했다.

　장 여인은 의무병을 도와 약품과 붕대도 정리하고, 숙영지에서 당번병 대신 대대장의 옷도 빨래했다. 그렇게 한 달 가까이 군인들을 따라다니면서 밤으로는 대대장의 성욕 대상이 되었다. 그러다 어느 날부터 대대장은 장 여인에게 싫증을 느꼈는지 참모라는 군인이 데려가서 잠자리를 같이했다. 그리고 매일 밤 잠자는 상대가 바뀌었다. 장 여인은 남편을 죽인 대대장이 한 달 동안이나 자신을 능욕하고는 이제는 쓰다 버리는 물건처럼 이 사람, 저 사람에게 넘겨져 하룻밤씩 돌려쓰고 버려지는 신세가 되었다. 부대가 수원을 지날 때 부대장이 시찰 나와 장 여인의 존재를 알고 대대장을 호되게 꾸짖고, 일선 전투부대로 인사이동을 시켜버렸다. 그리고는 장 여인을 부대에서 쫓아내었다.

수원 근처 도롯가에서 군복을 입은 채 버려진 장 여인은 차를 얻어 타다, 걷다 하면서 며칠이 걸려 예안으로 돌아왔다. 남편은 인민위원장으로 국군한테 총 맞아 죽고, 군대에 끌려갔다가 한 달 만에 돌아온 그녀는 그동안 자기에게 군인들이 한 짓을 아무에게도 말할 수 없었다. 이웃들은 군복을 입고 나타난 그녀를 보고 국군부대 내에서 부상병들을 치료하는 위생병 보조역할을 하다가 온 것으로 알고 있었다.

⑭ 거제도 포로수용소

    인천상륙작전으로 평양으로부터 오는 보급로 허리를 끊고 병참지원을 막아 낙동강에서 전투하는 인민군 주력부대를 남한이라는 거대한 울타리 안에 국군과 유엔군이 둘러싸 가두었다. 보급로가 끊긴 인민군은 탄약과 식료품이 지원되지 않아 무너지기 시작했다. 인천에 상륙하여 서울을 탈환한 국군과 유엔군은 인민군을 낙동강 전선에서 방어하던 국군과 유엔군 사이에 가두고 공격했다. 포위망에 갇힌 인민군은 휘발유가 없어 소련으로부터 지원받은 탱크와 자주포를 비롯하여 각종 무기를 운송할 수 있는 트럭을 버려둔 채 전투부대를 몇 백 명, 몇 십 명씩 소단위로 나누어 후퇴하기에 급급했다. 보급품이 끊어져 싸울 기력이 없어 추격하는 국군과 유엔군의 총에 맞아 죽어가며 북쪽으로 후퇴했다. 북쪽으로 후퇴하다가 북한으로 넘어가는 허리를 끊은 국군과 유엔군이 앞을 가로막고 있어 수십만 명의 인민군 주력부대는 대부분 포로가 되었다. 일부는 국군과 유엔군의 방어선을 피해 산을 타고 북으로 넘어갔지만, 그 수는 얼마 되지 않았다. 포로가 되지 않고 남한에 떨어진 소수의 인민군은 산으로 숨어 들어가 공비와 같이 후방 유격대에 합류하여 무장공비가 되었다.

남한에는 인민군 포로가 넘쳐났다. 6월 25일 삼팔선을 쳐내려 왔던 인민군 중 전사당하고 남은 대부분이 포로가 되었다. 그뿐만 아니라 의용군으로 끌려간 수만 명의 남한 청소년도 인민군으로 포로가 되었다. 너무 많은 포로들로 부산 포로수용소는 포화상태를 넘어 국군과 유엔군의 작전에 큰 방해가 되었다. 1951년 1월 부산에는 개전 당시 한국군 수보다 많은 13만 7천 명의 인민군 포로가 있었다.

안동철은 다부동 전투에서 포로가 되어 4개월째 부산에서 포로생활을 하고 있었다. 몇 만 명이던 포로가 인천상륙작전 후에는 하루에도 만여 명씩 잡혀왔다. 부산은 육지여서 포로들의 탈출이 용이할 뿐만 아니라 전쟁물자가 부두를 통해서 들어오는데 13만이 넘는 포로의 존재 자체만으로도 위협이었다.

1951년 가을 포로수용소를 거제도로 옮겼다. 거제도는 제주도 다음으로 큰 섬으로 육지에서 가깝고 바다로 둘러싸여 포로들의 탈출을 막고 관리하기도 용이하며, 국군과 유엔군의 전쟁 수행에도 방해가 되지 않았다. 거제도는 넓은 면적에 인구가 20만 명이 살고 있어 여덟 군데에 분산하여 철조망을 치고 포로를 이송했다.

안동철은 부산 영도 해동중학교에 설치된 포로수용소에서 거제도 포로수용소로 이송되었다. 중공군이 참전하면서 중공군 포로도 많았다. 새로 이전한 거제도 포로수용소에는 인민군 포로 13만 명과 중공군 포로 2만 명으로 15만 명의 포로가 수용되었다. 남한에는 거제도보다 규모가 작지만, 여덟 군데나 더 포로수용소가 있었다. 일 년 전 전쟁이 일어날 때 인민군이 20여만 명이었고, 국군이 10여만 명이었는데 전쟁이 일어나고 7월 말까지 한 달 사이에 전사한 인민군 6만여 명이었던 걸 감안하면 남한으로 내려온 인민군은 거의 포로가 되었다. 인민군은 점령한 남한의 소년, 청년, 장년까지 닥치는 대로 의용군이라는 이름으로 잡아다 강제로 인민군 군복을 입혀 전쟁터로 내몰았다. 포로 중에는 안동철처럼 남한 출신 의용군이 많았다. 날이 갈수록 포로들은 점점 불어나 인민군 15만 명에다 중공군 2만 명으로 17만 명이나 되고, 거기다 여자 포로가 4천 명이나 되었다.

포로는 유엔군이 관리하고, 한국군은 외곽경비를 담당하고 있었지만, 실질적인 관리는 미군이 하고 있었다. 미군은 포로들을 국제협약대로 관리하며 포로들에게 많은 자유를 허용했다.

1949년 제네바에서 체결한 국제협약에 의하여 "포로는 인도적으로 취급되어야 한다. 포로는 인종, 국적, 종교, 정치적 의견 등에 의하여 불리한 차별대우를 받지 않으며, 사법상의 신분은 완전히 유지되어야 한다. 교전 당사자의 적대 행위가 종료되면 지체 없이 전쟁포로를 본국으로 송환해야 한다"라는 조항을 포함하여

143개 조문으로 되어 있는 포로에 대한 국제협약은 포로의 자격 요건, 포로의 대우, 포로 신분의 종료, 부상자와 병든 자의 보호와 같이 포로 전반에 관하여 상세히 규정되어 있었다.

　미국은 국제협약에 의하여 엄청난 예산을 포로 관리비로 썼다. 국제적십자사에서는 2차 세계대전 후 세계 최대의 포로수용소인 17만 명이나 되는 거제 포로수용소를 수시로 점검하고 감시했다. 포로의 의복과 침구는 물론 하루 세 끼의 따뜻한 식사도 거의 미군에 준하는 수준으로 대우했다. 그 결과 잡힐 때는 못 먹어서 비쩍 말라 있던 인민군과 중공군 포로들은 살이 오르고 건장한 모습이 되었다. 포로수용소 보급은 인민군과 중공군과는 비교도 안 될 정도로 좋아 포로들에게 낙원 같은 곳이었다. 포로수용소 철조망 밖에서 경비를 서는 한국군은 자기들보다 훨씬 잘 입고 잘 먹으며, 따뜻한 겨울을 지내는 포로들을 보고 불평하기도 했다.

　미군은 한 국가의 군대 수보다 많은 17만 명이나 되는 거제 포로수용소 질서유지를 포로들에게 맡겨 수용소 내의 질서를 유지하는 자치 인민위원회가 미군의 승인 아래 만들어졌다. 포로들은 친공산주의 포로와 반공산주의 포로들로 대립하기 시작했다. 포로 중에 많은 수가 남한에서 의용군으로 끌려가서 강제로 인민군이 된 사람들은 반공산주의 포로였다. 또 북한 출신 포로 중에는 공산 실정을 본 많은 포로들도 공산주의를 원하지 않았다.

　포로들의 일과는 수용소 환경 꾸미기와 도로보수, 청소, 수용소의 환자 간호, 수용소에서 사용할 물자 운반, 일반 교양교육과 사회 환원을 위한 기술교육이었다. 군대훈련보다 힘들지 않고 편한 교육이었다. 인민군이나 중공군으로 군대생활할 때보다 아주 편하게 생활하며, 좋은 영양공급으로 포로들은 살이 찌고 힘이 넘쳐났다. 포로들의 교양교육 중에는 한국과 중국의 역사, 전체주의와 민주주의 교육, 자유주의 정치, 경제와 한국과 중국의 정치, 문화, 사회 전반에 관한 것이었다. 그러다가 친공포로와 반공포로의 갈등이 생기면서 반공교육은 제외되었다.

포로수용소 내의 친공포로들은 세력을 키워 점점 조직화되어 공공연히 인민공화국 깃발을 내어 걸고 적기가와 김일성 찬양가를 부르며 군대훈련을 했다. 수용소 안에서 인민군과 중공군이 집단훈련과 공산교육을 하는데도 관리하는 미군이 통제하지 않으니 철조망 밖에서 경계하는 한국 군인들은 걱정스럽지만 바라보고 있을 수밖에 없었다.

처음에는 낙원 같았던 포로수용소가 점점 친공포로들과 반공포로들의 전투장으로 바뀌어갔다. 친공포로들과 같은 막사에 있는 반공포로들은 드러내어 놓고 자기의 성향을 나타낼 수 없었다. 북한에서 포로수용소 내에 친공세력을 조직화하여 반란과 폭동을 선도할 공작원을 포로로 가장하여 침투시켰다. 그들은 반란과 폭동에 사용할 무기를 만들었다. 친공포로들은 유엔군이나 국군의 총과 권총 실탄을 훔치고, 심지어는 기관총을 훔쳐서 흙을 파고 숨겼다가 밤이 되어 가져왔다. 폭동에 사용할 무기도 만들었다. 사제 수류탄과 폭탄, 화염병, 칼, 가위, 기다란 장대 끝에 뾰족한 쇠붙이를 단 창과 망치, 자전거 체인, 빠루, 손도끼, 가시철망, 철사를 둘둘 감은 기다란 막대, 밧줄, 각종 고문할 때 쓰는 안대와 같이 구할 수 있는 모든 물건을 동원하여 폭동을 준비하고 있었다. 그들은 내무반인 천막 한쪽에 땅을 파고 무기를 저장하는 창고를 만들었다.

안동철는 다부동 전투에서 포로가 되어 포로들 중에는 고참이지만, 이들에게 공포를 느껴 아무 말도 할 수 없었다. 그들이 김일성 찬양가를 부르면 따라서 불렀다. 남조선 의용군 출신은 감시의 대상이라 신상에 어떤 일이 일어날지 몰라 걱정이었다. 포로의 낙원이던 수용소는 점점 불안해져서 공포의 장소로 바뀌어갔다.

밤이 되면 포로들끼리 사상교육이 시작되었다. 그리고 자치 인민재판이 열렸다. 이념을 달리하는 반공포로를 끌어내어 자아비판을 시켰다. 처음에는 끌려 나온 포로 중에 겁 없이 그들과 맞서는 사람이 있었다.

"인민군으로 조국통일 전선에 나섰지만, 생각하는 것은 개인의 자유가 아닙니까?"

"이 배신자, 인민의 배신자를 위대한 김일성 수령의 영도 하에 조국통일전쟁 최일선에 나선 전사들 이름으로 처단한다."

인민재판 위원장인 자치위원장의 말이 떨어지자 두 사람이 무섭게 달려들어 양팔을 잡고 시퍼런 칼로 목을 깊이 그어버렸다. 목이 잘려 떨어지지는 않았지만, 순식간에 피가 품어 나오고, 목이 앞으로 꺾여졌다. 안동철은 소름이 끼쳤다. 누구도 항의하거나 나설 수 없었다. 너무 무서워 온몸이 덜덜 떨리지만 애서 태연한 체했다. 전쟁터에서 느끼는 공포와는 다른 피할 수도 없는 살벌한 두려움이었다. 전쟁터에서는 적의 총탄을 피해 엄폐하고, 때로는 돌격하며 자기 몸을 보호할 수 있었지만, 수용소 안에서는 그들에게 찍히면 죽음을 피할 수 없었다. 동철은 포로가 되어 일 년이 넘도록 간섭과 제약은 있었지만, 인민군 생활에 비하면 잘 먹고 잘 입고, 훈련도 중노동도 없이 놀면서 편한 생활을 해왔다. 사회에서보다 편한 생활을 하면서 신변에 위협도 없이 전쟁이 끝나면 고향으로 돌아가리라고 생각해왔으나 상황은 급작스럽게 변했다. 친공포로들 사이에서 전쟁이 끝나도 살아 고향으로 갈 수 있을지 걱정되었다. 국제적십자사에서 수시로 감독이 나와 포로들의 의복과 식사는 점검하지만, 포로들 내부에서 폭력과 살인이 난무하는 잔악한 행동까지는 통제하지 않았다.

친공포로들의 인민재판뿐만 아니라, 자기들 비위에 거슬리는 반공포로들은 쥐도 새도 모르게 없애버렸다. 저녁식사 후 자유시간에 막사 옆이나 사람이 보이지 않은 사각지대로 몇 명이 끌고 가서 칼로 찌르거나 끈으로 목을 졸라 죽여서 땅을 파고 묻어버리기도 했다.

동철은 어느 날 변소에서 변을 보고 휴지로 뒤를 닦고 나오려다 기절할 뻔하였다. 변소의 똥통 속에 사람의 손이 쑥 올라와 있었다. 허리띠도 바로 매지 못하고 뛰어나왔다. 친공포로들이 한 짓이었다. 친공포로들은 자기들과 뜻이 같지 않은 반공포로를 점

찍어 두었다가 살해하여 변소의 똥통 속에 버린 것이었다. 날씨가 추워 땅을 팔 수 없거나 주위의 삼엄한 감시가 있을 때는 천막 안에서 죽여 시체를 여러 토막으로 잘라 하수구에 버리거나 변소의 변기통 속에 버렸다. 어떤 때는 변소에서 변을 보고 있는 포로를 죽여 그대로 변기통 속에 밀어 넣기도 했다. 그들에게 찍히면 어느 한순간에 죽을 수 있는 살벌한 분위기였다. 수용소를 관리하는 미군들은 포로들의 질서를 자율에 맡겨두고 낌새를 알면서도 모른 체하며 애써 외면하는 것 같았다. 17만 명이나 되는 포로를 구역별로 나누어 가두어 놓고, 그 안에서 일어나는 일을 통제하지 못하고 있었다. 국제 적십자사에서 나와 포로의 인권을 조사하는 사람들도 포로들이 미군이나 한국군에게 학대받는지, 제네바 협정에 규정된 대로 입히고 먹이는지, 잠을 재우는지에만 관심이 있고, 포로들 사이에서 폭력과 공공연하게 인민재판을 하며 죽이는 것을 알지 못하는지, 관심이 없는지 모르는 체했다. 동철은 유엔군이나 국군의 감시가 아니라 포로들 사이에 일어나는 일이 너무 무서웠다. 포로수용소 안에서는 그들의 횡포를 피할 수 없어 날마다 전쟁보다 더한 공포에 떨었다. 동철은 어떻게 해서든지 여기서 살아나가야 한다고 생각하지만, 앞날을 예측할 수 없었다. 같은 의용군으로 잡혀서 인민군이 되었다가 포로가 된 사람이 어느 날 말을 걸어왔다.

"말씨가 안동 말씨 같은데 고향이 어디이껴?"

"안동 예안이시더."

"나도 안동 남후면에 사니더. 남성수라 카니더."

"그르이껴? 나는 안동철이시더. 같은 고향 사람을 만나니 반갑니더."

"매사에 조심해가주고 살아서 고향으로 가시더."

"그러시더. 만약에 둘 중에 한 사람만 살아서 가면, 포로가 되어 여게에 있었다고 고향에 식구들에게 알려주기로 하시더."

"그러시더. 같이 살아 나가도록 노력하시더."

"인민재판 당해 여게서 죽지 않도록 조심하시더."

안동철은 이 살벌한 포로수용소에서 어느 순간에 죽을지도 모른다는 생각이 들었다. 가족들 앞에서 의용군으로 끌려오던 때가 어제같이 눈앞에 선했다. 피난 중에 혼자가 되어 식구들과 같이 고향으로 간 처녀는 떠나지 않고 부모님과 살고 있을까? 그녀와 밤을 새우며 딱 한 번 인연을 맺었는데 어쩌면 전쟁이 끝나고 동철이 돌아오도록 기다리고 있을 것만 같은 생각이 들었다.

친공포로들에 의해 막사 곳곳에서 반공포로들이 죽어갔다. 그들은 한꺼번에 20여 명의 포로를 죽여 시체를 처리할 수 없자 천막 내무반 안에 땅을 파서 시체를 묻고, 그 위에 짚으로 된 매트리스를 깔고 생활했다. 반공포로들도 당하고만 있지 않았다. 친공포로와 반공포로들의 난투극으로 14명이 사망하고, 24명이 부상당하는 참사가 발생했다. 그 후 친공포로들은 조직적으로 반공포로와 충돌하고 학살했다.

1952년 2월 18일 62동 수용소에서 폭동이 일어났다. 친공포로와 반공포로를 분리하기 위하여 조사단이 들어가려 하자 친공포로들은 조사단의 출입을 막고 폭동을 일으켰다. 미군은 진압에 나섰으나 친공포로들은 만들어 놓은 사제무기인 창과 칼, 죽창, 화염병과 사제 수류탄, 가시철조망을 둘둘 감은 막대로 대항했다. 그들은 북쪽의 지령을 받고 잠복한 공작원에 의하여 조직적으로 폭동을 일으켜 국제여론을 만들고, 판문점 휴전회담에 남한에서 강제로 잡혀 의용군으로 끌려가 인민군 포로가 된 반공포로들을 북한으로 끌고 가기 위한 유리한 조건을 관철하기 위한 폭동이었다. 78명의 포로가 사망하고, 150명이 부상당했으며, 진압에 나선 미군도 1명이 사망하고, 30명이 부상당했다. 이 폭동을 두고 북한은 "제네바 협약을 위반하고 포로들을 학살했다"라고 선전하며 휴전회담을 결렬시켰다. 친공포로들은 철조망 안에서뿐만 아니라 철조망 밖에 경비를 서고 있는 한국군에게 돌을 던져 살해하기도 했다.

 폭동을 겪고서야 미군 당국은 친공포로와 반공포로 막사를 분리하는 작업을 했다. 반공포로를 분리하는데 친공포로들은 사제무기로 반공포로들이 가지 못하게 방해했다. 미군은 달려드는 친공포로를 화염방사기로 위협하여 접근을 막으며 반공포로를 분리해 다른 막사로 보냈다. 그런 혼란 중에 안동철은 친공포로들에게 붙잡히고 말았다. 붙잡힌 안동철은 그들의 막사에 남게 되었다. 한순간의 일이었다. 이제 주위에는 아무도 안동철을 도와줄 사람이 없었다. 친공포로와 같이 생활하면서 언제 인민재판을 받거나 아니면 갑자기 죽여서 시체를 토막 내어 하수구나 변기통 속에 버려지는 몸이 될지도 모른다는 생각이 들어 정신이 아득했다.

전쟁이 끝나면 반공포로와 친공포로를 분류하여 친공포로는 제네바 협정에 의하여 북한으로 돌려보낼 것이다. 동철은 살아남는다고 하여도 이들과 같이 북한으로 송환될 것 같아 다시는 고향으로 돌아갈 수 없다는 생각이 들었다. 그들은 북한 지령에 의하여 남한 출신 반공포로까지 개인의 의사와는 관계없이 모두 북한으로 끌고 가기 위해 미군의 분류작업을 방해해왔다. 반공포로들은 대부분이 남한에서 의용군으로 잡혀서 강제로 인민군이 된 포로인데 수만 명이나 되는 남한 출신 반공포로를 모두 북한으로 끌고 가려는 것이었다. 그들은 제네바 협약 중에 "교전 당사자는 적대 행위가 종료되면 지체 없이 전쟁포로를 본국으로 송환해야 한다"라는 문장의 맹점을 이용하여 자기들이 남한에서 잡아들여 강제로 인민군으로 만든 남한 출신 포로까지도 데려가려고 했다.

1952년 5월 7일 거제도 포로수용소 돗드 소장은 철조망을 사이에 두고 친공포로 대표와 면담하고 있었다. 반공포로들을 학살하여 그 피로 만든 인공기를 흔들면서 "미군은 포로 학대를 시정하라"라는 현수막을 걸고 시위하는 친공포로들의 면담 요청에 돗드 소장이 응해준 것이었다. 보기에 따라서는 포로 관리소장이 포로 대표와 면담을 한다는 것은 미군이 포로까지 인권을 존중하는 것 같지만, 돗드 소장은 친공포로들에게 이용당해 함정에 빠져들고 있었다. 포로들은 치밀한 계획으로 포로수용소 소장을 납치할 계획을 세우고, 작전에 들어간 것을 모르는 돗드 소장은 보좌관 한 명만 대동하고 면담에 응했다가 납치되었다.

돗드 소장을 납치한 포로들은 기세등등했다. 그들은 반공포로를 살해해 피로 그린 인공기를 게양하고, 적기가를 부르며 담요로 인민군 군복을 만들어 계급장까지 붙이고 훈련하고 있어 포로수용소는 거대한 인민군 진지 같았다. 친공포로들은 반공포로들의 막사를 습격하여 납치하고, 집단구타와 학살을 자행했다. 포로수용소는 또 다른 인민공화국과 대한민국의 전쟁터 같았다. 그들은 연을 띄워 외부로 돗드 소장을 납치하여 수용소를 점령한 것을 알리며 북한의 지령으로 "해방동맹"을 조직하고 칼과 창, 도끼, 낫으로 미군과 국군을 습격하여 무기를 탈취해서 수용소를 완전히 장악할 준비를 하고 있었다.

포로들에게 납치된 돗드 소장의 생사가 묘연했다. 돗드 소장을 석방하기 위해서는 협상에 응할 수밖에 없었다. 돗드 소장이 납치되자 새로 파견된 콜슨 준장은 포로들의 요구사항을 모두 들어주었다. 포로 학살 인정, 반공포로 송환문제는 판문점 회담에 이임, 수용소 강제심사 안 함, 포로 대표단 승인 같은 사항이었다.

포로들이 요구하는 사항을 다 들어주었는데도 돗드 소장은 풀려나지 않았다. 미군은 다급했다. 육지로부터 장갑차를 가져오고 진압무기를 들여왔다. 포로수용소 안을 장갑차가 마치 적의 진지를 쳐들어가듯 밀고 들어갔다. 포로수용소가 아니라 거대한 인민군 진지 같았다. 기관총과 화염방사기를 갖춘 전투부대까지 출동했다. 포로들은 돗드 소장을 끝까지 잡아두고 이용하려다가 장갑차를 앞세운 미군이 수용소로 쳐들어오자 더 반항하지 못하고 납치한 지 나흘 만에 풀어주었다. 그들의 본심을 모르고 너무 순진하게 협상에 임하다가 포로의 포로가 되어 미군과 유엔군의 위상을 크게 실추시키고, 역사의 웃음거리가 된 돗드 소장은 준장에서 대령으로 강등되어 예편되었다.

그 후 중공군 포로 2만 명은 제주도 서귀포로 수용소를 옮기고, 거제도 포로수용소에서는 반공포로와 친공포로를 분리하여 놓았다. 반공포로 35,400명 중에는 대부분이 남한 출신 의용군이고, 일부 북한 공산정권이 싫어 남한에 남고자 하는 북한 출신 인민군도 있었다. 판문점에서는 제네바 규약을 말하며 전쟁이 끝나면 남한에서 잡아들인 사람까지 포함한 인민군 출신 포로는 북한으로, 중공군 출신 포로는 중국으로 보내야 한다고 주장하여 정전회담이 교착상태에서 빠졌다. 그러자 이승만 대통령은 반공포로를 미군 모르게 석방하라고 명령을 내렸다.

1953년 6월 18일 밤 거제 포로수용소뿐만 아니라 전국의 크고 작은 포로수용소 외곽을 지키는 국군 병사들과 헌병들은 미군 모르게 반공포로들과 연락하고, 철조망을 잘라 탈출구를 만들어 놓았다. 밤 열두 시가 되어 미군을 비롯한 모든 병사들이 잠든 사이 반공포로들을 철조망으로 통하여 석방했다. 말이 석방이지 탈출이었다. 그들은 탈출하면서 민간인 옷으로 갈아입고 고향으로 가거나 경찰에서 지정하는 민간인 집으로 숨어들었다. 그렇게 탈출한 반공포로는 26,500명이었다. 석방된 포로들 중에 안동철은 없었다.

반공포로 석방으로 판문점의 휴전회담이 중지되어 미국과 영국 등 국제문제가 되었고, 미군은 탈출한 반공포로를 잡아들이며 탈출 포로들은 수용소로 돌아오라고 방송했다. 그러나 서울 중앙방송에서는 "석방된 포로들은 수용소로 돌아가지 말고 고향으로 돌아가라"라고 방송했다. 고향으로 돌아갈 수 없는 북한 출신 반공포로들은 경찰이 주선하는 민간인 집에 숨기도 했다. 석방된 반공포로 중에는 미군에 잡혀 다시 수용되는 사람도 있었다. 반공포로 석방은 미국을 비롯한 유엔군과 상의 없이 이승만 대통령이 독자적으로 한 일이어서 미국과 자유 진영에서는 불만을 토로하고, 대통령 신변 위협설까지 떠돌았다. 미국, 중국, 북한이 휴전을 원하고, 한국은 휴전을 반대하며 남북한 완전 통일을 원했다. 그렇지만 재개된 휴전회담에서 전쟁 당사국인 한국을 제외하고 유엔을 대표해서 미국과 북한과 중국이 휴전협정에 서명하여 휴전이 성립되었다.

그 후 포로들은 중립국으로 넘겨져 자유의사를 따라 남한이나 북한 어느 나라라도 가라고 했으나 중립국인 인도로 인계된 반공포로들은 강제로 북한으로 끌려간 사람도 있었다. 중공군 포로 2만여 명 중에 자유중국 대만으로 간 사람이 14,300명이고, 본국인 중국으로 돌아간 포로가 5,800명에 불과했다.

인민군 포로가 석방되어도 안동철은 돌아오지 않았다. 그러던 어느 날 처음 보는 젊은 사람이 안동철의 집으로 찾아왔다. 그는 동철의 부모님에게 절을 올리고 자기를 소개했다.

"저는 안동철과 거제도 포로수용소에 있었니더."

그러면서 거제도 포로수용소에서 있었던 이야기를 했다.

"수용소 안에서 포로들 간에 이념의 차이로 갈등이 생겨 친공포로와 반공포로로 나눠졌니더. 친공포로들은 반공포로를 잡아 수용소 안에서 인민재판으로 죽이고, 외진 곳에 끌고 가서 죽이기도 했니더. 수용소 안은 전쟁터 같았잖니꺼. 그래갖고 미군들이 친공포로와 반공포로를 분리할 때 안동철은 친공포로들에게 붙잡혔니더. 그래서 안타깝게도 친공포로들한테 죽고 말았니더."

남성수는 안동철의 마지막을 부모님에게 차마 바로 이야기할 수 없었다. 안동철과 같은 친공포로의 막사에서 생활하다가 생각을 바꾸어 탈출한 사람이 전한 안동철의 마지막은 끔찍했다. 안동철은 막사 안에서 칼로 목이 잘려 그 피는 그들이 포로수용소 안에 게양할 깃발의 붉은색으로 쓰이고, 시체는 여러 토막을 내어 변기통 속에 버렸다고 했다.

아들이 거제 포로수용소에서 같은 포로들에 의해 죽었다는 이야기를 듣고 동철의 어머니는 쓰러지고, 아버지는 혼이 빠진 듯 멍하니 천장만 쳐다보고 있었다. 부엌에는 세 살 난 아기와 같이 방 안의 이야기를 엿듣고 있던 여인이 부엌 문지방에 엎드려 울고 있었다. 세 살 난 남자아기는 엄마가 우는 모습을 보고 "엄마, 왜 울어?" 하면서 엎드려 울고 있는 엄마의 손을 잡고 흔들었다. 남성수는 이 슬퍼하는 가족을 보면서 동철의 소식을 전한 자신이 미안했다. 그러면서도 그냥 같은 포로들에게 희생되었다고만 하여도 쓰러지는데 동철이 목이 잘리고 그 피로 깃발을 그리고 시체를 토막 내어 변기통 속에 버려졌다고 하면 부모님은 그 자리에서 쓰러져 돌아가실지도 몰랐다. 기절했던 동철의 어머니는 깨어나 방으로 들어오는 손자를 안고 통곡했다.

"니 아부지가 죽었단다. 너는 아부지의 얼굴을 평생 못 보게 됐구나. 불쌍한 우리 손자."

남성수는 안동철의 집을 나서며 지난날 안동철과 하던 이야기가 생각났다.

"우리 매사에 조심해서 살아서 고향으로 가시더."

"그러시더. 만약에 두 사람 중에 한 사람만 살아서 가면, 포로가 되어 여게 있었다고 고향 식구들에게 알려주기로 하시더."

"그러시더. 같이 살아나가도록 노력하시더."

"인민재판을 당해 여게서 죽지 않도록 조심하시더."

남성수는 안동철과의 약속을 지켰다는 생각보다 그가 죽었다는 소식을 차라리 전하지 않았으면 식구들은 매일 기다리는 희망이라도 있었을 텐데 하는 생각이 들었다. 동철이 죽었다는 소식을 전하고 돌아오면서 슬퍼하던 식구들 모습이 눈에 선했다. 기절하던 동철의 어머니, 천장만 멍하니 쳐다보며 넋이 나가버린 아버지, 부엌 문지방에 엎드려 울던 젊은 여인, 동철이 총각인 줄 알았는데 세 살 된 아들이 있었다. 성수는 식구들이 돌아오지 못할 동철을 기다리며 평생 살아가는 것보다 지금은 한없이 슬프지만, 동철이 이승에 없는 것을 알려 기다리지 않고 살아가게 한 것이 오히려 잘 되었다고 생각했다. 동철은 자기 핏줄이 태어난 줄도 모르고 그렇게 이승을 떠났지만, 그의 후손이 대를 이어 살아갈 이 땅에 다시는 전쟁이 일어나지 않고 평화로운 세상이 되기를 마음속으로 기도하면서 성수는 무거운 발걸음으로 동철의 집을 나와 돌아가고 있었다.

❶❺ 후퇴하는 인민군

　의용군으로 잡혀갔던 신용환은 안강전투에서 패배하여 후퇴하는 인민군 대열 속에 있었다. 포항 시내를 가로지르는 형산강 너머까지 전진했다가 후퇴하기 시작해서 화북, 현서를 거쳐 의성 쪽으로 계속 후퇴했다. 평양에서 오는 보급로가 끊겨 실탄도, 식량도 공급되지 않고, 휘발유가 없어 차량도 움직일 수 없었다. 탱크도, 자주포도 버리고 후퇴할 수밖에 없었다. 더구나 미군 비행기가 후퇴하는 인민군을 향해 폭탄을 퍼부었다. 전쟁 초기에 출격하던 인민군 비행기는 한 대도 보이지 않아 미군 비행기는 아무 거리낌 없이 하늘을 휘젓고 다니면서 후퇴하는 인민군을 공격했다.
　신용한은 지친 부대원들과 같이 의성에서 일직을 거쳐 기차 철로를 따라 후퇴했다. 식량이 공급되지 않아 몇 끼니 굶어서 배가 고파 어깨에 메고 가는 따발총도 거추장스러웠다. 국군과 유엔군이 후퇴하는 인민군의 뒤를 바짝 따라서 맹추격하지 않은 것이 다행이었다. 철로를 따라 후퇴하다가 산을 넘지 않고 기차굴로 들어섰다. 너무 피로하면 굴 입구에 보초를 세우고 캄캄한 굴 안에서 토끼잠을 잤다. 안동을 지나 기차 철로를 벗어나 와룡을 거쳐 예안으로 들어섰다.

  신용환은 고향 산천을 지나면서 북으로 가지 않고 인민군에서 탈출하려고 생각했지만, 부대 행렬에서 빠져나올 기회가 없었다. 남조선 출신 의용군들은 감시가 심했다. 후퇴하는 대열에서 잘못 탈출하려다 총살당할 수 있어 마음뿐이었다. 여기가 내 고향인 줄 알면 감시가 더 심할 것 같아 아무에게도 말하지 않았다. 어릴 때 뛰놀던 산천에서 진달래꽃 꺾고, 냇가에서 물고기 잡던 생각을 떠올리며 부대원들과 함께 걷고 있었다. 집 앞을 지날 때 굴뚝에서는 연기가 피어오르고 있어 식구들이 아침밥을 짓고 있는 것 같았다. 당장 뛰어가 사립문을 열고 들어가고 싶지만 같이 가는 옆 전우들의 눈이 무서웠다.

  소좌가 인솔하는 백여 명의 인민군 중에 오십 명이 넘는 남한 출신 의용군들을 북한 출신 부대원뿐만 아니라 같은 남한 출신들도 서로가 감시했다. 바위재를 넘어서 원천을 지나자 고향이 점점 멀어져 갔다. 용환은 이대로 북한으로 끌려가서 고향에는 영원히 돌아오지 못할 것만 같았다. 미군 비행기의 폭격을 피해 가며 후퇴하는 행군 속도는 느리기만 했다. 구천에서 산길을 따라 영주 쪽으로 향해 걷다가 두월리에서 날이 저물었다. 고향에서 칠팔십 리는 될 것 같아 여기서 탈출하면 내일 아침이면 고향에 갈 수 있을 것 같았다.

용환은 죽을 각오로 탈출을 감행했다. 밤이 되어 부대가 내성천 강가에서 몇 시간 눈을 붙이며 휴식을 취하는 사이 대변을 보러 가는 체하고 강둑을 넘어 벼가 누렇게 익어가는 논둑 옆을 기어서 신작로를 넘어섰다. 신작로 옆에는 오래된 기와집 여러 채가 동리를 이루고 있었다. 괴헌고택이라고 쓰인 기와집 옆 초가에는 낮은 울타리 너머에 밤이 되었는데도 빨래가 널려 있었다. 용환은 살그머니 마당에 들어가서 남자 옷을 집어 들고 나와 뒷산으로 올라가 내성천 쪽을 내려다보았다. 부대 숙영지는 조용했다. 그때까지 용환의 탈영을 눈치채지 못하고 있는 것 같았다.

옷을 갈아입고 인민군 군복과 따발총을 모래 사태에 묻었다. 그리고 산자락을 타고 고향 쪽을 향해 뛰다가 마을이 나타나면 논밭 둑길로 우회했다. 잡혀서 부대로 돌아가면 총살을 당할 것 같아 초조했다.

십여 리를 뛰다가 걷다가 하면서 탈영한 인민군 부대와의 거리가 멀어지자 걷기 시작했다. 옛고개에 도착하니 자정이 넘어섰다. 십여 리를 걸어 오운리에 오니 고향 예안으로 가는 눈에 익은 산길이 나왔다. 이제 삼십 리만 산길을 따라가면 고향집에 도착할 수 있다. 가다가 국군이나 유엔군을 만나면 사살되거나 포로가 될 것이었다. 민간인 복장을 했지만 깎은 머리는 그가 곧 인민군 탈영병이거나 낙오병이라는 것을 말해주고 있었다. 산길이고 밤이라 군인들이 없으리라고 믿지만 그래도 낙오된 인민군이나 무장한 공비들을 만나지 않을지 불안했다.

　탈출하면서 민가에 들어가 식사를 시켜 먹기도 했지만, 끼니를 거를 때가 많았다. 고구마밭을 발견하고 배가 고파 어둠 속에서도 넝쿨을 그대로 둔 채 땅을 파서 고구마 세 개를 캤다. 개울물에 씻어 껍질째 먹으며 걸었다. 전쟁 때이고 외진 오솔길이라 낮에도 위험하지만, 밤에는 더 위험해서 아무도 다니지 않았다. 동네 앞을 지날 때마다 개들이 짖어 누군가 나타날 것 같아 오금이 저렸다. 밤새도록 걸어서 먼동이 터올 무렵에 예안에 도착했다.

　고향집 앞에 도착하니 날이 희부옇게 밝아왔다. 옆집 개 짖는 소리를 들으며 사립문 앞에 서서 몇 달 전에 의용군으로 붙들려갈 때를 생각했다. 용환은 인민군이 점령하자 내무서원을 피해 산에 숨어 지내다가 밤이 되면 집에 와서 음식을 먹고, 옷을 갈아입고, 새벽이 되면 산으로 돌아갔다. 그날도 밤이 되어 집으로 내려오다가 잠복하고 있던 내무서원에게 잡혀 끌려가서 인민군이 되었다. 인민군이 된 용환은 국군과 유엔군을 상대로 숱한 전쟁을 치르면서 살아서는 고향으로 돌아오지 못하리라 생각했으나 이렇게 집으로 돌아왔다. 살며시 사립문을 밀어보았다. 문은 안으로 잠겨 있었다. "아부지!" 하고 아버지를 불렀다. 아무 기척이 없다. 아직 새벽이라 식구들은 잠들어 있었다. "아부지!" 하고 다시 불러보았다. 늙으신 아버지는 불도 켜지 않은 채 문을 열었다.

　"내가 잘못 들었나. 우리 용환이 목소리가 났는데."

　아버지는 사립문을 열고 나왔다.

용환은 아버지 앞에 엎드려 울음을 터뜨렸다.

"용환아! 내 아들 용환아, 니가 살아서 돌아왔구나."

아버지는 용환을 부둥켜안았다. 의용군으로 잡혀가고 소식 없어, 날마다 후퇴하는 인민군을 아무나 붙들고 아들 소식을 묻던 아버지였다.

삼계 할머니는 삼계 동리에서 태어나 시집와서 젊을 때 삼계댁이라 불렀으나 나이 오십이 넘어 할머니가 되자 삼계 할머니로 불렀다. 삼계 할머니는 아침을 먹고 독작골 밭에 고추를 따러 가다가 깜짝 놀랐다. 밭둑 버드나무 밑에 인민군 한 사람이 앉아 할머니를 멍하니 바라보고 있었다. 아직 스무 살도 안 된 동안의 소년이었다. 삼계 할머니는 소년병인 인민군 옆으로 다가갔다. 총상을 입고 상처 부위가 썩어 파리가 쉬를 슬어 구더기가 곰실거렸다. 집에 있으면 아직도 귀여움을 받을 나이인데도 부상당한 몸으로 혼자 낙오되어 있었다. 전쟁에서 승리하고 진격 때는 부상병들을 치료하는 야전병원이 있고, 후송하여 큰 병원에서 의사들이 치료하지만, 후퇴할 때, 더구나 인천상륙작전으로 퇴로까지 막힌 상황에서 인민군은 야전병원뿐만 아니라 현장에서 치료하는 의무병도 없었다. 삼계 할머니는 부상당한 부위의 구더기를 털어내 주며 소년병에게 말했다.

"어쩌다 이렇게 큰 상처를 입었노? 걸을 수 있나?"

"지팡이를 짚고 걸을 수 있어요."

"여기서는 안 되겠다. 마을로 가자."

삼계 할머니는 부상당한 인민군을 부축하여 마을로 데리고 왔다. 동네 앞 길가 느티나무 밑에 앉히고, 집에 가서 점심으로 두었던 보리밥과 삶은 감자를 가져와 부상당한 소년병에게 먹였다. 그리고 민간요법으로 준비해두었던 오징어 뼈인 오작을 갈아 가루를 만들고, 마늘을 찧어 즙을 내어 싸매어 주었다. 소년병은 상처에 마늘즙이 닿자 얼굴을 찡그리며 고통스러워했으나 한결 기분이 좋아진 것 같았다.

한 무리의 인민군이 후퇴하며 마을 앞을 지나고 있었다. 그중에는 부상당한 병사도 있었다. 인민군들은 부상당해 혼자 낙오된 소년병을 데리고 출발했다. 삼계 할머니는 소년병을 치료하면서도 곧이어 국군이 진격하여 오면 인민군 부상병을 어떻게 하나 하고 걱정하고 있었는데 다행이었다.

뒤이어 수십 명의 인민군이 개인장비뿐만 아니라 박격포, 기관총, 탄약상자 등 무거운 장비를 수레에 끌고 가다가 동네 앞에 멈추었다. 그들은 유엔군의 인천 상륙으로 보급로가 끊겨 탱크나 자주포뿐만 아니라 차량도 휘발유가 없어 모두 버리고 후퇴하는 중이었다. 마을 앞에 멈춘 인민군은 삼계 할머니 집에 들러 마구간의 소를 몰아내며 말했다.

"이 소를 공화국에서 징발합네다."

소는 농사를 짓는 데 꼭 필요한 일군이라 소 없이는 농사를 지을 수 없고, 소값이 비싸 농촌에서 소는 한 재산이었다.

"소 없이는 농사를 지을 수 없니더. 소는 안 되니더."

"조국통일전선에서 소를 바치는 것이니 영광스럽게 생각하고 농사짓는 데 불편을 감수하시라요."

"군인 나리들, 소는 안 되니더. 몰고 가면 안 되니더."

인민군들을 마구간에서 소를 끌어내어 소 등에다 지르매를 얹어 박격포와 기관총과 탄약상자를 실었다. 소를 빼앗길 수 없었다. 사십이 넘은 삼계 할머니 아들 상호는 소를 찾아오겠다며 인민군을 따라나섰다. 삼계 할머니는 아들에게 당부했다.

"삼십 리 밖에 있는 바위재까지만 가고 그때꺼지 안 주면 소를 그냥 줘버리고 돌아온나."

"보이소, 소 그냥 주어버리고 가지 마소."

상호의 아내는 지르매에 무기를 실은 소를 몰고 인민군을 따라가는 남편을 걱정스럽게 바라보며 말했다. 아침나절에 출발했으니까 삼십 리 밖 바위재까지 갔다 오는데, 저녁때이면 올 것이었다. 저녁이 되어도 남편은 돌아오지 않았다. 식구들이 밤새도록 기다려도 소를 몰고 후퇴하는 인민군을 따라간 상호는 돌아오지 않았다. 삼계 할머니는 아들이 걱정되어 가지 못하게 할 걸 하며 후회했다. 상호의 아내는 아침밥을 해서 차려놓고 먹지도 않고 방에 들어가 누워버렸다. 전쟁 때라 많은 사람이 죽어가는데 소를 찾으러 가는 남편을 못 가게 붙들지 못한 것이 후회되었다. 하루가 지나고 이틀이 되어도 상호는 돌아오지 않았다. 식구들은 기다리다 지쳐 이제는 사람과 소를 모두 잃은 것은 아닌가 하는 불길한 생각을 하면서 온 집안이 초상집 분위기였다. 다음날 아침나절이 한참 지나 상호는 소를 몰고 나타났다. 아내는 버선발로 뛰어나가 남편을 끌어안았다.

"이틀이 돼도 안 오니 당신이 죽은 줄 알았잖아."

아내는 넋두리하면서 엉엉 울었다. 남편은 어머니 앞에서 아내가 하는 짓이 부끄럽기도 하고, 이틀 만에 죽은 사람이 살아오는 것같이 식구들이 반가워하여 어리둥절했다. 그러면서 소를 찾아온 이야기를 했다.

바위재까지 가며 소를 돌려달라고 애원해도 인민군들은 들어주지 않았다. 상호는 끝까지 소를 찾아가리라고 생각하며 군사장비를 실은 소를 몰고 인민군을 따라갔다. 소를 돌려주면 무거운 장비를 군인들이 들고 가야 하는데, 소를 돌려주지 않을 것이 뻔한데도 상호는 미련하리만치 소를 돌려받으려 인민군을 따라가고 있었다.

바위재를 넘어 원천을 지나고 옛고개를 지나 영주에 도착했다. 백 리는 넘게 걸어와 사람도, 소도 지칠 대로 지쳐 있었다. 그들은 풍기를 지나 죽령의 높은 고갯길을 넘고 있었다. 모두가 지쳐서 쓰러질 것만 같았다. 소백산을 넘는 높은 죽령마루에서 인민군은 무전으로 어딘가에 연락하더니 당황한 기색이었다. 유엔군의 인천 상륙으로 보급로는 끊겨도 북으로 넘어갈 길은 있을 줄 알았는데 북으로 가는 길이 완전히 차단된 것이었다. 퇴로가 없는 포위망에 갇힌 그들은 박격포와 기관총 같은 무거운 무기는 버리기로 했다. 인민군들은 부대를 십 명 이하 소단위로 나누어 국군과 유엔군들의 포위망을 피해 산을 타고 후퇴하려고 계획을 바꾼 것이었다.

"무기를 내려놓고 소를 몰고 돌아가기오. 동무, 그동안 수고가 많았소."

소를 돌려받은 정호는 후퇴하는 또 다른 인민군과 뒤따라 추격해오고 있는 국군을 피해 산길을 타고 오느라고 이틀이나 걸렸다고 했다.

부대에서 낙오된 인민군 소좌가 부상당해 들것에 실려가고 있었다. 소좌는 두 다리를 다쳐 걷지 못하여 민간인 넷이서 들것에 태워 들고 가는데, 부상당한 장교는 권총을 빼들고 운반하는 사람을 위협하며 인민군 부대를 찾아가는 중이었다. 뒤따라 국군이 추격해오는데, 가도 가도 후퇴하는 인민군 부대를 발견하지 못했다. 온종일 아무것도 먹지 못하고 들것을 들고 백여 리를 운반하여 온 네 사람은 다른 사람들로 교대하고 돌려보내 달라고 사정했다.

"소좌 나으리, 이제는 지쳐서 더 못 걷겠으니 다른 사람으로 교대해주이소."

"알았어, 다른 사람들이 나타날 때까지 조금만 더 기다리라우."

소좌는 권총을 겨누며 경계를 풀지 않고 말했다.

인민군 소좌는 고불재 밑 길가 논에서 추수하고 있는 사람들을 불렀다. 그리고 권총으로 위협하며 이때까지 백여 리를 운반하느라고 지친 사람들을 돌려보내고, 벼를 베고 있던 농부 네 사람에게 들것을 들게 했다. 농부들은 권총으로 위협하니 들것을 들고 갈 수밖에 없었다. 몇 시간을 수십 리를 가도 후퇴하는 인민군을 만날 수 없었다. 농부들은 이대로 부상당한 인민군 장교가 탄 들것을 들고 전선을 넘어 북한까지 가야 될지도 모른다는 생각이 들어 두려웠다. 산길을 들어서자 앞뒤 사람과 교대하면서 농부들은 서로 눈짓으로 주고받았다. 좁은 벼랑길을 지날 때 앞에 들고 가던 사람이 발이 돌부리에 걸린 체하고 앞으로 넘어졌다. 순간 뒤에 두 사람이 들것을 밀어 언덕 아래로 굴려버리고 네 사람의 농부는 뒤돌아 뛰기 시작했다. 언덕 아래에서 총소리가 들렸지만, 보이지 않아 조준사격을 할 수 없었다. 농부들은 뛰어서 산을 넘어와서야 한숨을 돌렸다.

날이 어두워도 벼를 베던 네 사람이 낫을 논에 놓아둔 채 모두 사라져 온 동네가 뒤숭숭했다. 후퇴하는 인민군에게 모두 잡혀갔을 것이라고 걱정하다가 살아서 돌아오는 사람들을 보고 사람들은 놀란 가슴을 쓸어내렸다. 그렇지만 네 사람은 걷지도 못하고 언덕 아래에서 죽어갈 인민군 소좌를 생각하니 마음이 편치만은 않았다.

9월 하순이 되면서 세상이 바뀌었다. 인민군이 물러가자 의용군으로 잡혀가지 않기 위해 산속에 숨어 있던 우혁은 집으로 돌아

혼란과 전쟁 257

왔다. 우희는 붉은 완장을 찬 남편을 피해 집을 나가고 소식이 없었다. 군인들뿐만 아니라 피난민도 수없이 죽어가는 이 험한 세상에 집 나간 우희의 소식을 몰라 식구들은 늘 걱정이었다. 김성칠은 사위인 우희 남편 이 서방에게 붙들려 인민재판을 받던 일이 가끔 꿈속에 나타나 놀라서 잠을 깨기도 했다.

인민군 치하에서 분배당했던 토지도 다시 찾아 원상태로 돌아왔다. 의용군을 모집하러 다니며 면내 청소년들과 장년들을 붙잡아 인민군에 보내던 내무서원들이나 부역자들은 북쪽으로 넘어가거나 산속으로 피해 가고, 경찰이나 군인들에게 붙들린 사람들은 총살당하거나 형무소 생활을 하고 있었다. 이웃 사람을 밀고하여 죽게 한 사람은 세상이 바뀌자 동네에 살 수 없어 가족을 데리고 멀리 떠나 이사 간 사람도 있었다.

❶⓺ 제주도 신병훈련소

　신병 제1훈련소는 대구에서 제주도 서귀포로 이전했다. 전정 중이라 훈련병들이 생활할 막사를 지을 시간도, 예산도 없어 서귀포 넓은 들판에 천막을 치고 훈련을 시작했다. 하루에도 수천 명이 전사하는 일선에 병력을 보충하기 위하여 전사한 병력의 수만큼 신병을 훈련해 일선으로 보내야 나라를 지킬 수 있었다.

　피난 떠났던 청년들과 인민군 치하에서 의용군을 피해 산으로 숨어다니던 청년들이 모두 집으로 돌아왔다. 면사무소 직원들도 돌아와 사무를 보며 행정이 정상으로 회복되면서 모든 청년에게 순차적으로 징집 영장을 발부했다. 제주도 훈련소에서 훈련시켜 일선으로 보내는 군인의 수만큼 매일 대부분 핫바지 저고리를 입은 훈련병들이 전국 각지에서 징집되어 배를 타고 훈련소로 들어오고, 훈련을 마친 병사들은 배를 타고 육지로 나와 일선 전쟁터로 떠났다. 국가를 방위한다고 하지만, 언제 죽을지 모르는 전쟁터로 자원해서 가는 사람은 거의 없었다. 인민군 치하에서 의용군을 잡으러 다닐 때는 도망가거나 숨어버리면 그만이지만, 국군이 수복하여 면 단위 행정과 경찰 치안이 정상으로 회복되어 국가에서 발행되는 징집 영장은 피할 수 없었다.

한 동리에 살고 있는 안상현과 조원철, 이삼진에게 징집 영장이 나왔다. 피난 가지 않았던 세 청년들은 인민군이 점령한 3개월 동안 매일 의용군을 피해 산으로 숨어다녔으나 수복한 대한민국에서 나온 징집 영장에는 불응할 수 없었다. 의용군을 잡으러 올 때처럼 징집을 피해 도망가면, 경찰이 나와 체포하여 엄한 벌을 받고 군대에 입대해야 하기에 징집을 피해서 도망갈 엄두도 못 내었다.

전쟁 중이라 입대하면 살아서 돌아온다는 보장이 없는데, 한 동리에서 청년 세 사람이나 입대하니 온 동리가 뒤숭숭했다. 아무도 말로는 표현하지 않았지만, 어쩌면 죽어서 한 줌의 재가 되어 돌아올지도 모른다는 생각이 들었다. 동네 사람들은 "무운장구", "무사귀환"이라는 커다란 깃발을 들고 어른, 아이 없이 동구 밖까지 환송했다. 입대하는 세 청년은 모두 결혼한 지 얼마 안 되는 신혼이었다. 새 신부들은 남편과 영원히 헤어지는 것 같아 전쟁터로 떠나는 남편과 이승에서 마지막 이별하는 것 같은 불길한 생각이 들었다. 아직 아기도 없는 젊은 신부들은 동네 사람들과 같이 배웅하지도 못하고 우물가에 모여 서서 동구 밖을 돌아가는 남편들의 뒷모습을 바라보며 눈물을 흘리고 있었다.

떠나는 청년들도 태어나서 자란 이 동네로 다시는 돌아오지 못할 것 같은 생각이 들었다. 모퉁이를 돌아 환송 나온 사람들과 동네가 보이지 않자 자기들만이 죽음의 전쟁터로 떠난다는 생각이 들어 발걸음이 무거웠다. 집결지인 안동까지 가는 차량이 없어서 60리 길을 걸었다. 마음 약한 삼진이가 흐느껴 울어 상현과 원철이 위로했으나 삼진은 살아서 이 길을 돌아올 수 없을 것 같은 슬픈 생각에 자꾸만 눈물이 흘렀다.

저녁때가 되어 안동역 앞에 도착하자 수백 명이 모여 있고, 각 면별로 담당자가 나와 확인 수속이 끝나자 헌병이 인솔하여 기차를 타고 부산으로 출발했다. 기차는 밤새 달려 부산에 도착하여 부두에 정박한 거대한 군함 LST로 옮겨 탔다. 전국 각지에서 입대하는 청년들이 수천 명이었다. 아침식사로 주먹밥이 나왔다. 큰 군함은 온종일 기다리다 저녁이 되자 고동소리를 길게 울리며 출발했다. 배가 출발하자 세 사람은 난생처음 타는 배 위 갑판에서 찬바람을 맞으며 밤바다를 바라보고 있었다. 잔잔한 검푸른 바다는 하늘과 맞닿아 있고, 하늘에는 별들이 유난히 많았다. 고향에서 보던 밤하늘의 별들이었지만, 산으로 둘러싸인 하늘만 보다가 사방 수평선과 이어진 바다의 밤하늘이 신비롭게 느껴졌다. 어디까지가 바다이고, 하늘인지 구분이 되지 않아 하늘과 바다가 하나로 연결되어 있는 것 같았다. 상현과 원철, 삼진 세 청년은 고향을 떠난 지 하루가 지났는데 아주 오래된 것같이 느껴졌다. 품앗이 다니던 고향 산골짝에 흩어져 있는 논밭에서 다시 쟁기로 논

갈고, 호미로 밭매며 농사짓는 날이 있을까? 어쩌면 삶의 터전이었던 그 산골 농토로 영원히 돌아갈 수 없을지도 모른다는 생각이 들었다. 입춘을 지나 봄이 다가오고 있지만, 밤바다의 공기는 쌀쌀하고 추웠다.

훈련소로 입대하는 청년들을 태운 LST 군함은 밤새 어두운 바다를 항해하여 날이 밝아 오자 서귀포항에 도착했다. 배에서 내린 핫바지를 입은 수천 명의 입대하는 청년들은 헌병들의 인솔로 훈련소에 입소했다. 상현과 원철, 삼진 세 사람은 생소한 제주도이지만, 기합으로 시작하는 훈련소 생활은 과거에 경험했던 일본군 훈련소와 같아 낯설지 않았다.

제주도 훈련소는 대구에 있던 제1훈련소가 전쟁이 일어난 다음해인 1951년 1월에 옮겨왔다. 육지에서는 전선이 불안하여 언제 대구가 적에게 점령될지 몰라 바다 건너 멀리 떨어진 제주도로 옮긴 것이었다. 민간인을 전쟁할 수 있는 군인으로 길러내자면 16주 동안 교육해야 하는데 낙동강 전투가 한창일 때는 2주간 훈련을 시킨 병사를 전선에 투입했다. 전투현장인 일선에서는 매일 많은 병사가 전사해서 제주도 훈련소에서도 4주간 속성으로 훈련을 마치고 배에 태워 육지로 보내 전선에 배치했다.

제주도는 2차 세계대전을 일으킨 일본이 사용하던 훈련소가 있고, 미국이 쳐들어올 것을 대비해 성산 일출봉과 송악산 바닷가 곳곳에 제주도민을 강제로 동원하여 많은 동굴을 뚫어 전쟁준비를 해놓았다. 그뿐만 아니라 모슬포 근처 넓은 들은 일본 가미카제 비행기 훈련소가 있던 곳이라 비행기를 숨길 수 있는 수십 개의 격납고가 시멘트로 만들어져 있고, 긴 활주로를 가진 비행장도 있었다. 이렇게 군사적 기반시설이 되어 있는 곳에 제1훈련소를 만들어 전국에서 청년들을 징집하여 훈련시켜 일선으로 보냈다. 전쟁 중이라 훈련병들의 막사를 지을 시간과 예산이 없어 천막을 막사로 사용했다. 수만 명의 훈련병이 자고 먹고 훈련해야 하므로 훈련병 천막 막사는 모슬포 일대의 넓은 들에 빼곡히 들이찼다. 하루에도 징집된 수천 명의 장정이 들어오고, 훈련을 마친 수천 명의 병사가 배를 타고 육지로 나가서 기차를 타고 일선 전쟁터로 향했다. 모슬봉, 송악산, 단산, 상모리 일대는 언제나 훈련병들의 함성이 울려 퍼졌다.

군복으로 갈아입은 상현과 삼진, 원철은 같은 천막 내무반에 배치되었다. 미군 고문관들이 배치되어 있지만, 교관들은 대부분 관동군이나 남양군도에서 전쟁경험이 있는 일본군 출신들로 그들이 일본군 훈련소에서 배운 그대로 훈련시키며 기합과 구타가 심했다. 조금만 잘못되어도 단체기합을 받았고, 때로는 일본군처럼 훈련병 두 사람을 마주 세워놓고 서로 따귀를 때리게 하는 벌을 주기도 했다. 제식훈련과 사격훈련인 PRI, 소총 분해결합, 총검술을 비롯해 수류탄 투척, 높은 포복, 낮은 포복, 철조망 통과, 돌격훈련을 매일 강도 높게 받았다. 경계근무와 잠복근무, 적을 포로로 잡을 때 요령뿐만 아니라 방독면을 쓰고 화생방 훈련까지 받았다. 실탄 사격장 골짜기는 옛 일본군 진지가 있던 곳으로 온종일 훈련병들의 사격 연습으로 총성이 그치지 않았다.

고된 훈련을 받는 훈련병들은 언제나 배가 고팠다. 나라에서는 병사들의 정량을 하루 쌀 6홉씩 배정하여 예산을 내려보냈는데 몇 숟갈을 먹고 나면 밥그릇이 비었다. 하루 6홉이면 한 끼에 2홉 쌀로 밥을 해놓으면 많은 양인데 그 쌀이 어디로 갔는지 알 수 없었다. 온종일 뛰고 구르는 훈련병들은 허기지고 삐쩍 마른 몰골이었다. 병사 한 명 한 명의 체력이 바로 국방력인데 병사들을 배불리는 먹이지 못할망정 늘 배가 고프니 전투력에 지장이 있을 수밖에 없었다. 식사 당번은 식깡에 밥과 국과 김치를 타와서 개인 식판에 배분했다. 어느 날 상현이 식사 당번이 되었다. 원철이 상현에게 말했다.

"오늘이 내 생일날인데…"

배고픈 훈련소에서 원철은 고향 생각이 났다. 생일날이면 잘 차리지는 못했지만, 그래도 미역국에 고등어 반찬을 곁들여 먹던 생각이 나서 식사 당번인 상현에게 한 말이었다.

배식 때는 훈련병들이 두 줄로 앉아 식사 당번병이 퍼주는 밥그릇과 국그릇을 전달하여 제일 끝쪽부터 채워왔다. 상현은 끝에서부터 원철이 앉은 자리를 헤아려 원철의 밥그릇에 꾹꾹 눌러 담았다. 상현이 원철의 생일에 해줄 수 있는 것은 식사 당번으로서 밥그릇에 밥을 한 숟갈 더 퍼주는 것 이외에는 아무것도 해줄 수 없었다. 밥그릇을 받아 하나씩 끝쪽부터 전달하던 훈련병 중의 하나가 밥그릇의 무게가 다른 것을 느끼고 자기 앞에 내려놓고 다음 밥그릇을 받아 전달했다. 원철은 몇 숟갈 안 되는 가벼운 밥그릇을 받자 서러운 생각이 들어 흐느껴 울었다. 내무반 담당 하사가 물었다.

"야! 조 훈병, 왜 울어?"

원철은 아무 말도 하지 않고 눈물을 흘리고 있었다.

옆에 있던 훈련병이 말했다.

"오늘 조 훈병 생일날이래요."

"뭐! 생일날? 군대에서 생일이 어디 있어? 이 새끼, 군기가 빠졌어."

하사는 조 훈병의 밥그릇을 빼앗아 가버렸다.

원철은 생일날 아침을 굶은 채 오전 내내 낮은 포복에다 철조망 통과와 같은 강한 훈련을 받고 있었다. 제주도 훈련소의 훈련병들이 배가 고프다는 이야기가 대통령 귀에 들어갔다. 대통령은 주위의 참모들에 둘러싸여 병사들의 고충이나 국민들의 민원이 대통령에게 전달되지 않았다. 그렇지만 어떤 경로를 통하여 훈련병들이 배가 고파 훈련에 지장이 있다는 이야기를 들은 대통령은 훈련병들이 한 끼 먹는 양과 똑같은 식사를 만들어 올리라고 말했다. 쌀 두 홉에 콩나물국과 김치, 깍두기까지 정갈하게 차린 식판을 대통령에게 올렸다. 나이 많은 대통령은 놀라면서 말했다.

"이 많은 양을 사람이 한 끼에 다 먹나? 그런데 훈련병들이 왜

혼란과 전쟁 265

배고프다고 하지?"

옆에 있던 참모가 말했다.

"한참 젊은 나이에 온종일 심한 훈련을 받아 많은 양을 먹어도 늘 배고프게 느껴집니다."

"그렇겠지, 그래도 훈련병들이 배고프지 않게 먹도록 군량미를 더 보낼 수 있는 방법을 알아봐."

"전쟁 중이라 전군에 식사량을 더 올려보내는 것은 재정상 불가능합니다."

"그래도, 병사들을 배고프지 않게 먹여야 하는데…"

대통령은 더 이상 말하지 않았다. 참모들을 믿고 젊은 훈련병들이 훈련받느라고 운동량이 많으니까 항상 배고프게 느껴진다는 말을 믿었다. 훈련소에 지급되는 쌀과 부식을 철저하게 감독하고, 부정이 발견되면 엄한 처벌을 하였더라면 훈련병들이 배곯지 않았을 텐데 인의 장막에 둘러싸인 대통령은 거짓으로 고하는 참모들의 말을 그대로 믿었다.

훈련소에서는 훈련병 철모나 파이버 같은 장비 망실이 심했다. 훈련병 한 사람이 철모를 잃어버리면 슬그머니 옆 사람 것을 집어갔다. 그러면 그 사람은 다른 사람 것을 집어왔다. 이렇게 하여 철모 하나를 잃어버리면 온 내무반에서 돌고 돌았다. 누군가 "내 철모를 잃었다"라고 발설해야 더 이상 철모를 잃어버리는 사람이 없었다. 더구나 변소에서 변을 보는데 갑자기 문을 열고 모자나 파이버를 빼앗아가는 일도 발생해 훈련 중의 장비 분실이 큰 문제가 되었으나 내무반장이나 교관들은 대책도 세우지 않는 채 늘 개인의 책임으로 돌리고, 심지어 변상해야 한다며 돈을 받아 챙기기도 했다.

서귀포 훈련소 인근의 경치는 절경이었다. 뒤로 산방산과 멀리 한라산이 바라보이고, 산방산 앞 용머리 해안은 바다에서 70만 년 전 화산이 분출하여 제주도가 만들어질 때 용암이 솟아오르다 그대로 식은 자연이 만든 예술품으로 걸작이었다. 그런 빼어난 경치도 훈련병 눈에는 들어오지 않았다. 전선에 나가 나라를 지키는 강력한 병사가 되기 위한 훈련은 둘째 사항이고, 전투현장에 투입되어 자신을 지키기 위해, 죽지 않고 살아남기 위해서 힘든 훈련을 소화해야 했다. 훈련 교관은 입버릇처럼 말했다.

"훈련 때 땀 한 방울이 전쟁 때 피 한 방울이다. 힘들어도 이 악물고 훈련하자."

산방산 중턱까지 뛰어 올라가며 돌격훈련을 받던 훈련병들은 산 중턱에 있는 산방굴사에서 잠시 휴식을 취하며 커다란 자연석 굴 속의 천년고찰과 산 아래 펼쳐지는 일본인들이 만든 알뜨르 비행장과 온 들판을 꽉 메운 훈련병들의 천막 막사를 바라보며 자신이 살아생전에 이 고통스러운 제주도를 다시 찾아올 수 있을까 하는 생각이 들었다. 언젠가 전쟁은 끝날 것이고, 그때는 자신이 세상에 없을지도 모른다는 생각이 들어 슬퍼지기도 했다. 호각소리에 훈련은 다시 시작되고, 먹는 식사량이 적어 삐쩍 마른 훈련병은 허기진 배에 전신은 땀에 젖고 숨은 턱까지 차올랐다. 너무 힘들고 배가 고파 입에서 욕이 나왔다.

"야, 이 씨발놈들아! 죽을 때 죽을 값이라도 밥이라도 실컷 먹이고 훈련시켜라."

이삼진의 아내는 가임기가 되었다. 일선에서는 많은 젊은이가 전사하여 외동아들을 군대에 보낸 집에서는 손이 끊어진 집이 많았다. 아들이 훈련소로 떠나고 한 달이 되어가는 어느 날 삼진의 아버지는 예안 장에 갔다가 훈련소에 아내를 데리고 가면 훈련받는 남편과 같이 하룻밤을 잘 수 있다는 이야기를 들었다. 원촌에 있는 금 씨 집 며느리도 훈련소에 가서 남편과 자고 와서 아이를 가졌다고 했다. 삼진의 아버지는 만약에 아들이 전쟁터에서 잘못되어도 손자를 보아 대를 이어야 한다는 생각이 들었다. 삼진의 아버지는 원촌 금 씨 집에 가서 제주도 가는 차편, 배편과 면회방법을 알아와서 쌀 한 가마니를 팔아 돈을 마련했다. 며느리를 데리고 예안에서 버스로 출발하여 기차를 타고 부산에 내려 배를 탔다. 배 안에는 자기처럼 젊은 며느리를 데리고 훈련소로 면회 가는 시아버지들이 몇이 있었다. 배에서 내려 훈련소 위병소에 가서 사정 이야기를 하고 면회를 신청했다.

훈련소에서는 병사들이 전쟁터에서 전사하여 대가 끊어지지 않게 훈련소 내에 훈련병이 아내와 하룻밤 자고 잉태시킬 수 있는 시설을 마련해두었다. 전쟁터에 나가 만약에 전사하여도 집안의 대를 이을 수 있게 배려한 것이었다.

훈련소 면회 담당자는 저녁이 되어 훈련병 삼진을 목욕시키고 새 군복으로 갈아입혀 데려왔다. 삼진은 훈련받느라고 얼굴이 새까맣게 그을려 있었다. 삼진의 아버지는 준비해서 간 음식으로 저녁을 먹이고 며느리와 아들을 두고 서귀포 시내의 허름한 여인숙에서 잤다. 이튿날 아침 빵과 음식을 사가지고 가서 아들과 며느리를 먹이고 시간이 되어 며느리를 데리고 배와 기차, 버스를 갈아타고 다음날 예안으로 돌아왔다.

제주도를 삼다도라고 불렀다. 돌, 여자, 바람이 많아 삼다도라고 하는데 훈련병에게는 영외 외출이 금지되어 있으니 여자가 많은 것은 모르지만, 돌 많고 바람이 심했다. 태풍이 올라오고 있었다. 훈련이 중지되고 모든 천막은 끈으로 단단히 묶고, 훈련병들은 훈련장 근처 뚝 밑이나 낮은 산 구렁에 들어가 모여앉아 서로를 꼭 붙들고 있었다. 천막이 무너지고 바람에 날리는 물건에 훈련병들이 다칠 수 있기 때문이었다. 그렇게 태풍이 지나가면 망가진 훈련장을 보수하고, 천막과 물에 젖은 침구를 말렸다. 온갖 어려움을 겪으며 4주간 훈련은 끝나고 삼진과 원철은 LST를 타고 바다 건너 부산에서 내려 기차를 갈아타고 전선으로 떠나고, 상현은 행정요원으로 발탁되어 훈련소에 남게 되었다. 훈련한 병사들이 타고 전선으로 떠난 배에는 육지에서 징집한 입대자를 싣고 제주도로 향했다. 그 배 안에는 노송골 김우혁이 타고 있었다.

우혁은 일본군에 징집되어 훈련받고 남양군도 전쟁터로 가던 배가 미군 잠수함의 공격을 받고 바다에 침몰될 때 구사일생으로 살아났다. 일본이 패하자 미군 포로로 잡혔다가 풀려나 고향으로 돌아왔다. 해방 후 좌우익의 갈등으로 혼란 때는 면 방위대가 되어 부족한 경찰 인력을 도왔고 6.25전쟁이 일어나 인민군 세상이 되자 의용군을 피해 산속에 숨어 지냈다. 이제 인민군이 물러가자 국군으로 징집되어 온 것이었다. 우혁은 태어나서 이때까지 전쟁과 혼란한 세상에서 살면서 일본군에 이어 지금은 대한민국 국군에 입대했다.

우혁은 해방 후 몇 년 동안 간호부로 일본 간 옥이를 기다렸다. 일본에 가서 간호부로 2년 동안 돈 벌어 돌아오면 그때 결혼하자는 약속을 믿으며 옥이가 돌아오리라 생각했다. 사람들은 간호부로 간 옥이가 전쟁 중에 부상당한 군인들을 치료하다가 미군의 포탄에 맞아 죽었을 것이라고 했지만, 우혁은 옥이가 살아있어 언젠가는 돌아올 것 같아 옥이를 두고 다른 여인과 결혼할 수 없었다.

"죽은 사람을 기다리다가 늙어 죽어. 몽달귀신이 될 참이냐?"

온 집안과 이웃들이 윽박질러 떠밀리다시피 결혼을 했다. 신혼 생활을 하면서도 문득문득 떠오르는 옥이 생각에 이러면 안 되는데 하면서도 마음속에서 옥이를 지울 수 없었다. 우혁은 결혼 후 몇 달 되지 않아 징집 영장을 받고 입대했다.

우혁의 아버지 김성칠은 재 너머 동네에 사는 친구인 송 씨 집의 아들 인호가 전사하여 재봉지가 오자 시름이 깊어졌다. 딸 우희는 전쟁 중에 집을 나가 살았는지, 죽었는지 소식이 없고, 어쩌면 입대한 아들까지 전쟁터에서 잃을 수 있다는 불안한 생각이 들었다.

송인호는 전쟁 초기부터 거의 매일 전투에서 수많은 전우가 전사하는 가운데에서도 살아남아 양구 북쪽 1024고지 최후의 진지 방어에 투입되었다. 북한군 제2군단 주력부대가 공격해왔다. 아군 진지에 적의 포탄이 수없이 떨어져 교통호가 파괴되고, 기관총이 망가지고, 옆 전우가 포탄의 파편에 온몸이 갈가리 찢기며 죽어갔다. 인호는 포탄 공격 후 돌격해오는 적을 향하여 사격하며 버티었다. 죽어가는 동료의 시체를 타고 넘으며 돌격해오는 인민군을 향하여 수류탄을 던졌다. 잠시 주춤하던 인민군은 거칠게 밀고 올라오고 있었다.

몇 시간 동안 치열한 공방으로 실탄과 수류탄이 떨어져 총에다 착검하고 돌진해오는 인민군과 백병전이 벌어졌다. 분대장 남 하사와 같이 달려드는 적을 총검으로 맞섰다. 총검으로 찌르고 휘둘러 피가 튀고 팔이 떨어져 나갔다. M1 소총 개머리판으로 돌려치기를 하자 적은 턱을 맞아 부서지며 쓰러졌다. 1024고지의 백병전에서 국군 병사의 숫자가 턱없이 부족하여 전멸당하고, 고지는 끝내 인민군에게 점령당할 것을 예상한 중대장 박 대위는 최후의 단안을 내렸다. 후방 포병부대에 진지포격을 요청했다. 살아있는 국군 병사도 있지만, 산 밑에서 지원병력이 도착하려면 한 시간도 더 걸릴 텐데 그동안 백병전의 상황은 끝나 국군은 모두 전사하고, 고지는 적에게 점령당하고 말 것이었다. 1024고지를 사수하기 위해서 중대장은 자신을 포함한 몇 남지 않은 국군 병사들과 수많은 인민군 병사들이 같이 죽는 진지포격 작전을 택한 것이었다. 진지포격은 적군이 많아 아군이 전멸할 위기에 처했을 때 적군과 아군을 모두 죽이는 포격으로 전쟁 중에 거의 사용하지 않는 최후의 전술이었다. 국군과 인민군이 맞붙어 육탄전이 벌어지고 있는 1024고지에 후방 포병부대에서 수많은 포탄을 퍼부었다. 비 오듯 쏟아지는 아군의 포탄에 1024고지는 불기둥에 싸이고, 포탄 파편이 벌떼처럼 날아다니며 살아있는 모든 생명체에 파고들어 숨통을 끊었다. 1024고지에서 백병전을 벌이던 인민군도, 국군도 모두 죽어 화염 속으로 사라졌다. 인호는 그렇게 국군의 포탄에 맞아 전사하고 1024고지 아군 진지는 폐허가 되었지만, 진지는 적에게 빼앗기지 않았다.

포성이 멎고 한 시간 후 진지에 도착한 3사단 후속 병사들은 포탄의 파편에 맞아 갈가리 찢어져 죽은 적의 시체를 땅을 파고 묻고, 전우 시체는 후송하여 화장터로 보냈다. 송인호 상등병은 전쟁이 일어나고 일 년 동안 후퇴하면서 돌아서 반격하고 또 후퇴하며 포항까지 밀려 내려갔다가 유엔군 참전으로 진격하며 삼팔선을 제일 먼저 돌파하였다. 그리고 압록강까지 진격하면서 수많은 전투에서 살아남았는데, 끝내 아군의 포탄에 전사하여 한 줌의 재가 되어 돌아왔다. 전쟁 중이라 전사한 병사들의 화장한 유골을 동료 병사들이 가지고 올 수가 없어 우체국 소포로 부쳐 우편배달부가 집으로 전했다.

아들의 재봉지를 받자 인호의 부모는 주저앉고, 만삭인 인호의 아내는 기절해 쓰러졌다. 9개월 전 부대가 북으로 진격하며 집 근처 예안에서 숙영할 때 하룻밤 외박 나와 자고 간 아들이었다. 아들이 다녀가자 며느리는 손주를 잉태하여 산월이 다가와서 출산을 기다리고 있었는데 아들은 끝내 한 줌의 재가 되어 돌아온 것이었다.

김성칠은 친구인 재 너머 동네의 송 씨 집에 가서 위로했으나 재가 되어 돌아온 아들의 유골을 안고 통곡하는 식구들은 어떤 말도 위로가 되지 않았다. 일선에서 전쟁이 치열하여 아들과 남편의 전사통지를 받고 통곡하는 소리가 전국 어느 마을에서나 매일 이어졌다.

송 씨 집에서 돌아온 김성칠은 잠을 이룰 수 없었다. 일선에 가면 하루 이틀만 싸우는 것이 아니라 전쟁이 끝날 때까지 몇 년이고 포탄의 화염과 총알이 난무하는 속에서 찰나에 운명을 맡기고 싸워야 하는데, 그런 전쟁터에서 아들 우혁이 끝내 살아나지 못할 것이라는 불길한 생각이 들었다. 김성칠은 며칠을 뜬눈으로 밤을 새우며 고민했다. 전쟁터에 나가는 아들만 살릴 수 있으면 이 세상 무슨 일이나 다 할 수 있을 것 같았다.

일본에 대항하여 독립만세를 부르다가 감옥에 가고, 일본 순사의 탄압을 받으면서도 꼿꼿하게 지켜오며 불의에 타협하지 않던 자신이었다. 완장을 찬 사위에게 붙들려 인민재판을 받으며 죽음의 순간까지 가면서도 살려달라고 빌지 않았던 자신이었다. 한 번도 부정한 일을 하지 않았던 김성칠이었지만, 사지로 떠나는 아들을 살려야 한다는 부성애 앞에서는 평생 지켜왔던 '의(義)가 아니면 행하지 않고, 도(道)가 아니면 가지 않겠다'라는 신념이 무너져 내렸다.

"내 아들뿐만 아니라 세상 모든 사람의 아들들이 전쟁터로 가는데, 내가 이러면 안 되는데…"

성칠은 스스로 자책하면서도 아들을 살려야 한다는 생각에 자신이 살아온 과거도, 꼿꼿함도, 앞으로 있을 "아들을 돈으로 전쟁터에서 빼냈다"라는 비난도 당장에는 생각할 겨를이 없었다. 성칠은 장날이 되자 마구간의 농우를 우시장에 가서 팔았다. 소 판 돈을 상자에 넣어 짊어지고 기차를 타고 부산에서 내려 제주도 가는 배표를 알아보았다. 전국의 수많은 젊은이가 훈련받는 제주도라 배표를 구하기가 쉽지 않았지만, 여인숙에서 하루를 자고 제주도 가는 배를 탔다. 군인들이 타는 큰 군함이 아니라 제주행 연락선은 작은 파도에도 요동쳐 뱃멀미가 심했다. 성칠은 배가 높은 파도에 흔들려 이리저리 쓰러져 구르며 먹은 것을 모두 토해내면서도 돈이 든 궤짝을 꼭 끌어안고 있었다.

제주도는 육지와 다른 이국적인 아름다운 풍경이었으나 성칠의 눈에 들어오지 않았다. 처음 보는 가지 없이 멀쑥하게 큰 야자나무도, 해안가 용암이 만든 기암괴석을 보아도 신기하다는 느낌이 들지 않았다. 훈련을 마친 병사들을 분류하여 임지로 보내는 업무를 담당하는 장교를 알아내어 그의 영외 숙소를 찾아갔다. 인사장교를 만나 아들 우혁을 일선이 아닌 후방으로 배정해줄 것을 부탁하며 사례금으로 소 판 돈 궤짝을 내어놓았다. 해방 후 세상은 불법과 탈법이 횡행하고, 좌우익 대립으로 사회가 극도로 혼란했다. 그런 가운데 전쟁이 일어나 국가에서는 사회의 부조리를 통제하거나 제재할 여력이 없어 어느 곳에서나 공공연히 돈을 받고 청탁을 들어주는 부정한 일들이 만연했다. 젊은 장교는 생각과 달리 친절하면서도 원칙주의자였다.

"아버님 마음은 충분히 이해합니다만, 일선에 간다고 다 전사하는 것은 아니고, 또 후방에도 군인들이 많이 필요하니까 그냥 두어도 후방으로 갈 수 있습니다. 소 판 돈 가지고 가서 소 다시 사십시오."

"이러면 안 되는 줄 알지만, 또 내 평생 이렇게 살아오지 않았지만, 대를 이을 맏아들입니더. 이 돈 받고 아들을 꼭 후방에 남도록 하여 주시이소."

"아버님, 이왕 왔으니 훈련받고 있는 아드님과 아드님 친구라는 안상현 일등병을 만나게 해줄 테니 면회하고 돈 가지고 돌아가십시오."

젊은 장교는 김성칠을 지프차에 태워 면회소로 데리고 갔다. 그리고 하루 훈련 일과가 끝난 아들 우혁과 아들 친구 안상현을 데리고 와서 면회시켰다. 장교는 우혁의 아버지가 아들을 후방으로 빼려고 소를 팔아왔다고 말하며 소 판 돈을 가지고 집에 가서 다시 소를 사도록 하라고 우혁과 상현에게 말해두었다. 우혁은 훈련받느라고 얼굴이 새까맣게 그을려 있고, 아들 친구 상현은 행정요원으로 훈련병 티를 면해 있었다.

"많이 말랐구나. 훈련이 힘들지는 안냐?"

"여럿이 같이 받는 훈련이라 힘들지 않습니더. 아부지 이야기 박 대위님에게 들었니더. 일선에 가도 다 전사하는 것이 아이고, 또 그냥 둬도 후방으로 떨어질 수도 있니더. 아버지, 소 판 돈 가지고 돌아가셔서 소 도로 사이오."

옆에 있던 아들 친구 상현이 말을 거들었다.

"우혁이 말이 맞니더. 돈을 써도 잘못하면 일선으로 가서, 돈만 날릴 수 있니더. 그냥 돈 가지고 돌아가이소. 우혁이는 내가 훈련 기간 동안 최대로 도움시더."

"자네 말을 듣고 보니 내가 괜한 짓을 하여 부끄럽네. 내 그냥 돌아갈 꺼니 우리 우혁이 잘 봐주게."

"훈련소도 다 사람 사는 곳입니더. 걱정하지 마시고 돌아가이소."

"그래, 우혁아, 너 처 얼라 가졌다. 너도 좀 있으면 아이 애비가 되는데 매사에 몸조심하거라."

김성칠은 돈 궤짝을 지고 배를 타고, 기차 타며 집으로 돌아왔다. 김성칠은 자기가 한 일이 젊은 사람들 보기에 부끄러운 일이었다고 생각하며 다음 장날 커다란 농우 한 마리를 사와 마구간에 매었다.

⓱ 전쟁터로 간 신병들

　제주도 훈련소를 출발한 이삼진과 조원철은 부산 부두에서 기차를 타고 의정부에 내려 헤어졌다. 삼진은 9사단에 배치되고, 원철은 3사단으로 배정되어 전선에 투입되었다. 전쟁은 치열했다. 유엔군과 한국군은 삼십만 명의 중공군과 이십만 북한군을 상대로 삼팔선 부근에서 밀고 밀리는 공방전을 계속하고 있었다. 이등병 계급장을 단 조원철은 강원도 인제를 지나 한계령을 넘어서 설악산 근처에서 북한군 5군단과 전투하고 있는 3사단 22연대 1대대 3중대 1소대로 배치되었다. 삼진이 전입 온 9사단은 인제 근처에서 중공군 9병단 20군과 전투를 하며 옆으로는 미군 2사단과 미1해병사단이 중공군과 전투하고 있었다.
　원철은 도착하여 신고하고 부대에 적응할 사이도 없이 전투출동 명령이 내려졌다. 제주도 훈련소에서 4주 동안 군사훈련을 받았지만, 모든 것이 낯설고 당황스러웠다. 주먹밥으로 아침을 때우고 전투식량인 건빵을 배낭에 넣었다. 지급되는 M1총과 탄띠에는 실탄 열 클립이 들어 있는 열 개의 포켓이 달려 있고, 수통과 대검까지 차고 수류탄 두 발을 앞가슴에 찼다. 머리에는 파이버 위에 철모를 쓰고 군화를 신고 나니 장비의 무게만 해도 상당했다. 전투 군장을 하고 분대장과 고참병들을 따라 전선으로 가는 차를 탔다. '이제 전쟁하러 가는구나.' 하고 생각하니 훈련소에서 배운 것이 머릿속에서 까마득하게 사라지고, 인민군이나 중공군을 만나 어떻게 싸워야 하는지? 살아남을 수는 있을지? 죽을 수도 있다고 생각하니 겁나고 정신이 몽롱해지며 초조하여 온몸이 덜덜 떨렸다. 작전지역으로 들어가며 차 위에서 너무 떨려 아무 생각도 나지 않아 머릿속이 하얗게 되고, 어금니가 딱딱 부딪쳤다. 옆에 앉아 있던 고참 우 병장이 원철의 어깨를 두드리며 말했다.

"조 이병, 많이 떨리지? 너무 긴장하지 말고 옆의 고참들이 하는 대로 따라만 하면 돼."

우 병장은 화랑담배를 꺼내 불을 붙여 원철에게 주었다. 원철의 어금니가 딱딱 부딪치는 소리를 듣고 옆에 있던 고참 우 병장이 말을 건네고 담배를 주며 긴장을 풀어주었다. 처음 전입신고를 할 때 본 우 병장은 무섭기만 했는데 큰형님처럼 다정하고 믿음직스러웠다. 전투 중에는 우 병장이 새로 온 신병들을 지켜줄 것 같은 믿음이 갔다. 차에서 내려 산을 넘어 8부 능선에 야전삽으로 개인호를 팠다. 훈련소에서 야전삽으로 여러 번 개인호를 파보아서 낯설지는 않지만, 시골에서 농사를 지을 때 큰 삽을 발로 꽉 밟아 땅을 팔 때를 생각하면 야전삽이 너무 작아 장난감같이 느껴졌다. 옆에는 우 병장의 개인호가 있고, 그 옆으로 같이 제주도에서 훈련받고 온 심 이등병이 호를 파고 있었다. 개인호 뒤로는 교통호가 산 정상으로 연결되어 있었으며, 산 정상에는 중대 본부가 배치되고, 그 옆으로 기관총 진지가 있었다. 원철은 어쩌면 이 개인호가 자신의 무덤이 될지도 모른다는 생각이 들었다.

분대장이 둘러보고 개인호는 되도록 깊게 파고 바닥에는 옆으로 경사지게 굴을 깊게 파라고 했다. 교전 중에 적이 수류탄을 개인호 안에 던져 넣었을 때 손으로 집어낼 시간적 여유가 없으므로 발로 차서 굴속으로 밀어 넣으면, 굴속에서 폭발해 생명을 건질 수 있다고 우 병장이 설명했다.

"적이 공격해올 때는 반 시간 이상 포탄으로 우리 진지를 공격하기 때문에 그때는 개인호 속에 웅크리고 앉아 포탄의 파편을 피해야 한다. 포탄사격이 끝나면 적들이 쳐들어오는데 조준사격하여 공격해오는 적을 한 명 한 명 쓰러뜨리고, 적이 20~30미터까지 가까이 오면 수류탄을 던지고, 그래도 적이 인해전술로 밀고 올라오면, 후퇴 명령에 따라 교통호를 통하여 정상의 중대 본부 쪽으로 후퇴한다. 중대 본부까지 적이 쳐들어오면 백병전이 벌어진다. 백병전에서 적을 제압하지 못하면 모두 전멸한다. 살아남기 위해서는 처음부터 최선을 다하여 적의 접근을 소총과 수류탄으로 막아야 한다. 한순간 방심하면 바로 저승길이다. 살아남아야 마누라가 기다리는 너희들 집으로 돌아갈 수 있다."

원철은 훈련소에서 교육받고 훈련한 것이지만, 우 병장 말 하나하나가 처음 듣는 것같이 새롭고 전쟁의 승패와 자기 삶과 죽음이 달린 문제라, 전쟁터에서는 종교의 경전보다 더 꼭 지켜야 할 일들이라고 생각되었다. 우 병장은 마지막에 마누라 이야기를 꺼내 꼭 살아야 하는 이유를 강조하니 집에 있는 아내의 모습이 떠올랐다.

개인호를 훈련소에서 배운 대로 가슴 깊이로 파서 완성되었다고 생각했는데 우 병장은 더 깊게 파서 밑을 계단형으로 만들어 적의 포격이 시작될 때는 포탄 파편으로부터 자신을 보호하고, 적이 공격해올 때는 계단에 올라서서 사격하면 된다고 했다. 우 병장은 여러 번의 전투경험에서 하는 말이었다.

산 능선을 빙 둘러 병사들의 개인호가 완성되었다. 원철은 우 병장 옆에서 호를 파면서 우 병장이 신병들을 지켜줄 것 같아 든든하지만, 그래도 이 산천, 이 장소가 자신을 비롯한 수많은 전우의 무덤이 될 것 같은 생각이 들었다. 개인호가 완성되자 한숨 돌리며 화랑담배에 불을 붙였다. 담배는 백해무익하다고 하지만, 전쟁터에서는 잘못된 말이다. 전쟁터에서 적을 기다리며 당황이 되고 초조할 때 가슴속 깊이 들이켰다가 뿜어내는 화랑담배 연기 속에 당황한 마음도, 초조한 기분도 함께 몸 밖으로 빠져나가서 마음이 안정되었다. 담배연기 속에 고향 산천과 아내의 모습이 아련히 떠올랐다. 결혼하고 일 년도 안 된 아내는 전선으로 떠난 남편이 살아서 돌아오기를 삼신할머니에게 매일 빌면서 기다리고 있을 것이었다. 눈감으면 신혼 초 밤새워 아내와 정을 나누던 모습이 떠올랐다. 아내의 감칠맛 나는 신음이 귀에 쟁쟁하게 들리는 것 같았다.

원철이 아내 생각을 하고 있을 때 갑자기 "쾅!" 하는 소리가 중대 본부가 있는 뒤쪽에서 들렸다. 잇달아 여기저기 포탄이 쏟아졌다. 우 병장은 "호 안에 엎드려!" 하고 소리쳤다. 원철이 있는 개인호 옆에 포탄이 떨어졌다. 불기둥이 솟아오르고 호 안으로 흙이 쏟아져 들어왔다. 호 속에서 M1 소총을 끌어안은 채 쪼그리고 앉아 있어도 포탄이 떨어질 때마다 몸이 흔들리고, 귀가 먹먹해 정신을 차릴 수가 없었다. 원철은 이렇게 죽는구나 하는 생각이 들었다.

고개를 들고 살펴볼 수도 없었다. 매캐한 화약 냄새에 숨이 막힐 것만 같았다. 옆 호에 있는 우 병장과 심 이병은 무사한지 알 수 없었다. 이러다가 포탄이 호 안으로 떨어지면 포탄의 폭발과 함께 자신은 산산조각으로 분해되어 형체도 없이 죽을 것만 같았다. 우 병장이 반 시간은 포탄을 쏘아 진지를 파괴하고, 적이 공격해온다는데 포탄 공격이 끝나면 인민군이나 중공군이 새까맣게 몰려와 서로 총을 쏘는 전투가 시작될 것이라고 생각하니 무서웠다. 원철은 수없이 쏟아지는 포탄의 파편에 맞아 옆의 전우들은 모두 다 죽고 혼자 살아남았으면 어쩌지 하는 생각이 났다. 혼자서 산을 메우며 쳐올라오는 적을 상대할 수도 없어 기절하고 말 것이라는 생각이 들었다. 온 진지에 수없이 떨어지는 포탄으로 불

구덩이가 된 가운데 M1총을 안고 개인호 안에 쪼그리고 앉아 있는 원철은 '이래도 죽지 않는구나.' 하는 생각을 하며 차츰 마음이 안정되어 가고 있었다. 이런 극한 상황에서도 정신을 잃지 않고 마음의 안정을 찾다니, 처음 차를 타고 전선으로 올 때 어금니가 딱딱 부딪치도록 겁나고 초조했는데, 사방에 사정없이 떨어지는 포탄의 불기둥 속에서도 기절하지 않고 버티는 자신이 스스로 대단하다는 생각을 하고 있었다.

시간이 얼마나 지났는지 어느 순간 포탄 터지는 소리가 딱 끊어졌다. 후방 아군 포병부대에서 적진으로 쏘는 포탄이 머리 위로 공기를 가르며 날아가는 금속음이 계속 들렸다. 옆 호에 있는 우 병장이 소리쳤다.

"조 이병, 심 이병, 괜찮나? 일어나! 전투는 지금부터 시작이야."

참, 신기했다. 그렇게 심하게 퍼붓는 포탄의 불구덩이 속에서도 우 병장과 심 이등병은 살아있었다. 원철은 M1총을 들고 호에서 일어났다. 50~60미터 산 아래에 인민군이 까맣게 기어오르고 있었다. 원철은 M1 총구를 기어 오른 적을 향하여 마구 쏘아대었다. 총알이 어디로 날아가는지 생각할 겨를도 없었다. 그러다가 우 병장을 돌아보았다. 우 병장은 M1총 개머리판을 오른쪽 어깨에 대고 볼을 밀착한 채 한 발 한 발 조준사격하고 있었다. 우 병장이 총을 쏠 때마다 앞에서 기어 오르던 적들이 한 명씩 폭폭 쓰러지는 것이 보였다. 산 위 중대 본부에서 기관총이 적을 향해 불을 뿜고 있었다. 원철은 조준도 하지 않고 적이 있는 방향으로만 향해 총을 마구 쏜 것이었다. 원철은 훈련소에서 배운 대로 가늠자 위에 나타나는 적을 조준하여 총열이 흔들리지 않게 숨을 멈추고 오른손 검지로 방아쇠를 부드럽게 당겼다. 순간 가늠자에 조준된 적이 폭 쓰러졌다. 그렇게 일이 분 동안 한 클립 여덟 발을 다 쏘고 탄띠에서 한 클립을 뽑아내어 장전하고 쏘았다. 인민군은 따발총으로 사격하며 기어 올라오고 있었다. 철모 위로 인민군이 쏜 총알이 "쌩, 쌩!" 바람을 가르며 날아가는 소리가 들렸다.

　죽어가면서 기어 올라오는 인민군들이 이삼십여 미터 앞까지 가까이 접근하였다. 우 병장이 수류탄을 던지며 소리쳤다.

　"수류탄 투척!"

　우 병장이 수류탄을 던지자 폭발음과 함께 기어 오르던 여러 명의 인민군들 쓰러지는 모습이 보였다. 여기저기서 수류탄 터지는 소리가 들렸다. 인민군이 던진 수류탄이 원철의 호 앞에 떨어졌다. 순간 원철은 호 속으로 앉아 피했다. 폭발음과 함께 흙이 호 안으로 쏟아져 들어왔다. 옆 호에 있는 우 병장의 소리쳤다.

　"조 이병, 괜찮나?"

　"예."

　"적이 물러가고 있다. 계속 사격해."

　원철은 방아쇠를 당겨도 총알이 나가지 않았다. 총을 보니 약실이 열려 있었다. 자기도 모르는 사이에 몇 번째 장전한 탄창 한 클립을 다 쏘았던 것이다. 탄띠에서 다시 한 클립을 뽑아 장전하고 후퇴하는 적을 향해 계속 사격했다. 진지에 포탄이 떨어지고 한 시간도 안 되는 동안의 첫 전투에서 원철은 정신이 없이 총을 쏘며 적을 물리쳤다. 앞가슴에 두 발의 수류탄이 그대로 매달려 있다. 적이 던진 수류탄을 피하느라고 원철은 수류탄을 던질 생각을 하지 못했던 것이었다.

인민군이 물러가고 총성이 멎자 소대장은 소대원의 인원을 점검했다. 소대원 중에 12명의 사상자가 나왔다. 포탄에 맞아 죽고, 인민군의 총에 맞아 죽고, 호 안에 포탄이 떨어져 폭발하면서 갈가리 찢어진 채 처참하게 죽은 전우도 있었다. 그런 가운데도 원철과 우 병장, 심 이등병은 살아남았다. 산 위 중대 본부의 진지도 망가지고, 교통호도 포탄에 맞아 여기저기 허물어져 있었다. 부상자와 전사자를 교통호를 통해 산 위 중대 본부로 옮겼다.

날이 어두워지고 있었다. 원철은 첫 전투라 어떻게 싸웠는지 기억이 나지 않을 정도로 정신없었다. 고참 우 병장을 믿고 따라 하며 소대원의 삼 분의 일이 부상당하고 전사하는 가운데서도 살아남았다. 갈증이 심해 수통의 물을 조금씩 아껴먹었는데도 수통이 비어 있었다. 소대장은 오늘 밤이 고비라고 했다. 중대 전체로 보아도 수십 명이 희생되어 전투력이 약화하여 제대로 된 방어임무를 수행할 수 없을 것 같았다. 저녁때가 되니 지게를 진 보급대가 식사와 탄약을 지고 올라왔다. 낮 전투에 소모한 만큼의 실탄과 수류탄을 지급받고, 주먹밥으로 저녁을 먹고, 지고 온 물통의 물을 수통에 채웠다. 옆의 전우가 부상당하고 죽어가도 살아남은 병사는 먹고 체력을 유지해야 다음 전투를 할 수 있었다. 죽은 전우를 보고 슬퍼할 시간도, 적에 대해 분노할 여유도 없었다. 총에 맞아 죽고, 포탄에 맞아 갈가리 찢긴 전우의 시체 옆에서도 보급대가 가져온 물을 마시고 밥을 먹었다. 전사하고 부상당한 병사들을 후방으로 보내고, 그 자리에 병사들은 보충되지 않았다. 인민군은 낮 공격에 실패했으니 오늘 밤에 공격해올 것이라고 한다.

원철은 처음 차를 타고 올 때처럼 두렵지도, 초조하지도 않았다. 첫 전투를 하면서 전쟁에 대한 공포도 조금씩 사라지며 적응되어 가고 있었다. 하늘에 초롱초롱한 별을 바라보며 고향 생각이 났다. 고향으로 돌아가 다시 가족을 만날 수 있을까? 사랑스러운 아내를 다시 볼 수 있을까? 아내는 지금도 일선에 간 남편을 위해 뒤뜰 장독대 위에 정화수를 떠다놓고 내가 바라보는 저 하늘의 같은 별들을 바라보며 남편이 무사하기를 빌고 있을 것만 같았다.

일선에서 병사들이 죽고 부상당한다는 이야기만 들었지, 입대하기 전까지 상상하지도 못했던 일을 온몸으로 겪으며 부상당한 전우들과 전사한 전우의 시신을 옮겼다. 옷에는 전우의 피가 묻어 얼룩지고, 손은 죽은 전우의 피로 붉게 물들었다. 제주도에서 훈련받고 같이 바다를 건너온 신병들 중에도 전선에 투입되자마자 전사한 전우도 있었다. 앞으로 얼마나 많은 전우가 죽어가고 부상당할지? 그러다가 적 포탄의 파편이나 총알에 맞는 순간에 나도 먼저 이승을 떠난 전우들 뒤를 따라 저승으로 갈 것이 아닌가? 원철은 적을 조준사격하여 처음으로 사람을 죽였다. 적이지만 사람을 죽이고도 당황하지도, 마음에 거리끼지도 않고 무덤덤하기만 했다. 원철은 하루도 안 된 시간 동안 엄청난 일들을 겪었다

밤늦도록 전선은 조용했다. 간혹 후방 포병부대에서 쏘아 올린 조명탄이 전방의 적진을 밝혀주었다. 조명탄 불빛에 전방을 볼 수 있어 마음이 놓였다. 후방 포병이 조명탄을 쏘아주지 않으면 참호 바로 앞까지 적군이 기어 올라와도 모르고 있을 것만 같았다. 원철은 밤새도록 뜬눈으로 호 속에서 적진을 살피고 있었다. 잘 수도 없지만, 너무 긴장하여 졸리지도 않았다. 우 병장은 밤에는 소리로 적정을 살펴야 한다며 작은 소리도 적이 몰래 기어 올라오는 소리가 아닌지 주의를 기울여야 한다고 했다. 우 병장은 개전 초기부터 수많은 전투에서 살아난 불사신 같은 존재로 느껴져 같은 분대에 있는 것이 믿음직스럽고, 그가 적으로부터 자신뿐만 아니라 새로 온 신병들을 지켜줄 것 같았다.

새벽이 가까워져 왔다. 이제나 저제나 하고 밤새 기다리던 적의 공격이 시작되었다. 주위에 인민군 포탄이 떨어져 불기둥이 솟아오르고, 국군 후방 포병부대에서도 인민군 진지 쪽으로 쏘는 포탄이 공기를 가르며 날아가는 금속음이 들렸다. 얼마간의 양쪽 진영의 포탄 공격이 끝난 뒤 적들이 공격해왔다. 후방 포병부대에서 쏘아 올린 조명탄 아래 적들이 새까맣게 몰려오고 있는 모습이 보였다. 중공군이 인해전술로 쳐들어온다더니 앞에 나타난 적들

이 중공군일지도 모른다고 생각했다. 조명탄 불빛 아래 적을 향하여 사격하지만, 낮처럼 조준이 잘 되지 않았다. 점점 더 가까이 기어 올라오는 적들은 수백 명이 넘는 것 같았다. 아무리 총을 쏘아도 줄어들지 않고 계속 기어 올라왔다. 수류탄을 던졌다. 멈칫하던 적들은 계속 전진해왔다. 옆의 전우가 적의 포탄과 총탄에 맞아 얼마나 죽었는지, 부상당했는지도 알 수 없었다. 원철은 이제는 꼼짝없이 죽었구나 하고 생각하며 마지막 남은 수류탄을 던졌다. 폭발음과 함께 몇 명의 적들이 쓰러졌다.

후퇴 명령이 내려졌다. 원철은 생각할 겨를도 없이 호에서 뛰어나와 교통호로 몸을 날렸다. 그리고 정신없이 교통호를 따라 뛰어서 산 위 중대 본부에 도착했다. 십여 명의 병사들이 먼저 와 있었다. 뒤에서 우 병장이 부상당한 심 이등병을 부축하여 왔다. 원철은 후퇴 명령이 내리자 옆을 살필 겨를도 없이 혼자서만 후퇴했는데 우 병장은 그 와중에도 부상당한 심 이등병을 부축하여 데리고 후퇴한 것이었다.

너무 많은 적이 몰려와 대대 본부로부터 후퇴 명령이 내려졌다. 중대장은 각 소대 단위로 후퇴하도록 명령을 내렸다. 후퇴 명령에 따라 고지를 포기하고 산에서 내려와서 인원을 점검했다. 집결한 3중대 인원이 칠십여 명이었다. 중대원 반이 넘는 병사가 전사당하거나 부상당했다. 중대는 제대로 전투를 수행할 수 없었다. 한계령을 넘어 송현리에 집결해 부대를 재편성했다. 중대는 팔십여 명의 신병을 보충받아 인원을 채울 수 있었다. 모두가 제주도에서 훈련받고 배 타고 육지로 건너와 기차 타고 천 리 길을 달려

온 신병들이었다.

　　동부전선은 매우 불안했다. 동해안으로부터 북한군 2군단과 5군단, 3군단에 이어 중공군 9병단 20군, 27군, 12군에 이어 중공군 3병단 15군의 40만 대군이 국군 14사단, 수도사단, 3사단, 7사단, 5사단에 이어 미군 2사단과 미 해병 1사단 등 20만 군사와 대적하고 있었다. 수적으로 우세한 중공군은 수많은 병사가 죽어가며 인해전술로 국군과 미군을 공격해왔다. 그들은 총이 모자라 뒤에 선 병사들은 실탄만 메고 앞에서 공격하는 병사들의 뒤를 따라오다가 앞 병사가 총에 맞아 쓰러지면 그 총을 들고 공격한다고 했다. 파도가 몰려오는 것처럼 앞에 선 병사가 쓰러져도 뒤에서 계속 밀려와서 중공군의 공격전술을 인해전술이라고 했다. 중공군은 전투에서 동료 병사들이 죽어 쌓인 시체를 타고 넘으면서 계속 공격해와서 미군의 우수한 무기와 한국군의 전술로도 감당할 수 없었다.

　　송현리에서 재편성을 마친 원철이 속한 3중대는 현리를 거쳐 오미리 쪽으로 작전상 후퇴하고 있었다. 고개를 넘어 개울을 건너는데 인민군으로부터 기습공격을 받았다. 중대원들은 산개하여 바위나 도랑에 엎드려 대응사격을 했다. 중대원 대부분이 하루 전에 전입한 신병들이라 기습공격에 갈팡질팡하다가 적의 총에 맞아 사망자와 부상자가 속출했다. 중대는 인민군에게 완전히 포위되어 진퇴양난이었다. 고참병들은 신병들을 향해 고함쳤다.

"몸을 피해 바위 뒤에 엎드려서 사격해."

원철은 바위 뒤에 몸을 납작 엎드렸다. 옆에 있는 신병이 총도 쏘지 못하고 너무 당황하여 어쩔 줄 몰라 하며 엉엉 울고 있었다.

"울면 죽어! 엎드려서 훈련소에서 배운 대로 사격해."

며칠 먼저 와서 전쟁경험을 한 조원철은 총탄이 난무하는 전투현장에서 어느새 후배들을 이끌고 전투하는 고참들을 닮아가고 있었다. 총소리를 듣고 앞서가던 2중대와 근처에 있던 미군 2사단 병사들이 달려와서 포위되어 전멸당할 위기에 빠진 3중대를 발견하고 적의 후방을 한미 군합동으로 공격했다. 3중대를 포위하고 공격하던 인민군은 뒤에서부터 공격받자 도리어 포위당하는 꼴이 되어 많은 사상자를 내면서 도망치기 시작했다. 개울가에는 국군 3중대 병사들의 시체와 인민군의 시체가 뒤엉켜 쓰러져 있고, 개울물은 피로 물들어 붉게 흐르고 있었다.

⑱ 해병의 고지전투

　추운 겨울이 지나고 봄도 지난 초여름인 6월, 전쟁이 일어난 지 일 년이 다 되어갔다. 그동안 힘들고 어려운 전투에는 태웅이 속한 해병대가 투입되었다. 맡은 작전이 아무리 어렵고, 힘든 난관이 있어도 반드시 승리하는 해병대였다. 모두 죽어 한 사람이 남아도 물러서지 않고 끝내 맡은 임무를 완수하는 강인한 정신력이 있어 일이천 명의 연대 병력으로 북한군이나 중공군 만 명도 넘는 사단 병력을 만나 전투해도 한 번도 패한 일 없이 백전백승이었다.

　강원도 양구군 해안면에 위치한 도솔산은 천 미터도 넘는 높은 산으로 인민군 제12사단이 산 전체에 진지를 만들고 요새화하여 난공불락이었다. 태웅이 속한 한국 해병은 미 10군단 예하 미 제1해병사단 소속으로 국군 해병 1연대는 예비연대였다. 산세가 험한 대암산과 도솔산을 연결하는 지역에 미 해병 5연대가 투입되어 전투하고 있었으나 공격이 순조롭지 않자 예비연대인 한국 해병대가 투입되었다. 후방 포병 포격과 공군의 비행기 폭격지원을 받으며 한국 해병 1연대 2개 대대 병력이 공격하였으나 워낙 험산 산악지역에다 튼튼하게 요새화한 진지에 인민군 1개 사단의 많은 병력이 포진하고 있어 후방포도, 항공기의 폭격도 별 효과가 없었다. 해병대는 낮 공격이 여의찮아지자 작전을 바꾸어 야간 공격을 감행했다. 포병의 조명탄 사격지원도 없이 칠흑같이 어두운 캄캄한 밤에 험하고 가파른 산을 기어올라 튼튼하게 만들어 놓은 적의 진지를 하나씩 공격하기로 했다. 6월 11일 2시부터 작전이 시작되었다. 일반적인 전투에서 공격할 때는 후방 포병부대가 30분 이상 포탄을 퍼부어 적진지를 초토화하고 공격하거나 공군 폭격으로 적진을 쓸어버리고 육군이나 해병대가 진격하는 것이 병력의 손실을 최소한으로 줄이며 적진지를 탈환하는 작전이었다.

태웅은 해병대로 전입하고 인천상륙작전에 참여한 후 주야간 수많은 전투를 치러왔지만, 포병의 지원도, 항공기의 지원도, 야간에 조명탄 지원도 없이 적진을 공격하는 것은 처음이었다. 앞뒤를 구분할 수 없는 깜깜한 밤에 험한 산을 기어올라 소리 없이 적의 진지에 접근하여 수류탄을 던지고, 총으로 사격하여 점령하여야 하는 야간기습 올빼미 작전이었다. 더구나 진지 하나를 공격할 때마다 백병전이 벌어지고, 총으로 쏘고 칼로 찔러 적을 제압하여야 하는데 어두운 밤이라 아군과 적군의 구별이 되지 않았다. 태웅은 몇 개의 적진지를 점령하면서 육박전이 벌어졌을 때 아군과 적군 구별하는 방법을 스스로 터득했다. 아무것도 보이지 않는 어둠 속 옆에서 누군가 달려들어 끌어안고 구르는 생사가 걸린 혈투가 시작될 때 먼저 상대의 철모를 손을 쳐서 벗기고 머리를 만져보고 머리털이 만져지면 아군이고, 머리털을 깎은 빡빡머리면 인민군이나 중공군이었다. 태웅은 대원들과 같이 앞뒤를 구분할 수 없는 칠흑 같은 어두움 속에 험한 산을 소리 없이 기어올라 적진지에 수류탄을 던지고 총을 난사했다. 인민군은 한두 병사가 보초를 서고 모두 잠을 자다가 갑자기 기습받아 수류탄 파편에 맞아 죽고, 총탄에 맞아 죽으며 살아있는 적들은 혼비백산하여 갈팡질팡했다.

함성을 지르며 진지에 뛰어들면 대부분 적은 도망가기에 급급하지만, 간혹 숨어 있던 적들이 갑자기 옆에서 뛰어나와 끌어안고 육박전이 벌어지는데, 그때는 수류탄도, 총도 쓸 수 없어 서로 끌어안고 구르며 생사를 건 혈투가 시작되었다. 옆에서 혈투가 벌어져도 캄캄한 어둠 속이라 가까이 있는 전우들도 피아가 구분되지 않아 도울 수 없었다. 또 끌어안고 싸우는 상대가 적인지, 아군인지 구별이 되지 않았다. 태웅은 재빨리 상대의 머리를 만져 보았다. 빡빡 깎은 머리였다. 태웅은 오른손으로 허리에 찬 대검을 뽑아 상대의 목을 찔렀다. 안고 구르던 적의 목에서 뜨거운 피가 쏟아져 태웅의 얼굴에 뿜어져 나왔다. 뜨거운 액체가 옷과 얼굴에 닿으며 비릿한 피 냄새가 진동했다. 밤이라 보이지는 않지만, 옷과 온몸에 끈적끈적하게 피가 배어들었다. 태웅을 끌어안고 저항하던 적의 손에 힘이 빠지며 움직이지 않았다. 태웅은 적의 목에서 칼을 뽑아 들고 일어났다. 아무것도 보이지 않아 옆으로 돌아서는데 또 적이 달려들어 끌어안아 쓰러뜨렸다. 어둠 속이라 보이지는 않지만, 아직 손에 피 묻은 대검이 들려 있었다. 찌르려다가 상대의 철모를 치고 머리를 만져 보았다. 머리털이 있다. 하마터면 같은 전우를 죽일 뻔하였다.

"야, 해병! 같은 편이야. 하마터면 너 죽일 뻔했어."

목소리를 알아듣고 이 병장이 말했다.

"이 새끼! 너 조 상병? 내가 같은 편인 줄 어떻게 알았서?"

"이 병장님? 머리 만져 보고 알았지요. 이 병장님을 죽일 뻔했잖아. 씨발."

이렇게 낮으로는 공격하지 않고, 밤으로만 도솔산과 대암산 인민군 제12사단의 만이천 명 병력이 버티고 있는 요새화된 진지를 후방지원 없이 하나씩 장악하여 작전시작 16일 만에 완전히 탈환했다. 외국 신문들은 난공불락의 인민군 진지의 1개 사단 일만이천 명 병력을 한국 해병 1개 연대 이천 명 병사가 탈환하는 것을 보고 귀신의 힘이 아니면 불가능한 일이라고 한국 해병대가 귀신 잡는 해병으로 다시 전 세계 신문에 조명을 받았다. 16일 동안 도솔산과 대암산 전투에서 국군 해병 123명이 전사하고, 582명이 부상당했지만, 인민군 1개 사단을 괴멸시켰다.

중공군이나 북한군도 한국 해병대라면 전투가 시작되기도 전에 지레 겁을 먹었다. 해병대에게는 불가능이란 없었다. 그들에게 맡겨진 임무는 목숨이 다해도 꼭 이루어내고야 말았다. 도솔산 작전은 높고 험한 산세에 완고한 진지를 구축하고 인민군 1개 사단 병력이 장악하고 있어 대포의 포탄으로도, 비행기의 폭격으로도 깨트릴 수 없고, 몇 개 사단을 동원하여도 점령하기 힘든 곳이었다. 그러나 대한민국 해병은 죽고 부상당해 가며 포기하지 않고 끝내 도솔산을 탈환했다.

　죽음을 두려워하지 않고 명령에 따라 너무나 잘 싸워 신화를 남긴 해병 병사들에게 부대장은 전쟁 중이지만, 포상휴가를 보내려고 마음먹었다. 다른 군에서는 상상도 못할 일이었다. 육군이나 해군, 공군에서는 부모가 죽어 관보(면장이나 관청에서 보내는 전보)가 와야 전쟁 중이지만, 장례 기간 동안 특별휴가를 보내주었다. 그래서 손이 끊기게 된 외동아들을 둔 집에서는 며느리의 가임 기간에 맞추어 면장에게 사정하여 거짓으로 부모가 죽었다고 관보를 보내 일선에서 전쟁하고 있는 아들을 부모의 상을 치르는 특별휴가로 불러내어 손을 잇기도 했다.

　조태웅 상등병과 이 병장과 같이 살아남은 대원들과 전사하거나 부상당한 대원들 모두 일 계급씩 특진되었다. 전쟁에서 승리는 지휘관들의 것이라고 하지만, 도솔산 전투의 승리는 지휘관뿐만 아니라 전투에 참여했던 해병대 병사 모두의 것이었다. 이제 조태웅은 병장이 되고, 이 병장은 이 하사가 되었다. 거기다가 살아남은 대원들은 특박을 받았다. 특별휴가를 신청했지만, 전황이 급박한 데다 가장 전투력이 강한 해병대를 오랫동안 고향에 보내 전력의 공백을 만들 수 없어 포상금을 주어 2박 3일 동안 특박으로 대체했다.

조 병장과 이 하사는 고향에 다녀올 시간이 안 되어 서울에서 보내기로 했다. 서울은 인민군과 중공군에게 두 번이나 점령당하여 그때마다 전쟁터였기 때문에 깨어지고 부서지고 불타서 폐허가 되어 있었다. 거리에는 남루한 옷을 입은 사람들이 먹을 것을 찾아 헤매고, 아이들은 불타고 부서진 잔해만 남은 집터 앞에 앉아 지나가는 사람들에게 구걸하고 있었다. 태웅은 그동안 전선에서 생사를 넘나드는 전투를 하면서 대한민국을 지키기 위해 목숨을 걸고 싸웠지만, 후방에서는 가족을 잃고, 집도 먹을 것도 없는 배고픈 사람들이 어른이나 아이 할 것 없이 거지의 군상을 하고 있었다. 삶과 죽음의 경계에서 힘들게 허덕이는 것은 군인들뿐만 아니라 전쟁하는 나라의 백성들도 마찬가지였다.

한 모퉁이를 돌아서자 밤의 서울은 태웅이 상상하지도 못한 환락의 거리였다. 한쪽에서는 굶는 군상들이 노숙하며 배고파 먹을 것을 찾아 쓰레기통을 뒤지고 있는데, 폭격을 맞지 않고 온전히 남은 큰 건물 안 카바레에는 화려한 옷을 입은 사람들이 선녀처럼 아름답게 꾸민 여자들을 끌어안고 춤을 추며 환락을 즐기고 있었다. 그들은 비싼 양주에 고급 안주를 먹으며 흥에 겨운 어떤 사람은 거액의 돈다발을 뿌리는 사람도 있었다.

태웅은 세상에 이런 천국 같은 곳이 있는 줄 몰랐다. 모두가 자기 또래의 젊은 사람들인데 이 사람들은 어떻게 군대에도 가지 않고 이렇게 호화로운 생활을 하고 있는지 이해할 수 없었다. 그러면서 같은 또래인 이들이 이렇게 먹고 마시고 즐기라고 일선 전쟁터에서 죽고 부상당해 가며 목숨을 걸고 싸웠나 하는 회의감이 들었다. 같이 온 이 하사도 같은 느낌이었다.

"조 병장, 우리가 이 사람들을 위해 목숨을 걸고 싸운 것이 아닌가. 세상이 뭐 이래?"

"이 하사님! 맞아요. 하루에도 수천수만 명의 전우가 부상당하거나 죽어가서 만날 전국 어느 마실에나 죽은 병사 재봉지가 전달되어 통곡의 소리가 이어지는데 후방에서는 이런 짓을 하고 있으니 전우들의 죽음이 아깝니더. 이 사람들은 군대에도 안 갔잖니꺼."

"맞아, 이 새끼들은 모두 군대 기피자야. 나라가 이래도 되는 건가? 씨발, 우리가 이 개새끼들의 이런 생활을 위해 죽어가며 싸웠잖아? 씨발, 우리가 당장 이 새끼들 앞에서 뭔 일을 할 수 있지? 앞에 나가 노래 부르는 마이크를 빼앗아 이 개 같은 새끼들에게 일선 실정을 알릴까?"

"만날 방송과 신문에 일선 소식이 나오는데 이 새끼들이 모르고 있을리꺼?"

"좋아! 조 병장, 잡혀서 군대 영창을 가더라도 이 개보다 못한 새끼들의 놀이판을 뒤집어엎어 버리자. 이런 새끼들을 위해 전우들이 죽고 다치고 피 흘리며 싸웠다고 생각하니 피가 거꾸로 끓어올라."

"둘이서 이 많은 사람을 상대할 수 있을리껴?"

"우리는 해병대야. 단 한 사람이 남아도 죽을 때까지 싸우는 해병대야. 이 개새끼들의 놀이판을 때려 부숴버리자. 이 버러지보다 못한 인간들…"

두 젊은 남녀가 탁자 앞 소파에서 남이야 보거나 밀거나 끌어안고 진한 키스를 하고 있었다. 물론 돈과 빽을 동원해서 군대에 가지 않은 사람일 것이었다. 이 하사는 앞으로 뛰어나갔다. 키스하는 젊은 남녀 앞에 양주와 고급 안주가 즐비하게 차려진 탁자를 뒤집어엎었다. 그리고 뛰어나가 노래 부르던 마이크를 빼앗아 소리쳤다.

"이 씨발놈들아! 지금 일선에선 인민군, 중공군과 싸우며 너희들 또래 젊은 군인들이 수없이 죽어가며 나라를 지키고 있는데 너희 놈들은 돈과 빽으로 군대도 안 가고, 후방에서 계집이나 끌어안고 흥청거리고 있느냐? 이 씨발 개보다 못한 새끼들아."

그리고 뛰어 내려와 홀 안에 있는 탁자를 뒤엎기 시작했다. 술병이 바닥에 굴러 깨어지고, 안주가 여기저기로 흩어졌다. 춤추러 왔던 남녀 손님들은 이리저리 피해 다니고, 일부는 슬금슬금 밖으로 도망갔다. 그러는 가운데 건장한 남자 몇이 와서 이 하사와 조 병장을 둘러싸고 주먹이 날라왔다. 그들은 카바레에서 고용한 깡패들이었다. 그들은 손님과 시비가 붙으면 주먹을 휘둘러 해결하는 동네 조폭들이었다. 조 병장과 이 하사는 지지 않고 달려들었다. 난투극이 벌어졌다. 이 하사는 옆에 있는 맥주병을 집어 들어

탁자에 쳐 깨어지자 깨어진 병을 들고 깡패들에게 달려들었다. 조 병장도 따라서 맥주병을 깨뜨려 들었다. 전투에서 육박전을 하며 인민군의 목을 대검으로 쑤셔서 피가 쏟아지고, 비릿한 피 냄새가 나던 생각을 하며 코끝에 비릿한 피 냄새가 나는 것 같았다. 이제 인민군과 중공군이 아닌, 온 국민이 전쟁으로 죽고 굶어가며 고통을 받고 있는데 거기에 기생하여 사기 치고 불법으로 돈 벌어 군대 기피하고, 계집 끼고 흥청거리는 이 기생충 같은 나라에 암적인 개새끼들의 목을 따고 말리라는 오기가 생겼다. 문 쪽에서 흰 줄에 헌병이라고 쓰인 파이버를 쓴 헌병이 네 명이나 뛰어 들어왔다. 헌병은 명찰을 보고 말했다.

"이 해병! 조 해병! 많이 취했구만. 그 병 내려놓아."

이 하사가 말했다.

"야! 헌병! 너희들은 일선에서 젊은이들이 전쟁터에서 매일 죽어가는데 후방에서 이 개새끼들이 계집 끌어안고 이 짓 하는 것이 안 보여?"

"알아. 너희들이 외박 나와서 이렇게 개판 친다고 너희들 생각대로 이들이 그만둘 것 같아? 공연히 이러다가 피를 흘려 해병대를 개병대로 만들지 말고 순순히 따라와."

조 병장은 헌병을 보자 정신이 번쩍 들었다. 여기서 더 나아가 사람이라도 다치면 잡혀가서 군법회의에 회부되면, 자기들의 생각을 아무리 이야기해도 통하지 않고, 특박을 나와 술에 취해 카바레를 때려 부수고, 민간인을 때리고, 깨진 술병으로 찌른 죄만

남을 것이었다.

"에이 씨발, 알았다. 따라가겠다."

이 하사와 조 병장은 들고 있던 깨어진 병을 바닥에 팽개쳤다. 깨어진 유리조각이 사방으로 튀어 올랐다. 이 하사와 조 병장은 헌병을 따라가며 사람들을 돌아보며 소리쳤다.

"야, 이 씨발놈들아! 네 또래 젊은이들이 이 시간에도 전선에서 피를 흘리며 죽어가며 나라를 지키고 있다는 것을 잊지 말아라. 이 좃같은 개새끼들아."

"해병대가 아니고 완전히 개병대구먼."

사람들은 헌병에게 잡혀가는 이 하사와 조 병장을 보고 개병대라고 한마디씩 말했다.

⑲ 살기 위해 죽여야 하는 전쟁터

　이삼진이 9사단 30연대에 온 지도 일 년이 되었다. 그동안 숱한 전투를 겪으며 수많은 전우가 죽어가고 부상당해 후송되어 가는데도 삼진은 살아남았다. 처음 신병으로 와서 전투에 투입될 때는 너무 겁나고 죽을 것만 같아 총도 못 쏘고 바위 뒤에 숨어 엉엉 울던 생각이 났다. 그래도 우는 모습이 전우들에게 들키지 않아 다행이었다. 일 년 전 제주도에서 훈련받고 같이 전입해온 전우는 염 상병뿐이다. 30명이 같은 중대에 배속되었는데 전투가 있을 때마다 한두 명씩 죽고, 일 년이 지나니 삼진과 염 상병 둘뿐이었다.

　수많은 전투 중에서 현리전투는 끔찍했다. 중공군 9병단 20군과 대치하다가 그들의 대대적인 공세에 밀려 인재로 후퇴하였는데 현리에서 퇴로가 차단되었다. 3군단에 속한 9사단뿐만 아니라 더 동쪽 설악산을 지키던 3사단과 신남리 북쪽의 7사단, 자은리 쪽 5사단도 중공군 9병단 27군, 12군의 대대적인 공세로 모두 후퇴하고 있었다. 그러다가 방대산 근처 오마치 고개가 중공군 제 20군에 의하여 차단되었다. 쏟아지는 적 포탄과 빗발치는 총탄으로 9사단뿐만 아니라 국군 3군단이 와해되고 말았다. 수많은 전사자를 내면서 지휘계통이 무너지고 뿔뿔이 흩어져 후퇴하고 있었다. 포병부대 대포와 각 부대 자동차, 중장비, 탄약 등 수많은 전투장비를 옮길 엄두도 못 내 그대로 버려두고 개인화기만 들고 몸만 빠져나오기에 급급했다. 장비와 탄약을 그대로 두면 중공군과 인민군이 사용할 수 있어 미군 공군기가 여러 곳에 버려진 장비를 찾아다니며 폭격하여 부수어버렸다. 삼진은 살아남은 중대원과 같이 방대산 쪽으로 후퇴하고 있었으나 어느새 수많은 중공군이 그쪽에서도 퇴로를 차단하여 공격해왔다. 진퇴양난이었다.

  삼진은 이대로 죽는가 싶었다. 십여만 명의 국군은 중공군 수십만 명의 공격을 받아 더 버티지 못하고 무너지고 말았다. 삼진은 살아남은 중대원들과 같이 산을 넘고 내를 건너며 중공군의 포위망을 뚫고 하진부리에 도착했다. 지휘계통이 무너져 뿔뿔이 흩어져서 오합지졸이 되어 후퇴하는 국군 병사들을 다시 모았다. 십여만 명의 병사 중에 후퇴하여 모인 병력은 사만여 명에 불과했다. 무참한 참패였다. 모든 장비와 반 이상의 병사가 전사당하거나 실종되어 부대는 전투력을 잃어 재생이 불가능해 보였다. 그러나 미군에서 전투장비를 지원받고 제주도 훈련소에서 수만 명의 신병이 들어와서 부대는 한두 달도 안 되어 제 기능을 회복하여 전투에 투입되었다.

삼진은 군대생활 일 년 만에 때로는 부대가 붕괴하다시피 패배하고, 때로는 승리하며 수많은 전투를 겪어오다 보니 어느새 중대에서 고참이 되어 있었다. 분대장 최 하사도, 소대장 박 소위도 몇 달 전에 와서 삼진보다 신참들이었다. 그동안 한 번 교전이 있을 때마다 중대원들은 수십 명씩 전사당했다. 일 년 전 현리전투에서는 150여 명 중대원이 중공군의 공격으로 후퇴하여 살아온 병사가 40명일 때도 있었다. 삼진은 처음에는 나라를 위해서 싸우기보다 자신이 살아남기 위해서 싸웠다. 그렇게 일 년 동안 북한군과 중공군을 상대로 백여 회 전투에서 살아남고 보니 살아남는 것이 국가를 위하는 것임을 깨달았다. 전투가 벌어질 때마다 훈련소에서 갓 온 신병들이 가장 많이 희생되었다.

판문점에서는 유엔군과 인민군, 중공군의 대표들이 휴전회담을 한다고 하나 전쟁은 더 치열해지고 있었다. 오늘도 철원평야가 바라보이는 392고지 탈환작전을 나갔다. 어제 보충된 신병 30명 중에 삼진의 분대에 네 명이나 배속받았다. 고지 탈환을 위해 행군하여 전투지역으로 가는 도중에 적의 후방 포가 포격을 가해왔다. 392고지 어디쯤에서 적군의 관측병이 개울을 건너며 진군하는 국군을 발견하고 후방 포에 사격 명령을 한 것 같았다. 포탄이 떨어지면 사방으로 날아다니는 파편을 피하기 위해서 호 속에 피해야 하지만 행군 중에는 피할 곳이 없었다. 바위 뒤에 엎드렸다. 포탄이 여기저기 마구 떨어졌다. 행군 중에 포탄이 떨어지면 신참이나 전투경험이 있는 고참이나 가리지 않고 사상자가 나왔다. 그래도 바위 뒤나 낮은 도랑으로 몸을 피해 포탄의 파편으로부터 몸을 보호해야 했다. 삼진은 방금 포탄이 떨어져서 파인 구덩이 속으로 몸을 날려 피했다. 근처에서 어제 전입해온 노 이등병이 총도, 실탄이 들어 있는 탄띠도 모두 팽개치고 전투식량으로 지급받은 건빵 봉지만 들고 포탄이 터질 때마다 이리 뛰고 저리 뛰어다니고 있었다. 삼진은 재빨리 뛰어나가 노 이등병을 낚아채어 구덩이 안으로 끌어들였다

"노 이병, 야! 이 새끼야. 총과 탄띠를 버리면 어떻게 싸우노? 적과 교전 중이었으면 너는 벌써 죽었어. 이 새끼야."

삼진은 뛰어나가 노 이등병의 총과 탄띠를 가져와 채워주었다.

"포탄이 떨어지고 적과 교전이 벌어져도 당황하지 말고 훈련소에서 배운 대로 해. 그리고 옆의 고참들이 하는 대로 따라 해."

삼진은 그런 중에 신병 노 이등병이 들고 있는 건빵 봉지가 뜯겨 있는 것을 보고 일 년 전 첫 전투에서 총도 못 쏘고 바위 뒤에 숨어 엉엉 울었던 자신의 모습이 떠올랐다.

오성산 앞 철원평야는 들이 넓고 기름지며 서울에서 금강산으로 가는 철도가 놓여 있고, 북한 탱크나 자주포가 서울로 들어가는 길목이었다. 역사적으로는 후백제를 세운 궁예가 태봉국으로 나라 이름을 바꾸어 도읍했던 곳이라 주위에는 그때의 유적과 유물이 많이 있었지만 모두 부서지고 깨어지고 흩어져 흔적만 남아

있었다.

오성산은 철원평야 너머 북쪽에 있는 그 일대에서는 가장 높은 천 미터가 넘는 산이고, 인민군의 요새였다. 삼팔선을 넘어 국군과 유엔군이 북진할 때도 오성산은 점령하지 못하고 우회해서 북진했다고 했다. 오성산은 국군 장교 군번표 한 트럭과도 안 바꾼다는 이야기가 있을 정도로 난공불락의 요새였다.

오성산 서쪽 자락에 있는 지금 백마고지라고 부르는 고지는 무명의 395고지였다. 주위에 산들이 교차하는 돌출부에 있는 이 이름 없는 산봉우리는 철원평야를 관장할 수 있는 곳으로 전략적 요충지로 떠올랐다.

판문점에서는 휴전회담이 시작되어 대한민국과 인민공화국은 서로 한 치의 땅이라도 더 확보하기 위한 치열한 전투가 38선을 중심으로 전개되었는데, 넓은 철원평야를 차지하기 위해서는 백마고지를 확보해야 했다.

중공군 제38군 114사단과 국군 9사단이 백마고지를 놓고 치열한 쟁탈전이 벌었다. 백마고지 인근 화살머리 고지는 미 2사단에 배속된 프랑스 군대가 방어하고 있었다. 9월 하순 들어 9사단은 백마고지를 비롯하여 주위의 연곡천 남쪽과 중마산 일대를 점령하고 철원평야 일대를 장악했다.

중공군은 10월 6일 밤 북쪽에 있는 봉래호 제방을 무너뜨려 연곡천을 범람케 하여 후방 지원군을 차단하고 백마고지를 공격해 왔다. 9사단 30연대는 야간에 많은 병력으로 여러 차례 공격해오는 중공군을 결사적으로 막아내며 고지를 방어했다.

  아침 안개가 짙게 깔렸다. 삼진은 안개 속에서 무슨 일이 일어날 것만 같은 생각이 들었다. 가을에 들어서면 아침 안개가 끼어 한나절이 되어도 걷히지 않은 고향마을을 생각하며 지난 밤 치열했던 전투에 피로한 몸으로 경계를 서고 있었다. 가을 안개는 익어가는 곡식에 좋다는데 지금쯤 고향 아침은 안개에 싸여 있고, 아내는 그 안개 속에서 우물가에서 물을 긷고 있으리라고 생각했다. 물동이를 이고 안개 속을 걸어가는 예쁜 아내의 모습은 선녀가 구름 속을 걷고 있는 모습과 같으리라. 아내 생각을 하니 왠지 코끝이 찡해왔다. 그 순간 수많은 포탄이 쏟아졌다. 안개 속이라 관측도 하지 않고 화집점 사격을 하고 있는 것 같았다.

  삼진은 호 속에 엎드려 포탄의 파편을 피하며 어느 한순간에 죽을 수 있다는 생각이 들었다. 내가 죽으면 아내는 하얀 상복을 입고 얼마나 슬퍼할까? 아버지는 손이 끊어질까 걱정되어 아내를 훈련소에까지 데리고 와서 훈련병인 자신과 하룻밤을 재워 손자를 얻으려 하지 않았는가? 그때 기차 타고 배 타고 바다 건너 천 리 길도 넘는 제주도 훈련소까지 와서 훈련 중인데도 하룻밤을 자고 간 아내가 생각났다. 아기를 갖기 위해 며칠씩이나 걸려 바다 건너온 아내와 잠자리는 서로 즐길 사이도 없이 아기를 가져야 한다는 일념으로 밤새워 몇 번이나 아내를 품었던 기억이 났다. 그리고 아내가 아들을 출산하여 잘 자라고 있다는 편지와 갓 태어나 고추가 드러나게 찍은 아들 사진이 동봉되어 왔다. 내가 여기서 죽으면 아내는 아기를 키우며 평생을 혼자서 수절하고 살 것만 같았다. 삼진은 주위가 온통 중공군의 포사격으로 불바다가 된 가운데 개인호 속에서 M1총을 안고 쪼그리고 앉아 아내 생각을 하고 있었다.

포탄사격이 그치자 중공군이 안개 속에서 공격해왔다. 안개 때문에 조준사격도 후방 포 지원도 받을 수 없었다. 아무것도 보이지 않는 짙은 안개 장막 속에서 수없이 들려오는 중공군의 총소리와 돌격 함성만 두렵게 들려왔다. 삼진이 속한 30연대 대원들은 안개 때문에 조준사격이 안 되어 중공군의 함성소리가 나는 안개 장막 속으로 사격했으나 밀려오는 중공군을 감당할 수가 없었다. 백병전을 하며 버티려고 해도 국군보다 몇 배 되는 중공군에게 전멸당할 것만 같았다. 후퇴 명령이 내려졌다. 안개는 공격해오는 중공군에게만 유리한 것이 아니라 중공군도 조준사격이 불가능하여 후퇴하는 국군을 보호해주었다.

30연대가 중공군에게 밀려 후퇴하자 연곡천 남쪽과 중마산 일대에서 대기하던 28연대를 투입하여 합동작전에 들어갔다. 온종일 공격과 후퇴를 거듭하며 밤 열한 시경에 고지를 다시 빼앗을 수 있었다. 고지를 점령하기도 잠깐 중공군은 곧이어 다시 공격해왔다. 중공군은 수없이 죽어가며 세 시간 동안 끈질기게 공격해와서 국군은 더 버티지 못하고 또 후퇴할 수밖에 없었다. 날이 밝자 국군 후방 포병부대에서 무수히 포격을 가했다. 온종일 중공군이 점령한 고지 정상에 17,700발의 포탄을 퍼부었다. 포격으로 나무 한 포기 없이 민둥산이 된 산 정상은 교통호와 진지 모두가 남아나는 것이 없이 산의 흙은 온통 파여 있고, 국군과 중공군의 시체로 뒤엉켜 처참한 광경이었다. 수많은 포탄을 맞은 고지의 정상은 흙이 파여 몇 미터나 낮아졌다. 9사단에서 예비연대로 아직 전투에 참여하지 않았던 29연대를 투입해서 고지를 다시 탈환했다. 그러나 중공군은 밤이 되어 대규모 병력을 동원하여 공격해오며 포탄이 떨어질 때마다 번쩍이는 섬광 속에 병사들은 피를 흘리며 쓰러졌다. 치열한 야간전투에 많은 병사가 죽어 고지는 국군과 중공군 시체가 뒤엉켜 있고, 흙은 온통 피로 붉게 물들어 적토로 변해 있었다. 국군은 그렇게 많은 희생을 치렀지만, 다시 밀려오는 중공군의 숫자에 밀려 물러나지 않을 수 없어 새벽 네 시에 고지는 중공군이 다시 차지했다.

정상에서 밀려난 국군은 후퇴하지 않고 산 9부 능선에서 중공군이 던지는 수류탄을 피하며 지원군이 오도록 두 시간을 버티었다. 공격은 다시 시작되었다. 수류탄이 터지고 총탄이 난무하며 악에 받친 양쪽 병사들의 함성이 진동하며 총검으로 부딪치는 백병전이 벌어졌다. 격렬한 육탄전이 반 시간이나 넘게 이어졌다. 중공군은 수많은 시체를 남기고 살아남은 병사 몇 명은 도망쳤다. 정상을 빼앗긴 지 두 시간 반 만에 병사의 시체로 성을 쌓고 피로 물들이면서 다시 찾았다. 삼진은 너무나 처참한 광경에 넋이 나갔다. 수만 발의 포탄으로 산이 깎이고, 허옇게 드러난 땅의 속살이 국군과 중공군의 피로 물들어 붉게 변해 있고, 온 산에 시체 썩는 냄새로 숨이 막혔다. 이 작은 산봉우리 하나에 이렇게 많은 생명이 쓰러져 썩어가는 냄새가 진동하는 현장을 보며 인간은 전쟁하기 위해 태어나서 전쟁하다가 죽는 동물이라는 생각이 들었다. 국군도, 중공군도 전쟁을 지휘하는 사람들은 병사들의 생명에는 아랑곳하지 않고 온통 작은 산봉우리 하나에다 자존심을 걸고 오기를 부리고 있는 것 같았다. 이만하면 어느 한쪽이 그만둘 것 같은데, 중공군도 포기하지 않았다. 전투가 계속될수록 중공군도 이 고지를 포기할 수 없다는 오기로 10월 11일 밤 다시 공격해왔다. 바닷가 쓰나미처럼 몰려오는 중공군이었다. 더 이상 버티지 못한 29연대는 퇴각했다. 이어 29연대와 30연대가 합동으로 고지를 점령했으나 곧이어 중공군의 엄청난 공격으로 다시 빼앗기고 살아남은 병사들은 후퇴하고 있었다.

고지전투의 일원이 되어 수없이 뺏고 빼앗기는 공격조 최일선에 섰던 삼진은 후퇴하는 대열에 없었다. 삼진은 수많은 전투현장에서 불사조처럼 살아남았으나 더 이상 버티지 못했다. 이삼진 상병이 사라져도 전우들은 관심이 없었다. 생사를 같이하던 옆 전우가 사라져도 한 번 공격하고 후퇴할 때마다 너무 많은 전우들이 죽어 살아남은 병사들은 전우의 죽음에 무감각했다. 이어서 28연대가 중공군을 밀고 올라가 공격하여 10월 15일 고지를 장악했다. 그리고 백마고지 북쪽에 있는 낙타고지까지 점령하여 10월 6일부터 15일까지 열흘간 스물넷 차례나 국군과 중공군으로 주인이 바뀌던 백마고지는 9사단의 승리로 굳어지고, 오성산 앞 넓은 철원평야는 대한민국이 차지하게 되었다.

수많은 전투에서 살아남았던 이삼진 상병은 9사단 동료들이 최후의 승리로 고지를 차지하는 모습을 보지 못하고 먼저 이 지긋지긋한 전쟁터를 떠나 하늘나라로 떠났다. 그리고 중공군 38군 예하 114사단은 9사단과의 백마고지 전투에서 완전히 괴멸되고 말았다. 이 전투에서 중공군은 14,389명의 사상자가 나와 중공군 제114사단의 병사들이 거의 전사했고, 한국군 9사단도 3,416명의 사상자가 나왔다. 중공군의 전사자 중에는 삼진의 총과 칼, 수류탄에 맞아 죽은 병사도 수십 명은 될 것이었다. 경상도 산골에서 태어난 핫바지를 입고 훈련소에 입대했던 촌놈 삼진은 일 년이 넘게 9사단에서 온갖 전투 최선봉에 서서 싸우며 부대가 전멸하는 현리전투에서도 살아남았는데 백마고지 전투에서 마지막 고비를 넘기지 못해 전사하고 말았다. 삼진이 전사한 고지에는 국군과 중공군의 수많은 시체가 뒤엉켜 역한 냄새를 풍기며 썩어가고 있어 삼진의 시체를 확인하지 못한 채 전사 처리되었다.

철원평야 한쪽 기슭에 있는 이름 없던 해발 395미터의 백마고지에 1952년 10월 6일부터 열흘간 국군의 포탄 219,954발과 중공군 55,000여 발을 합해서 274,000여 발의 포탄이 투하되고, 미 공군기가 754회나 출격하였다. 그래서 산 높이가 10미터나 파여 나간 자리가 멀리서 바라보면 백마같이 보여 이름 없던 395고지는 백마고지라고 불리게 되었다. 뺏고 빼앗기는 해발 395미터의 작은 산 백마고지! 지구 위의 작은 점, 이 작고 좁은 봉우리에 그렇게 많은 포탄과 그렇게 많이 동원된 병력과 그렇게 많은 전상자를 낸 곳은 6.25한국전쟁뿐만 아니라 인류 역사 속 전쟁사 어디에도 찾아볼 수 없었다. 3,416명의 갈가리 찢겨지고 흩어진 국군의 시신을 하나하나 화장하여 뼛가루를 고향으로 보내기는 힘든 일이었다.

추수도 끝나고 날씨가 쌀쌀해지는 11월의 어느 날 동구 밖에 우편배달부가 오고 있었다. 텃밭에서 무를 뽑던 삼진의 부모와 아내 정순은 멀리서 오는 우편배달부를 보고 일선에 간 아들과 남편한테서 편지가 온다고, 하던 일손을 멈추고 설레는 마음으로 바라보고 있었다. 점점 가까이 오는 배달부 손에는 편지가 아닌 비료 부대처럼 두꺼운 종이로 된 누런 봉지가 들려 있었다. 가까이 온 배달부는 봉지를 건네며 말했다.

"삼가 조의를 표합니다. 아드님이 전사하셨습니다."

순간 삼진의 아내 정순은 기절해 쓰러지고, 부모는 그 자리에 털썩 주저앉았다. 돌아가는 배달부에게 소식을 듣고 동네 사람들이 삼진네 집으로 달려왔다. 식구들은 통곡하고 있었다. 사람들이 어떤 말로 위로하여도 삼진의 부모와 아내에게 위로가 되지 않았다. 동네 사람들도 같이 슬퍼하며 바라보고 있었다. 옆에는 삼진의 아내 정순이 제주도 훈련소에 면회 가서 잉태하여 태어난 두 살 난 아들이 아빠가 전사한 줄도 모르고 "엄마, 일어나." 하고 기절하여 쓰러져 있는 엄마를 흔들어 깨우고 있었다.

    장맛비가 지루하게 내려 개인호 안에는 물이 차올랐다. 신영철 상등병은 판초우의를 입었으나 온몸에 습기가 스며들어 칙칙하고 워커를 신은 발이 오랫동안 물에 젖어 퉁퉁 부어올랐다. 인민군과 중공군 대표들은 판문점에서 유엔군 측과 지루한 휴전회담을 하고 있으나 전선에서의 전투는 더 치열해갔다. 공산군은 휴전회담을 유엔군보다 약화한 전력을 보강하는 기간으로 활용하고 있으나 유엔군은 그런 공산군의 전술을 알고도 말려들고 있었다.

    인민군이 점령하고 있는 1004고지는 이름처럼 천사가 아니라 악마의 고지였다. 해발 고도는 높지만, 강원도 고지대에 있는 산이라 실제 공격 시작점에서의 높이는 그렇게 높지 않았다. 8사단장 최 장군은 전력 요충지인 1004고지를 점령하지 않고서는 더 전진할 수 없었다. 몇 차례 공격에서 천 명도 넘는 많은 병사를 잃고도 고지를 점령하지 못했다. 전쟁에서 사람의 목숨은 파리목숨 같았다. 한 번 공격 명령이 내릴 때마다 죽어가는 옆 전우들을 보며 영철은 자기도 언제 죽을지 모른다고 생각했다.

    영철은 장마로 물이 차오른 호 안에서 고향 생각에 젖어 있었다. 공비들에게 잡혀 동네 청장년들이 학살당할 때 총살현장에서 기적적으로 살아나던 생각이 났다. 그리고 공비들이 집집마다 불을 질러 온 동네가 불길에 휩싸이던 모습이 어제의 일인 듯 생생하게 떠올랐다. 그때 죽을 목숨인데, 그 험한 세상 속에서도 결혼하고, 아내와 몇 달 살아보지도 못하고 징집되어 국군이 되어 인민군과 중공군과의 수없는 전투에서 이때까지 살아남았다. 앞으로 전투에서도 살아남아 집으로 돌아갈 수 있을까? 아니면 죽어서 재봉지가 되어 집으로 돌아가는 것은 아닐까? 떠나올 때 아내가 행주치마에 얼굴을 묻고 울던 모습이 눈에 선했다. 하루에도 수없이 죽어가는 전우들을 보면서 전쟁이 끝날 때까지 살아나지 못할 것만 같았다. 아내는 지금도 내가 무사히 돌아오기만을 신령님께 빌고 있을 것이었다.

공격 명령이 내려질 때는 신병 때처럼 당황되거나 초조하지는 않지만, 순간순간 최선을 다해서 살아남는 수밖에 없었다. 살기 위해서 인민군이나 중공군이나 앞에 나타나는 적은 무조건 죽여야 했다. 전쟁터에서는 적을 죽여야 내가 살 수 있어 방아쇠를 당길 때마다 조준된 가늠자를 통해서 적들이 폭폭 꼬꾸라지는 것을 보면 희열을 느끼기도 했다. 사람을 죽이며 희열을 느끼다니 아무리 전쟁이라도 자신이 악마가 된 것 같았다. 적진지를 돌격하여 백병전이 벌어질 때 적의 칼에 찔려 피를 토하며 죽어가는 전우들을 보면 악에 받쳐 더 잔인하게 총에 착검된 칼로 적을 찌르고 M1 개머리판으로 돌려치기를 해서 적의 턱을 부수었다.

제주도 훈련소에서 훈련을 마친 신병들이 왔다. 그들은 제주도에서 배를 타고 바다를 건너와 천 리 길을 기차와 트럭을 갈아타고 도착한 것이었다. 경상도 안동 땅 하늘리에서 핫바지 저고리를 입고 농사를 짓다 온 자신처럼 기차도, 배도 처음 타본 전국에서 온 가난한 농부가 대부분이었다. 국민의 8할이 농사를 지으며 살아가고 있으니까. 그래도 영철은 일본군 경험이 있어서 군대생활이 낯설지 않았지만, 새로 온 신병들은 훈련받았다고 하지만, 초조해하는 기색이 얼굴에 완연했다.

　병사들은 모두 실탄과 수류탄을 지급받고 공격 시작점에서 분대별로 대기했다. 후방의 아군 포병부대에서 1004고지에 수없이 많은 포탄을 퍼부었다. 포탄이 공기를 가르는 머리 위로 날아가는 금속음이 들리고, 이어 적진지인 1004고지는 폭발음과 연기 속에 붉은 불기둥이 솟아오르며 흙이 튀어 하늘 높이 치솟아 올랐다. 포탄사격이 끝나면 공격 명령이 내려질 것이어서 신병들은 겁에 질려 있었다. 몇 번 전투를 치르면서 살아남으면 그들도 대범해질 것이다. 겁에 질려 있는 신병들을 보면서 영철도 처음에 전투에 임할 때는 지금의 신병들처럼 날아오는 총탄과 포탄 터지는 소리에 죽을 것만 같아 어쩔 줄 몰라 하며 쩔쩔맸던 생각이 났다.

　포탄사격이 끝나고 공격 명령이 내려졌다. 산 위 적진지에서 따발총과 기관총탄이 수없이 날아왔다. 그 총탄 속을 뚫고 산 중턱을 가득히 메우며 병사들이 적진을 향하여 산을 기어오르고 있었다. 여기저기서 인민군의 총탄에 맞아 피를 흘리며 쓰러져 고통스러워하는 전우들의 비명이 들렸다. 부상당한 전우들을 돌아볼 틈도 없이 명령에 따라 돌격했다. 수없이 날아오는 총탄에 쓰러지는 전우들을 보며 처음 전투에 참전하는 신병들은 너무 겁이 나서 어쩔 줄 몰라 쩔쩔매었다. 머리 위를 쌩쌩 바람을 가르며 날아가는 인민군의 총탄이 모두 자기를 향하고 있는 것 같았다.

당황한 신병 한 명이 뒤돌아 산 아래로 뛰어 내려갔다. 옆에 있던 두 명의 신병이 따라서 뛰어 내려갔다. 분대장과 영철은 소리쳤으나 그들은 못 들은 것인지, 듣고도 못 들은 체하는지 공격대열을 이탈하여 산 아래로 도망가고 있었다. 공격 바로 뒷선에 있던 헌병들이 위협사격을 했다. 뒤돌아 뛰던 신병들의 발 아래 헌병이 쏘는 총알이 일직선으로 먼지를 일으키며 앞을 가로막았다. 겁에 질려 뒤돌아 뛰던 신병들은 발 앞에 날아오는 총탄을 보고 멈추어 서서 총을 겨누고 있는 헌병들을 바라보았다. 헌병은 앞서 뛰어 내려오던 신병 한 명을 쏘아버렸다. 신병은 그 자리에 푹 쓰러졌다. 뒤따르던 두 명의 병사는 손을 번쩍 들었다. 그들은 인민군이 아니라 국군에게 사살되고 포로가 된 것이었다. 헌병은 두 명의 신병에게 총을 겨누며 소리쳤다.

"전투 중에 도망가면 즉결처분이다. 살려면 뒤돌아서 공격해."

신병들은 전쟁 중에 도망가면 즉결처분으로 바로 총살된다는 이야기는 들었지만, 그래도 아군의 총에 맞는 죽을 줄은 몰랐다. 같이 도망가던 병사가 총에 맞아 죽는 것을 보니 너무 무서웠다. 도망가던 두 명의 신병은 뒤돌아 앞서가는 공격조를 향하여 산을 뛰어오르고 있었다. 적진에서 날아오는 총알이 핑핑 소리를 내며 병사들의 옆을 스쳐갔다. 도망가던 병사는 적진을 향하여 공격하면 적의 총탄을 맞지 않으면 살아날 수 있지만, 뒤돌아 전선에서 이탈해 도망가면 모두 아군의 총에 사살되어 살아날 수 없다는 것을 알게 되었다.

적진지 앞 40~50미터 앞까지 전진하였다. 산 위 인민군 기관총 진지에서 벌떼처럼 총탄이 날아왔다. 돌격하기 위해 일어서면 모두 적의 기관총에 맞아 죽을 것이었다. 인민군 기관총 진지를 그냥 두고는 돌격이 불가능해 모두가 바위나 나무 그루터기 같은 엄폐물 뒤에 엎드려 있었다. 소대장은 1분대 분대장에게 명령했다.

"1분대에서 특공대를 보내 기관총 진지를 제압하라."

분대장은 영철에게 도망가던 신병 두 명과 같이 수류탄으로 적 기관총 진지를 파괴하도록 명령했다. 영철은 신병 둘에게 말했다.

"겁먹지 말고 나 하는 대로 따라 해. 그리고 너희 둘은 이 임무를 꼭 성공해야 해. 전쟁 때 도망가면 즉결처분된다는 것 몰랐나? 할 수 있지?"

"예!"

그들은 같이 도망가던 신병이 헌병의 총에 맞아 죽는 것을 보고 이번 공격이 끝나도 어떤 형태로든 전투 중에 도망친 벌을 받을 것 같아 꼭 공을 세워야 한다는 생각이 들었다. 영철은 신병 두 명을 데리고 우회해 포복으로 적 기관총 진지 턱 앞까지 가서 엎드렸다. 영철은 수류탄 안전핀을 뽑았다. 일어서며 순식간에 맹렬하게 불을 뿜고 있는 기관총 진지 안으로 수류탄을 던져 넣고 다시 엎드렸다. 40~50미터 아래에서는 소대원들이 각자 엄폐물 뒤에 숨어서 이 광경을 바라보고 있었다.

"쾅!"

수류탄이 터지면서 흙이 튀어 오르고, 그렇게 맹렬히 퍼붓던 총알이 날아오지 않았다. 영철은 신병들에게 소리쳤다.

"수류탄 던져!"

신병들은 일어서서 조금 전 신영철 상등병이 하던 대로 수류탄 안전핀을 뽑고 기관총 진지 안으로 던져 넣었다.

"꽝, 꽝!"

두 발의 수류탄이 연이어 기관총 진지에서 폭발했다. 인민군의 기관총 진지가 파괴되어 총탄이 날아오지 않았다. 뒤쪽에서 대기하고 있던 대원들은 함성을 지르며 적진으로 돌격하여 총으로 쏘고, 칼로 찌르는 백병전이 벌어졌다. 난공불락 같던 1004고지는 그렇게 점령했다. 교통호에는 인민군의 시체들이 흩어져 있고, 시체에서 흘러나오는 피로 바닥이 질척거렸다. 깊게 파인 포탄 구덩이 한쪽에 적의 시체를 모아 넣어 묻어버리고 진지를 정비했다.

저녁때가 되자 산 아래에서 보급대가 지게에 식사와 탄약을 지고 올라왔다. 군대 징집 연령이 넘은 사오십 대 사람들은 보급대로 징발되어 일선 전투현장에서 보급품을 져다 날랐다. 그들을 일명 지게부대라고 불렀다. 한국군뿐만 아니라 헬리콥터로 전쟁물자를 실어 나르는 유엔군도 적진이 가까워 헬리콥터가 위험해서 뜰 수 없는 곳에는 보급대인 지게부대가 전쟁물자를 산꼭대기까지 져다 날랐다. 보급대가 없으면 전투를 수행할 수 없을 정도로 그들은 전쟁의 한 축을 담당하는 필수요원들이었다.

　1004고지 위의 인민군이 파놓은 망가진 교통호를 손질하며 진지를 다시 구축했다. 영철과 같이 특공조로 뽑혀 적 기관총 진지를 폭파했던 두 신병, 최 이등병과 한 이등병은 영철을 형처럼 의지하며 따랐다. 중대장이 와서 특공임무를 무사히 수행하여 인민군 기관총 진지를 제압한 신 상등병과 두 이등병을 치하하고 일 계급씩 특진을 상신하겠다고 했다.
　1004고지를 점령하고 교통호 정비도 다 끝나기 전인 다음날 인민군이 대대적인 공세를 펼쳐왔다. 인민군의 포격으로 많은 병사가 죽었다. 적의 포탄 공격이 있을 때는 개인호나 벙커에서 포탄의 파편을 피해야 했다. 영철은 최, 한 두 이등병과 같이 인민군의 포탄을 피해 나무로 지붕을 덮고 흙을 두텁게 쌓아 만든 토치카에 들어가 쪼그리고 앉아 있었다. 매캐한 화약 냄새가 토치카 안까지 들어왔다. 그러다가 토치카 입구에 포탄이 떨어져 입구가 무너져 흙으로 덮여버렸다. 그러면서도 땅이 울리고 포탄 터지는 소리가 계속 들렸다. 세 사람은 토치카 속에 쪼그리고 앉아 생매장되어 나올 수도, 마음대로 움직일 수도 없었다. 영철은 전우들이 입구를 헤치고 끌어내어 주리라고 생각했다. 밖에는 총소리가 나는 것 같기도 하고, 수류탄 터지는 소리가 들리는 것 같기도 했다. 이대로 앉아 기다리면 누군가 끌어내어 주리라 믿으며 세 사람은 무덤 속처럼 깜깜한 토치카 속에서도 너무 피로하여 잠이 들었다. 얼마나 잤는지, 시간이 얼마나 흘렀는지 알 수도 없었다. 밖에서 입구의 흙을 치우는 소리에 잠에서 깨어났다. 소리는 점점 크게 들리더니 환한 빛이 들어왔다. 그리고 낯선 억양의 말소리가 들렸다.

"안에 누가 있는 것 같은데, 누군지 빨리 나오라우."

영철은 정신이 아득했다. 영철은 두 이등병에게 말했다.

"인민군이다. 대항하면 죽는다. 손을 들고 포로가 되는 수밖에 없다."

총과 탄띠를 풀어놓고 신 상등병이 앞서고, 두 이등병은 뒤따라 손을 들고 나왔다. 인민군은 몸수색을 하고 소속과 계급을 묻고 손을 뒤로 묶었다. 그리고 산 능선을 따라 세 명의 포로를 데리고 1킬로미터쯤 가서 본부에 인계하였다. 대좌 계급장을 단 연대장이 말했다.

"남성 동무들은 전투에 투입돼야 하니, 여성 군관 동무가 사단 본부까지 호송하라우."

옆에 있는 군복을 입은 여자 군관을 보고 말했다. 영철과 두 이등병은 포로가 되어 뒤로 손이 묶인 채 권총을 든 여자 인민군 군관에게 끌려가고 있었다. 이렇게 포로가 되어 끌려가면 탄광이나 힘든 노역장에서 평생을 일하다가 죽을 것 같았다. 영철은 입대하기 전 함경도 아오지 탄광 이야기를 들었던 생각이 났다. 한번 들어가면 살아서 나올 수 없다는 아오지 탄광은 체력이 다할 때까지 일하다가 죽어야 나오는 곳이라고 했다. 어떻게 하든 탈출하여 남한으로 돌아가야 한다. 남쪽 산 능선만 넘으면 국군을 만날 수 있을 것이다. 지금 탈출하지 못하면 탈출할 기회가 다시는 오지 않을 것이었다. 두 이등병은 같이 포로가 된 신분인데도 영철에게 의지했다. 숲길로 들어서자 영철은 기회를 노렸다. 영철은 여자 군관에게 말을 걸어 안심시켰다. 여자 인민군 군관은 영철에게 주의를 시켰다.

"자꾸 말 걸지 말라우. 엉뚱한 짓을 하면 바로 사살해 버리갔우."

"군관 동무, 오해요. 이제 우리는 포론데 시키는 대로 하는 수밖에 없잖소?"

얼마를 지나 영철은 호송하는 여자 군관에게 말했다.

"소변이 마려워 죽겠소. 소변 좀 보게 해주시오. 군관 동무."

"그대로 바지에 싸라우."

"군관 동무, 어떻게 바지에 싸겠소. 한 번만 봐주이소. 군관 동무는 총을 가지고 있는데 무엇이 두렵소?"

여자 인민군은 뒤로 묶은 영철의 손을 풀어주었다. 그러면서 권총을 바짝 들이대고 말했다.

"허튼 짓하면 바로 쏴버리갔소. 소변 보라우."

영철은 바지 앞단추를 끌고 고추를 끌어내어 소변을 보고 있었다. 여자 인민군 군관은 아무리 포로이지만, 남자가 고추를 꺼내놓고 오줌을 누고 있는데 바라볼 수 없어 뒤로 돌아섰다. 그 순간 영철은 여자 군관을 덮쳐 쓰러뜨려 권총을 빼앗아 멀리 숲속으로 던져 버리고 옆에 있는 커다란 돌을 집어 들어 머리를 힘껏 내리쳐 으깨버렸다. 여자 군관의 머리가 깨어져 골이 허옇게 흘러내리며 팔다리가 부들부들 떨면서 죽었다. 영철은 두 이등병의 손목에 묶인 밧줄을 풀었다.

"여기는 적진이다. 조심하지 않으면 총 맞아 죽거나 다시 포로가 된다."

영철은 두 병사와 함께 인민군을 피해 숨어서 산을 넘고, 개울을 건너 남쪽으로 향해 걸어오고 있었다.

⑳ 반대 속에 이루어진 휴전

　조원철은 적과 아군 병사가 서로 죽이고 죽어가는 전쟁터에서 생활한 지 3년이 거의 되었다. 매번 교전이 있을 때마다 많은 전우가 전사하고, 그 빈자리는 신병으로 채워졌다. 원철은 지난 삼 년 동안 화염이 뒤덮이고, 총탄이 난무하는 전쟁터에서 매일 수많은 전우들이 죽어가는 가운데에서도 이때까지 살아남았다. 훈련소에서 같이 전입해온 동기들은 대부분이 전사하였지만, 원철은 살아남아 일선 생활 3년 만에 부대 내에서 고참이 되었다. 전투를 치를 때마다 수없이 죽어가면서도 인해전술로 밀어붙이는 중공군과의 전투가 두려웠다. 파도처럼 몰려오는 중공군을 대포로, 기관총과 소총으로 쏘고, 수류탄을 던져 무수히 죽여도 끝없이 몰려왔다. 그들은 동료들의 시체를 타고 넘다 총에 맞아 죽고, 수류탄 파편에 맞아 죽어도 아랑곳하지 않고 쳐들어왔다. 미군의 우수한 무기와 한국군의 악착같은 방어에도 시체가 온 산을 덮으며 질리도록 밀고 들어왔다. 중공군의 인해전술은 거대한 파도가 몰려오는 쓰나미 같아 공포스러웠다. 그들의 공격은 밤낮을 가리지 않았다. 중공군은 공격전에 피리를 불고 꽹과리를 쳤다. 고요하고 음산한 전선의 밤, 보이지 않는 중공군 진지에서 피리소리가 들려왔다. 피리소리는 군대 행진곡이 아니라 애간장을 끓을 듯한 간드러진 소리였다.

이어 꽹과리 소리가 들렸다. 국군은 피리소리와 꽹과리 소리가 들리면 중공군이 인해전술로 새까맣게 떼를 지어 공격해온다는 것을 알고 있었다. 그들의 여러 번 되풀이되는 공격방법에 국군과 유엔군은 학습되어 있었다. 중공군은 피리소리와 꽹과리 소리가 국군과 유엔군에게 공포를 느끼게 한다는 것을 알고 심리적인 효과를 노렸다. 피리소리와 꽹과리 소리가 들리면 병사들은 산을 덮으며 몰려올 중공군을 생각하고 지레 겁을 먹고 싸울 용기를 잃어 사기가 꺾이기도 했다. 여름이나 겨울을 가리지 않고 들려오는 피리와 꽹과리 소리는 공포의 대상이었다.

살을 에는 추운 겨울, 밤새도록 능선을 따라 파놓은 교통호 옆으로 연결된 개인호에서 경계를 섰다. 방한복을 입었다고 하지만, 옷 속으로 냉기가 솔솔 스며들어 오다가 끝내는 온몸이 꽁꽁 얼고, 전투화를 신은 발은 시리다가 얼어서 아려오며 감각이 없어지고, 방한용 장갑을 끼고 있어도 손가락이 얼어 전투가 벌어지면 방아쇠를 당길 수 없어 사격도 할 수 없을 것 같았다. 이 추운 겨울밤 원철은 전우들과 함께 찬바람 몰아치는 전선의 고지에서 중공군의 피리소리가 들려오지 않기를 바라며 추위와 사투를 벌이며 경계를 서고 있었다. 영하 이삼십 도의 혹독한 추위 속에서 몰아치는 칼바람을 맞으며 밤새워 경계를 서다가 팔다리와 코가 얼어서 동상이 걸리는 병사도 있었다. 살아남기 위해서는 인민군이나 중공군뿐만 아니라 추위와도 싸워야 했다.

전쟁은 매일같이 서로 포탄을 퍼붓고, 총 쏘고 돌격하며, 백병전을 펼치는 것이 아니었다. 고지를 점령하고 빼앗기고 다시 점령하며 하루에도 몇 차례나 공격과 방어를 하며 백병전을 벌일 때도 있지만, 전투가 없을 때는 열흘이고 스무날이고, 어떤 때는 한 달 동안 서로 교전도 없이 진지에서 경계만 설 때도 있었다. 그럴 때마다 괴롭히는 것은 인민군이나 중공군이 아니라 추위였다. 많은 병사가 동상에 걸려 발이 얼고, 코와 귀가 얼었다. 한번 얼어버린 신체 부위는 추위가 풀려 날씨가 따뜻해도 붉게 변하다가 끝내는 검게 썩어 들어갔다. 병사들은 동상에 걸려 팔과 다리가 잘리고, 코와 귀가 얼어 잘라내기도 하고, 더 나아가서 생명을 잃었다.

조원철 병장은 고향 시골에서 저녁을 짓고 남은 불잉걸을 화로에 담아 방 안에 들여다 놓고 겨울밤을 따뜻하게 지내던 생각을 하고 화로를 만들기로 했다. 고지 위에서 보급대인 지게부대가 져다 주는 점심을 먹고 오후부터 야간 잠복근무 준비를 했다. 미군들이 전투음식인 C레이션을 먹고 간 자리에는 커다란 깡통들이 널려 있었다. 그 깡통이나 쇠로 된 탄통을 주워서 철조망 망가진

혼란과 전쟁 323

철사로 손잡이를 달아서 화로를 만들었다. 겨울철 오후부터 주위의 나무로 불을 피워 화로에 담을 불잉걸을 만들었다. 일선의 높은 고지는 전쟁 전에는 사람의 발길이 닿지 않은 울창한 원시림이었다. 그 크고 작은 나무가 전쟁으로 포탄에 맞아 쓰러지고 불타다 남은 땔감이 지천으로 널려 있었다. 소나무나 오리나무를 태워 만든 불잉걸은 몇 시간 가지 못하지만, 참나무나 박달나무를 태워 만든 불잉걸은 오래 가서 양철 화로에 가득 채우면 아침이 되도록 온기가 있었다. 그렇게 만든 화로를 들고 잠복근무할 초소 개인호 발밑에 놓고 밤을 새웠다. 초저녁에는 너무 뜨거워 화로를 멀찌감치 놓고 근무하다 점점 화력이 약해지면 발밑에 놓고, 아침이 되어 불씨가 사라질 때면 화로를 가슴에 끌어안고 경계를 섰다. 그러다가 적이 쳐들어오면 화롯불을 옆으로 밀쳐두고 총을 쏘고 수류탄을 던지며 교전할 때도 있었다. 그렇게 개인용 화로를 사용하자 부대 내에서 동상에 걸리는 병사가 없었다. 겨울철 오후만 되면 화롯불을 만드느라고 중대원들이 분주했다.

봄이 오자 화롯불이 필요 없었다. 여름이 가까워지면서 판문점에서 몇 년 동안 끌어오던 휴전협정이 막바지에 접어들고 있었다. 삼팔선을 중심으로 서로 한 치의 땅이라도 더 차지하기 위해 매일 혈투가 벌어졌다. 휴전협정이 성사되어 가며 전쟁이 막바지에 접어들자 전투는 더 치열해져 한 번 공격할 때마다 많은 병사가 죽어갔다. 며칠만 있으면 휴전이 되어 총성이 멎으면 고향에 갈 수 있을 텐데, 원철은 옆에서 죽어가는 전우를 바라보며 자기도 이때까지 수많은 전투를 치르면서 불사조처럼 살아남았지만, 며칠을 못 버티고 어느 순간 죽을 수 있다는 불길한 생각이 들었다. 7월 20일, 일주일 후이면 휴전이 된다는 소문이 파다했다.

이제 3년 동안 계속되던 막바지 전투가 벌어지고 있었다. 대한민국과 조선인민공화국은 서로 한 뼘의 땅이라도 더 차지하기 위해 155마일 전 전선에서 치열한 공방전을 벌였다. 병사들은 이 고비만 넘기면 꿈에도 그리던 고향으로 돌아가 부모님과 보고 싶은 아내와 아들딸을 만날 수 있다는 희망을 품고 있었지만, 전쟁은 더 격렬해져 휴전이 되는 며칠 동안 살아남아 고향으로 돌아갈 수 있을지 걱정이었다.

중공군이 점령하고 있는 626고지 탈환 명령이 내려왔다. 그동안 전투로 많은 병사가 전사당해 원철의 분대에 다섯 명의 신병이 들어왔다. 분대장까지도 전입해온 지 이틀밖에 안 되어 전투경험이 없었다. 원철은 첫 전투에 나서는 신병들의 긴장을 풀어주고, 자신감을 심어주며 다독이고 있었다.

"전투가 시작되면, 적들이 몰려와도 겁내지 말고 훈련소에서 배운 대로 하나하나 조준하여 사격해야 한다. 돌격 명령이 내려지면 몸을 낮추어 적의 총알과 수류탄을 피해 가며 적진으로 돌진하는 거다. 백병전이 벌어질 때, 먼저 겁먹고 피하거나 망설이면 바로 적의 칼에 찔려 죽는다. 이길 수 있다는 자신감을 갖고 무자비하게 적을 도륙해야 살 수 있다. 일주일만 버티면 전쟁이 끝나고 고향 가서 니네들 마누라하고 아들딸을 만날 수 있다. 우리 모두 살아서 집으로 돌아가자."

포병부대에서 626고지에 무수히 많은 포탄을 퍼부어 초토화하고 공격 명령이 내려졌다. 포격 속에서도 살아남은 중공군은 고지 위에서 기관총과 소총탄을 쏟아부으며 강력하게 반격했다. 공격하던 병사들이 수없이 쓰러지는 것을 보고 공포에 질린 신병 한 명이 갑자기 소리를 내어 웃더니 그 자리에서 일어나 펄쩍펄쩍 뛰었다. 미쳐버린 것이었다. 그러다가 날아오는 총탄에 맞아 푹 쓰러졌다.

중공군의 반격이 너무 강해 전진할 수 없었다. 많은 병사가 기관총에 맞아 죽어갔다. 후퇴 명령이 내려졌으나 뒤쪽에서 신병 한 명이 다리에 총탄을 맞아 움직이지 못했다. 원철은 뒤돌아 달려가 부상당한 신병을 끌고 포탄으로 움푹 파인 구덩이 안으로 밀어 넣었다. 그 순간 조원철 병장은 귀밑에 뜨거운 쇠붙이가 지나가는 감각을 느끼며 정신을 잃었다.

3년이나 계속된 전쟁으로 젊은 남자들은 모두 전쟁터로 징집되어 가고, 농촌에서는 청년들이 없었다. 청년들뿐만 아니라 나이 40이 넘은 장년들도 보급대로 끌려가 무거운 탄약과 음식과 식수를 전쟁터인 고지까지 지게로 져다 올리고, 내려올 때는 부상당한 병사를 지게에 지고 내려오기도 했다.

판문점에서 휴전회담이 진행될수록 서로 한 뼘의 땅이라도 더 차지하기 위해 전투는 더 치열하게 전개되는데도 대통령은 휴전을 반대했다. 그동안 국토는 잿더미가 되고, 백만 명이 넘는 사람이 죽고, 수많은 군인들과 민간인이 다치고 피를 흘렸는데, 세계 수십 개 나라에서 유엔군을 파견하여 전쟁을 도와줄 때 통일해야지 이 상태에서 휴전하면 나라는 영구히 분단되고 말 것이라고 하며 휴전을 반대했다. 전국 어느 가정에서나 아들과 남편, 아버지를 군대나 보급대로 전쟁터에 보내놓고 하루하루 마음 졸이며 어떤 형태이든지 전쟁이 끝나기를 바라면서도 대통령이 국가 정책으로 휴전을 반대하니 겉으로 드러내놓고 찬성할 수 없었다. 전국적으로 휴전반대 집회와 시위가 중앙정부의 지시로 관 주도하에 열렸다.

산골에 있는 예안국민학교 운동장에 동원된 수천 명의 면민과 학생들이 모여 휴전반대 궐기대회를 열고 있었다. 면장과 지서장의 연설이 있고, 시가행진에 들어갔다. "휴전반대", "북진통일"이라는 플래카드를 든 뒤에 천 명도 넘는 면민들이 앞서고, 국민학교 학생들이 뒤따르는 행렬은 1킬로미터도 넘게 이어졌다. 행렬의 앞에서는 징을 치고 구호를 외치며 시내를 감싼 낙동강 천방을 거쳐 장터를 한 바퀴 돌아 행진하는 모습을 많은 사람이 나와 지켜보고 있었다.

아이들은 아버지와 삼촌이 군대나 보급대에 갔는데 전쟁을 하지 않으면 아버지도, 삼촌도 돌아올 텐데, 인민군과 서로 총을 쏘지 않고 전쟁을 중지하자는 것을 왜 반대하는지 이해가 되지 않았다. 그러면서 앞에서 어른들이 "휴전반대", "북진통일" 하고 외치니 그대로 따라 외쳤다. 그렇게 산골과 도시 남한 전역에서 대통령의 뜻에 따라 남녀노소 많은 국민이 동원되어 휴전반대를 외쳤지만, 유엔군을 대표해서 미군과 북한군, 중공군의 대표들은 휴전협정에 서명하고 1953년 7월 27일 낮 열두 시, 온 나라는 잿더미가 되고, 수백만 명의 사람들이 죽어 피로 붉게 물들었던 한반도에서 총성이 멎었다.

3년 넘게 계속된 전쟁에서 조태웅과 송인호, 이삼진, 안동철을 비롯한 이 나라 수많은 젊은이뿐만 아니라 유엔군으로 참전한 전 세계 수십만 명의 젊은이가 전사하고 총상을 입어 부상당했는데도 나라는 통일을 이루지 못했다. 군인들뿐만 아니라 전쟁의 틈바구니에서 민간인도 수없이 죽고, 전 국토가 구석구석 부서지고 불타서 망가진 폐허의 거리에는 부상당한 상이군인들과 미망인, 고아들이 넘쳐나고, 흉년은 계속되어 가난과 기근에 허덕이는 산 자들의 시련은 계속되었다.

전쟁의 포화 속에서 살아남은 젊은이들은 고향으로 돌아왔다. 삼진의 아내 정순은 전사통지를 받았지만, 남편이 살아서 돌아올 것만 같았다. 동구 밖 멀리서 군복을 입은 사람이 나타나면 혹시 남편이 아닐까 하고 울타리 가에서 어린 아들의 손을 잡고 바라보고 있었다. 그러다가 군복을 입은 사람이 마을 앞을 지나쳐 가면 허탈한 마음으로 돌아섰다. 날마다 전사한 남편이 돌아온다고 기다리는 며느리를 바라보며 시아버지는 "불쌍한 것!" 하며 눈시울을 붉혔다.

― *3권 「폐허를 딛고 이룬 풍요 속의 갈등」에서 계속 이어집니다.*